情感通用处方

杨红光 著

中国言实出版社

图书在版编目（CIP）数据

情感通用处方 / 杨红光著 . -- 北京：中国言实出
版社，2020.7
ISBN 978-7-5171-3511-1

Ⅰ.①情… Ⅱ.①杨… Ⅲ.①长篇小说—中国—当代
Ⅳ.① I247.5

中国版本图书馆 CIP 数据核字（2020）第 117456 号

责任编辑　张国旗
责任校对　宫媛媛

出版发行　中国言实出版社
　　　　　　地　址：北京市朝阳区北苑路 180 号加利大厦 5 号楼 105 室
　　　　　　邮　编：100101
　　　　　　编辑部：北京市海淀区花园路 6 号院 B 座 6 层
　　　　　　邮　编：100088
　　　　　　电　话：64924853（总编室）64924716（发行部）
　　　　　　网　址：www.zgyscbs.cn
　　　　　　E-mail：zgyscbs@263.net
经　销　新华书店
印　刷　三河市华东印刷有限公司
版　次　2020 年 7 月第 1 版　2020 年 7 月第 1 次印刷
规　格　650 毫米 ×940 毫米　1/16　24.75 印张
字　数　258 千字
定　价　68.00 元　ISBN 978-7-5171-3511-1

目 录

引 章

卧室里，被子深处，传来压抑的哭声，犹如被重物压伤的小狗。梁达然脑子里满是卓可仪，小心地平衡着身体和情绪，泪水已涌到下眼眶，他怕一侧身就会涌出来。他想起一种叫作"雪盲"的现象，日出东方，天地澄明，他似有顿悟，心性亦澄明，难道，过往，自己一直生活在"雪盲"的状态中？

一天，梁达然对一个中学同学说："我为什么做情感咨询做得这么好？因为我本身就是一个受害者，经验和教训都是一流的。"

往事如"疯"，如同被按了快进键的时空，云谲波诡。初夏，卓可仪的睫毛，如同美丽的麦芒；初秋，自己的人生划出霞光万道，霞光下昙花屡现；初冬，和卓可仪的誓言晶莹剔透，冰凌一般挂在山野；大雪纷飞中，贾真和凌雨晨的演讲音犹在耳，如惊涛骇浪中抛出的巨锚……

一 有一种"爱"，其实是情感绑架

　　梁达然下班开车的时候，车头前闪过一个男孩，高高瘦瘦，穿着中学校服，手里握着一个小破包。如果不是那身中学校服，梁达然会以为他是推销东西的。男孩很瘦，像刚从沙漠里逃出来似的，食人族要是发现了他，炖着吃，直接就是一锅排骨。他的校服宽大，走在风中，有如迎风的旗帜，身体只是根旗杆。

　　梁达然摇下车窗，近距离细看男孩，还算纯净可亲。男孩变声期还没有完全结束，童稚的脸上，表情做作，就像学表演的学生学艺不精，硬着头皮做毕业汇报演出。男孩大概是想坐到车里，他瞅一眼副驾驶说："你女朋友很漂亮。"

　　正好一阵风吹过，梁达然周身抖了一下，也下意识地看了一眼副驾驶，空空的，莫非这男孩看见了什么？梁达然胆子不大，他看一眼西沉的太阳，心想：大白天，不会有这么灵异的事件发生吧？他只好硬着头皮问："我女朋友？在哪儿？"

男孩晃一晃手中的小破包："在这里。"

梁达然几乎可以确认，今天遇上鬼了。难道卓可仪是害人的妖精，被男孩收到小破包里了？要收也要选个好地方，比如西湖边的宝塔，或者葫芦、宝瓶什么的，怎么会收到一个小破包里？

见梁达然发愣，男孩从小破包中抽出好几张照片，露出上半边："你看看这个。"

照片上，卓可仪挽着梁达然，正从胡同口出来，二人甜蜜地依偎着。梁达然抬头看一眼男孩，突然明白了，原来是被人敲诈！他觉得不可思议。这男孩无论怎么看都不像敲诈犯；而自己呢，既不是高官又不是富商，也没招谁惹谁，怎么会有人跟踪偷拍？没有意义啊！

梁达然打开车门，让男孩坐在自己的副驾驶上。男孩坐下后，有点局促不安，一时竟然不知道如何开口。梁达然便拿起照片，一边欣赏一边思考，以无比镇定的声音说："拍得不错，多少钱一张？一块？给我多洗几张吧，我一张出五块。"

这个时候，男孩真正的本性流露了出来，诚恳地说："我想请你做件好事，也不是要把你怎么着，就是……我们班上，有一个非常好非常好的同学，我特别喜欢她，我觉得吧，我基本上已经追上她了，但是出了点问题。请放心，像我这种人，将来一定会有出息的，也一定会好好报答你。"

梁达然哭笑不得，这件事情听起来不像敲诈，倒像乞讨，像求助，更像募捐。他没好气地说："那你也不能用这种方式！这是犯罪，你知道吗？不过你放心，我肯定不会报警，因为你根本不是坏人，我一报警，就把你给毁了。你怎么知道我能帮你追到女朋友？"

"因为你是很有名的情感咨询师啊！这还不是小事？"

"这是大事，情感，永远是大事！"

"对对对，大事！"男孩说，"所以，我们必须在一起！"

男孩说了"必须"，看来他意志坚定。看着男孩的幼稚模样，梁达然想逗一逗他，便把拿到手里的照片又送回男孩手里："如果我不答应你的条件，会怎么样？"

男孩说："我从小就喜欢跟踪别人，以后要当一名侦探。所以，我认识你现女友，她叫吴萌萌，也知道你家住哪儿。我还认识你的隐秘女朋友，她叫卓可仪。"

梁达然说："你这都是些什么爱好？那你去告密吧，我还得谢谢你。"

"谢谢我？什么意思？"

"因为你其实是在帮我。你还小，你不知道生活有多么复杂，对于我，和现女友分手可不是一件容易的事，我痛苦不堪，早就想分手，不是下不了决心，是开不了口，无法开口，我害怕一开口就有大麻烦。你这一出现，等于是给了一种强迫的力量，成全了我，所以我得谢谢你。"

"你是说真的？"

"当然是说真的，我自己的力量不够，就需要外力帮助。"

梁达然是学心理学的，很清楚，对生活中担心与害怕的事，平常都在躲与缩，而一旦事情被曝于阳光，反倒无所畏惧，任由事态发展，有一种听天由命的轻松。梁达然马上想到，这个男孩，或许可以成为他计划的一部分。梁达然灵光一现：当一个女人尚未变心的时候，若有人告诉她，她的男朋友有其他爱人，和这个女人已经变心甚至移情别恋时才得知男朋友有问题，效果是完全不一样的。本要兵戎相见，或可转为和平谈判。

男孩看着梁达然不像是开玩笑，有些失落，又有些不甘心，拉开车门欲走。梁达然拉住男孩的胳膊："等一下！"

"什么事？"男孩的表情，类似于砍价没砍成，假装要走，又被店主拉住。

"你叫什么名字？"

"我叫贾真。"

梁达然"嗯"了一声，马上问道："你直接回答，为什么选择了我？"

对这个关键问题，男孩表达得很混乱。

开学没多久，贾真喜欢上了同学凌雨晨，一开始老也追不到。这个凌雨晨不太让人省心，精灵古怪，风格千变，让贾真朝思暮想。后来有点眉目了，凌雨晨也表示同意了，月满则亏，两情相悦一旦达到百分百的时候，一旦公开，就会有人阻挠。凌雨晨是单亲家庭，妈妈离婚后在国外，阻挠女儿嫁给穷小子的重任便落在她爸爸身上，她爸爸叫凌仁，是位名律师，足智多谋，有着拆散别人的丰富经验。

凌仁处理情感案件多了，心里总是有一种不踏实感。他觉得大学生大多数不太专情，军训锻炼了体格，"情训"培养了情商，从小就受训于来来去去的、三三两两的感情，长大之后，道德文章读得再多，文凭再高，也不可避免地会成为情感捕手。男孩，照样会在花花世界中游刃有余；女孩，在色狼横行的世界里软刀杀人，媚眼降敌。

凌雨晨觉得爸爸不理解自己，痛苦万分，要死要活。贾真熟悉凌雨晨的性格，搁古代是刚烈女子，极有可能愁死情人、吓晕父母。怕她出啥事，贾真就跟踪她，暗暗保护她。在一个周六早上，贾真发现她进了情感咨询室。贾真随后还发现，一个漂亮的女孩子也进了情感咨询室。

凌雨晨从情感咨询室出来，满脸的不高兴，贾真过去和她打招呼，她没理，挨着墙根飞快地走，贾真上去拽住她的胳膊，被狠狠地甩开，耳朵里传来一声刺耳的尖叫："你以后少烦我！"

贾真当时就定在那里，在马路边站了一个小时，像刷错了漆的路灯杆。后来，那位漂亮的女孩也从情感咨询室出来，她的样子特别奇怪，目光呆呆的，也不避雨，在雨中慢慢往公交车站走，被雨浇得湿透。她的样子，勾起了贾真的好奇心，就悄悄跟踪了过去。两个人坐上同一路公交，循着同一条小路，踩着同一块花砖，来到了那个城中村，贾真眼瞅着她进了一条巷子，这才作罢。

正好闲着没事，贾真就在那一带瞎转悠，直到饿得不行，吃了些小吃，已经是晚上十点多了，正准备回家的时候，发现那个漂亮女孩拥着梁达然从巷口出来，非常亲密，但又显得神神秘秘，甚至躲躲闪闪，他就随手拍了几张照片。借着暗夜灯光，贾真细看，一切都明白了：原来，漂亮女孩的男朋友就是情感咨询室的主任梁达然，而这个梁达然，是自己大一辅导员吴萌萌的男朋友。他不止一次看到，下班的吴萌萌被梁达然接走，两个人甚至陪着吴萌萌父母吃饭逛街，就差举办婚礼了。贾真疑惑的是，看这两个人，都是三十多岁的样子，为什么不结婚呢？看来，这个隐秘女友以情感咨询的名义，倒是可以堂而皇之地和梁达然见面，而且还可以回避其他人，情感咨询师这个职业真好。

梁达然总算听明白了，他飞速想到一个计划，微笑着说："我们应该达成一个协定，互相帮助，谁也不至于冒险。"

男孩赶紧把照片递给梁达然，谦虚地问："什么协定？"

"君子协定。"

"具体是什么？"

"那我就直说吧！"梁达然指一指自己，指一指照片，又指一指贾真，"我，帮助你搞定你女朋友的爸爸，让你正常恋爱。你，帮助我成功脱离不合适的恋爱，和我喜欢的女孩子正常恋爱，怎么样？"

贾真一听，瞪大了眼，看着这个脸庞清秀、戴着眼镜、嘴角含笑、搞不清是斯文还是斯文败类的男人，反问道："讲神话故事呢，这怎么可能？"

梁达然说："因为你那个凌什么雨晨的爸爸，凌仁，是个律师界的名人。我们在情感案件论坛会上见过一次面，虽说没有任何联系，彼此只大概知道一个名字，但是，只要你能让吴萌萌见到凌仁，我就可以给凌仁传达这样一个信息，贾真是个青年才俊，前途无量。"

贾真点点头，又问："那我能做什么？"

"你只需要想办法，让吴萌萌见到凌仁就可以。据我观察，吴萌萌应该喜欢凌仁那种个性的男人，而不是我。凌仁比我和吴萌萌大几岁，无论年龄还是性格，凌仁才能降得住吴萌萌。"

贾真斜眼看着梁达然："这还君子协定呢？这叫小人协定！"

梁达然尴尬地笑了笑。

贾真接着说："让吴老师见到凌仁，这个好办，我就悄悄地说凌雨晨有心理疾病，有可能自杀，需要家访什么的，吴老师那人心直口快，脾气爆人傻，一定就真去了。关键问题是，我不和你搞小人协定，除非有正直的理由。所以，我问你，我看见你和我们吴老师挺好的，为什么要脚踩两只船？为什么要抛弃吴老师？"

梁达然长叹一声："说来话长。我先问你，你觉得你们吴老师性格怎么样？"

"超牛！"贾真说，"就没有管不住的学生！"

"那你觉得我们相爱吗？"

"当然，我看见你们很亲密。"

"和你实话实说吧，我们早就不亲密了，也就是说，从本质上，已经不是在谈恋爱，都是自由人。"梁达然的神情不由得痛苦起来，"但是，出于某种非常难以理解的原因，我被绑架了！"

"绑架了？什么意思？"

"有一种绑架，叫情感绑架。"梁达然在组织最简单的语言，"情感绑架有好多种，咱们现在只谈我这一种。"

梁达然和吴萌萌认识的时候，两个人都不小了。他们俩同岁，今年三十五岁，三十三岁那年经人介绍认识，开始谈恋爱。因为双方都是事业型的性格，真正处到谈恋爱阶段，都是第一次。吴萌萌一家人都觉得梁达然是个人才，就是家庭条件不好，老家在农村，一个人在城市打拼。两个人确立关系之后，吴家人出钱出力，选好的地段帮忙开了这间情感咨询室，梁达然不负"吴"望，很快就在全市小有名气。正准备结婚的时候，吴萌萌的爷爷去世了，婚期只好推后。

但这个时候，两个人的矛盾也渐渐凸显，吴萌萌的性格越来越像一个暴君，她的一个哥哥一个弟弟，都是所谓在道上混的，自称杀人是小事。梁达然稍有不逊，就会被打压到不敢喘气。吴萌萌的哥哥文一条龙，从胳膊一直到后背，吴萌萌的弟弟文一只虎，从胳膊到前胸，江湖上称吴家是"左青龙，右白虎"。

有一次，两个人吵架，梁达然大胆说了一句分手，吴萌萌马上大哭，找绳子寻死，吴萌萌的哥哥知道后，立即杀到了情感咨询室，对梁达然说："我妹妹已经是你的人了，你要是敢和我妹妹分手，我会让你全家不得好死！"每次想起这事，梁达然都会苦笑，情感咨询室来了一个最有情感问题的人，却不是来咨询的。梁达然发现，就算自己有一万个道理，也架不住一巴掌甩过来。

听完这些往事，贾真笑笑："虽然我没有完全听懂，但我觉得，你挺可怜的。恋爱可以分手，结婚可以离婚，但你却被绑架了。

至于我呢，听说长大了就没良心了，趁现在还小，做点好事。所以，合作愉快！"

梁达然摆摆手，说："打住，谁告诉你长大就都没良心了？你这都从哪学的？"

贾真却有些生气了，侃侃而谈："我们长大会变成什么样的人，全看你们上一辈人是怎么教的，尤其是，怎么做的。如果当官的活得富有而舒服，那我们就发誓要当官；如果不法商人活得富有而舒服，那我们就发誓要当不法商人；如果白手起家前途黯淡，那我们就绝不白手起家。人人都是趋利避害的动物，或许，我不是，我希望我不是。"

说完，贾真下了车，挥手再见。

梁达然趴在方向盘上，看男孩渐行渐远。他讪笑，这个计划，他早就想开始实施了，苦于没有契机。接下来的事情，也许，如一锅粥，虽乱，却是自己在烹制，谋事在人，成事在天。让他大感意外的是，半路杀出这样一个男孩，手握暧昧照片。虽然自己强作镇定，心里却怪难受的，也有些害怕。男孩的突然闯入，会撞开什么？不敢想象。这男孩算什么？直冲的螳螂？悄然的黄雀？

二　相处很累，不会长久

梁达然和卓可仪的相识，纯属……必然。

二十五岁这年，卓可仪陷入了巨大的感情困扰，不知何去何从，经小姐妹们指点，她找到情感咨询师梁达然。梁达然一番解读，让她有如醍醐灌顶，通彻透明。

在同学、长辈、朋友眼里，她是一个特别的存在，自带仙气，衣品一流，仪态万方，但与人不疏远，温婉礼貌，春风拂面。在认识前男友徐青山之前，卓可仪已经二十四岁，心性高傲的她从未接受过任何一个男孩的追求。

那一天，卓可仪被自己的性格愚弄了。她不知道，在她公司不远处，"隔壁班的男生"徐青山早就动了心，只因为差距太大，一直不敢采取任何行动。徐青山，这名字挺好的，但人不怎么样，长得与青山无关，跟发了毛的绿水似的，外貌上的差距还在其次。

在卓可仪第一次做咨询时，梁达然问："你有什么爱好？"

"我喜欢看书、舞蹈、音乐、画画……"

"他有什么爱好？"

"他喜欢搞笑段子、喝酒……"

梁达然一皱眉："那你们在一起……都干吗？"

"听说哪里的菜好吃，就去吃。听说哪个商场搞活动，就去逛……"

梁达然突然放松了："那么，这个所谓男朋友，和闺密的区别在哪里？"

卓可仪心里一凉，但还是说："有区别。"

"有什么区别？"

"他会从早到晚都和我联系，说早安晚安，他请我吃饭，会从我家门口接上我，吃完饭再送回来，从来没有抱怨。"

"哦，闺密加滴滴司机。"

"你——"

梁达然马上以专业的速度追问："从开始，到现在，一直是这样吗？"

卓可仪语塞："后来……变了些。"

"好，"梁达然越发放松，"那你的巨大困扰是什么？"

咨询到这里，真正卡了壳，卓可仪只是抽象地说："处着处着，他越来越高兴，我越来越不高兴，直到矛盾越来越多。"梁达然知道，卓可仪这种性格，只可能慢慢吐露出自己的困扰，至于和徐青山的所谓"矛盾"，梁达然早已猜出几分，是卓可仪觉得丢人，不能说。

事实上，整个"恋情"，从刚开始就是一个圈套，如果卓可仪不是一张白纸，根本不会上那个套。

上大学时，徐青山和卓可仪同系不同班，也算是同学。徐青山早就暗暗喜欢卓可仪，但他很清楚，无论从外表还是内心，自己都不是卓可仪的"菜"。

毕业之后，二人所在的公司离得不远，徐青山下班没事，就故意找些事，比如写个什么画个什么，请卓可仪帮忙。直到很久以后，卓可仪才知道，徐青山所做的一切，都有情报来源。同学告诉徐青山，卓可仪为人善良，乐于助人。

帮了忙怎么办？同学之间总不能谈钱吧，于是，为表感谢，徐青山就请卓可仪吃饭，送卓可仪小礼物。这时候，同学又提供情报说，卓可仪从不占人便宜，你多请几次，她就会回请。果然，一来二去，两个人越来越熟悉，就和同班同学一样了。

因为熟悉，信息轰炸开始了，早请示，晚汇报，渐渐地，在卓可仪极其平静的生活中，如果哪一天没有徐青山的问候，反而显得不自然，尽管，两个人只是谈些家长里短，吃什么饭，上班累不累，这两天热了，注意不要中暑，这两天起风了，注意不要感冒……一种叫作"习惯"的东西，以其神奇的力量，把卓可仪重重地打倒了。

火候差不多了，在孤独的女孩世界中，只欠一个表白。经过长期的铺垫，女孩已经对徐青山形成这样一个印象：执着、真诚、温情、乐于付出，有这样一个男孩在身边，也不是什么坏事，那就处处看吧。

二人成为同学朋友眼中的"情侣"，东边吃，西边逛，徐青山像捕获了猎物的猎人，开始拿卓可仪当炫耀的资本，拜访同学，参加饭局。

可是，一开始养的就是豹子，再怎么当猫养，也不可能变成猫。该有的矛盾，该来的问题，还是来了。

那天，在情感咨询室，卓可仪问了一个全天下女孩都会问的傻问题："他到底爱我吗？他为什么变了？"

对于这种傻问题，梁达然见多了。在情感问题上，托尔斯泰又一次错了。托翁说反了，应该是"幸福的感情各有各的幸福，不幸福的感情都是类似的"。对这个问题，梁达然很有发言权，他耳闻目睹，发现幸福的感情各有个性，有含蓄的，有奔放的，有相濡以沫的，有互为仇敌的。而不幸的感情，都一个模样：争吵、分歧、怄气、不懂、折磨……

梁达然决定很快解开卓可仪的疑惑，他开始滔滔不绝。

饥饿的人会觉得馒头咸菜也是美味，见多了美味的人不会一见大餐就激动，在一种情感关系中，当一个女性陷入"缺爱""心软""孤岛思维"之任何一种，就容易将某人之"好"扩大化，如果三者都具备，就会将"好"扩大 N 倍。差不多每一个人都会将常规性的讨好卖乖，误以为"好"，陷入被不合适的人硬凑强贴的习惯当中，而已。

说到这里，卓可仪承认，自己的家庭缺爱。自己看起来孤冷，其实内心特别渴望一个人关爱。

梁达然接着分析。

比这个更可怕的是，就算是这样那样一些"好"，也还是改变日常习惯、强撑硬装出来的。请自动删除"硬撑"式的非正常时期行为方式。

因为，太累的姿势绝不会长久。

踮着脚尖取东西的人，三分钟就会支撑不住。拉着绳子爬高的人，爬一会儿就会喘息不止。背着麻袋前行的人，走一段就会把麻袋放下来休息。

当他累得趴下时，一定会对对方说出"你真是难伺候……"的心里话。

心理学认为，一个人在得意和放松时，就会表现出他本来的正常的真实的行为方式。他在什么时候最容易得意和放松？追求成功、对方反过来对他产生信任和依赖的时候；他在心里产生了"搞定"感觉的时候；他继续撑下去觉得好累好累的时候。

从事前台接待工作的小晶，面对隔壁单位小张的强烈攻势，不到三个月就被完全"感动"，微信聊天，从刚开始的看见就心烦，到后来的一天不聊，就无数次翻看有没有手机留言。相约见面，从刚开始的无感和尴尬，到后来的一天不见面，心里就空落落的。那种感觉，真的应了一句古话：眼看他起朱楼，眼看他宴宾客，眼看他楼塌了……

你曾经是朱楼里的宾客，如今变成废墟里的怨妇，想过为什么吗？

其实在真正的恋爱中，顺理成章，水到渠成，没有谁装，没有谁撑，自然也就没有谁累，没有谁委屈自己。这种感觉，就像一架起飞的航天飞机，慢慢升温，慢慢加速，上升到一定轨道，进入恒温巡航模式。双方按着同样的节奏飞行，没有谁会嫌谁烦，自然合拍的感觉一定很快乐。

无数实践证明，刚开始死缠烂打强追女孩的男孩，犯了一个致命的错误，导致后来两败俱伤的结局。什么错误呢？就是女孩各方面很好，男孩想要得到，于是开始追求。他各方面都想到了，唯一没有想到也不愿意想到的是，自己的外在气质和内在学识、涵养志趣，是否能让女孩舒心快乐？即使女孩一时由于感动、困于氛围而舒心快乐过，自己有把握让她继续舒心快乐吗？如果不能，你为什么要追求她？！你这不是害她吗？！你这不是谋杀她的青春和情感吗？！——如果考虑到这一点还去追求，那就是极端的自私，绝不是爱！

爱，是心灵的产物，是灵魂的共鸣，通俗地讲，就是希望对方好，希望对方能有发自心底的快乐……如果男孩发出的聊天内容，只是聊聊工作聊聊天气，复制粘贴网上的搞笑内容，那么，其他男孩也能做到，自己闺密也能做到，甚至做得更好，女孩怎么可能有发自心底的快乐？

如果不幸真在一起了……陪伴你一生的，一定是本来的正常的真实的行为方式，而不是追求阶段的硬撑式的行为方式。

一个天性里就懂得爱且温情呵护的人，永远都是表里如一前后一致的，不用刻意去改变什么，更容易做到嘘寒问暖之类的事。

而个性中的缺点，永远不会改变，这是铁和血的规律，心存幻想就是悲剧。

人们常常说的"你变了"，就是"天性"和"很累的姿势"进行较量的结果。当很累的姿势无法坚持，天性自然占了上风，迈开的腿停下了，抬起的胳膊放下了，口头的蜜语不重复了，手里的呵护也停止了……于是被对方称为"你变了"。其实他没有变，他只是现了原形而已。相对于现原形，那些热切、殷勤、讨好……才是暂时的变化。

这些话，给卓可仪带来了双重惊讶，如同从海里飞腾而出的双头龙，一个头喷水，一个头喷火。一则，她并没有讲述自己的故事，为什么梁达然好像看电影一样，纵览了自己的生活？二则，他为什么能分析得如此到位，以最简单粗暴的方式，剥开了所有的包装，直接看见了事情的内核？

卓可仪问："所以，他不爱我？"

"当然不爱。"梁达然点着头。

"怪不得呢！"

"怪不得什么？"

"怪不得我和他拥抱、靠在他的肩膀上，心里还是空落落的！"

梁达然笑笑："这更说明，最多只是喜欢，而且这种喜欢还是单向的，他喜欢一种总体趋势是一天不如一天的内容。"

"什么？"

"身材和相貌。"

卓可仪被噎得沉默了，心里暗暗骂了一句梁达然，哪有这么说实话的？人们都说过了二十五岁，人的外貌开始走下坡路。她只好转移话题："既然，这不算爱，算渣吗？"

梁达然用右手握住左手："目前看，还不是。如果你以后愿意告诉我所有的过往，以及以后发生的事，那么，以观后效。"

卓可仪轻轻叫了一声："明知道不是爱，为什么还有以后发生的事？难道我们不是应该分手吗？"

梁达然摇摇头："不会的！"

"为什么？"

"因为两点：一是不甘心，二是惯性。惯性你懂，你不会因为我的一番话，就坚定地认为不是爱，就像踩了刹车，汽车还会往前跑一段。至于不甘心，你更懂，你分明知道自己付出过、相处过，但如果和一个没有爱的人付出过、相处过，自己是不是很傻？所以，你不甘心，你希望还是有爱，希望能继续走下去。"

这次，卓可仪思考了足足有一分钟，梁达然也不再说话，而是站起身，低头看着窗外，这个位于十七层的写字间，租金不是自己付的，家具不是自己买的。而就在这里，自己给别人解开了很多困惑，却也给自己带来了越来越多的困惑。经过咨询，别人解脱了，自己却身陷旋涡，水草缠身，苦苦挣扎。

卓可仪听完梁达然的话，起身告辞："梁老师，不好意思，我得走了，以后有情况，我会及时来的。今天聊的内容，我需要慢慢消化。"

卓可仪走在街上，慢慢走近公交车站。刚被梁达然"洗脑"，没有洗干净，反而泛起沉渣，心事重重。

她一点也没有注意到，自己的身边，缓缓驶过一辆奔驰，开车的是司机兼助理，后排椅子上坐着一胖一瘦两个中年人。车还在卓可仪身后时，司机从后视镜中看到胖子的眼神，马上知趣，车速降了下来。

瘦子问："顾总，什么都吃腻了，没吃过这款吧？"

胖子歪嘴一笑："黄总，你吃过？"

瘦子说："你忘记了？修身养性，我在修身，你在养性。"

胖子哈哈大笑："没吃过，但我想吃，就非吃到不可！"

司机插话："顾总，您放心，交给我。"

瘦子问："你有什么办法？"

司机答："最迟半年内，让她主动来到您身边，接下来，我们就要见识顾总的本事了。"

瘦子问："你的本事也不小，你怎么能让一个完全陌生的姑娘，来到你们顾总的身边？"

司机说："这个比较简单。你看这姑娘，身材相貌一流，但穿衣打扮比较普通。而且，走到公交车站等车，可见日子过得很一般，应该是很普通的打工族。我一定能想办法让她到咱们公司工作。具体怎么做，您二位就别问了。只是需要委屈黄总一下。"

瘦子问："委屈我？"

司机说："我要坐公交车去，委屈黄总开一下车。"

胖子再一次大笑："我看好你！我开车都行。"

三　爱情表演是怎么回事

徐青山走进自己的公司，穿着灰色夹克，和他的心情一样，因为卓可仪的离开，他理了个寸头，和他的感情一样，有待重新成长。

在晚秋的阳光下，门口的铜牌十分显眼：千里眼调查咨询公司。和这九个字几乎大小一样的，是挂在另外一个铜牌上的八个字：耳听为虚，眼见为实。这算是一句广告语，好多客户都是因此而驻足，上楼提供业务。咨询公司位于一幢居民楼的二层，穿过堆着纸箱的楼道，推开虚掩的门，抬头又见那八个大字，只不过做成了版面，每个字有方向盘那么大：耳听为虚，眼见为实。

这套房子是两室一厅，客厅用玻璃墙隔开了一间，徐青山留给了自己，门上写着"总经理"。两间卧室是相对封闭的空间，以利于和客户交谈。左边一间写着"坏感情破坏部"，右面一间写着"好感情建设部"。顾名思义，左边一间的工作，主要是对各种不合适不妥当的感情进行打击破坏，右边一间主要是对各种美好的感情提供支持帮助，包含亲情、友情和爱情，当然，一多半是爱情。

今天是例会时间。徐青山每次开会，除了正常的业务汇报，都要强调一番。关于坏感情的破坏，目的一定要明确，宁拆十座庙，不破一门亲。破坏婚外情的目的，是为了修复家庭，而不是让原配老婆或老公抓住把柄，或得意扬扬，或气急败坏，想着法儿去离婚。所以，他们承接的业务，最多的一项是，老婆知道或怀疑自己的丈夫有外遇，请他们用各种办法，让丈夫回到自己的身边。至于好感情的建设，则一定要从外围入手，以提供各种各样有意义的情报为主，一般不建议代人传情，以防适得其反。

公司成立时间不长，就因为卓可仪和自己闹别扭，自己才成立了这样的一家公司。包括徐青山在内，全部员工只有五个人。坏感情破坏部的部长是从论坛上网罗而来，刚刚大学毕业的小伙子，网名诸葛又亮。诸葛又亮生得白且清瘦，爱穿肥大衣服，把自己弄成一副捉鬼的样子，常常在网络上昼伏夜出。诸葛又亮在网上放出狂言，给他十万精兵，可扫平寰宇，似乎是块星球大战的料子。细一询问，才知道他是个大学毕业生，穷疯了，想创业却没钱，需要十万元的启动资金。徐青山发现，诸葛又亮和诸葛亮比起来，亮是亮了，只亮了一半，大计谋少，鬼点子多，不适合行军打仗，倒是挺适合做这个工作。诸葛又亮有个助理，也是

个男孩，叫丁向好。好感情支持部的部长是个女孩，叫夏芊。夏
芊大学毕业两年，换了三四个工作，想当情感作家，正在四处找
素材，某一天路过此处，看见公司的名称转身上楼，提了好多建议，
最重要的一条就是建议徐青山，不能只搞破坏不搞建设，于是就
成立了好感情建设部。夏芊也有个助理，叫刘星，是个"傻白甜"
的女孩。

　　每次开例会，徐青山都惊喜地发现，两个部门都不亏钱，但
破坏部比建设部挣的钱要明显多得多。这回也一样，诸葛又亮完
成两个大单，有一大笔资金入账。有一个小超市的老板和营业员
产生了婚外情，老板娘请他们破坏，开价不低。诸葛又亮通过晒
夫妻以往共同创业故事、设置心理障碍等方法，不出十天，成功
破坏了二人婚外情，营业员离开超市，另找工作，小超市老板娘
高兴得直夸诸葛又亮"真神"。夏芊那边则直接现身，告诉那个
傻男孩该如何对待神经兮兮的女孩子，并提供了女孩的喜恶，帮
助一对恋人重归于好。

　　挣钱固然高兴，但徐青山最关心的不是这个。他问诸葛又亮：
"卓可仪那边怎么样？这都快一个月了，我们好像没什么进展。
而卓可仪几乎两三天就去一次情感咨询室，每去一次，就越发对
我冷淡！现在闹分手，也越来越难以修复。"

　　诸葛又亮问："之前你是怎么修复的？"

　　徐青山回忆了一下："之前我求她呀，不知道该怎么说的
时候，我就喝酒，喝酒之后，我就又哭又闹。"

　　诸葛又亮白了徐青山一眼："你咋不去死？"

"怎么没有？"徐青山说，"我说，可仪，没有你，我也不想活了。然后我就发我在家哭的视频，于是，她就心软了，就复合了。"

"有多少次？"

"少说也有十次。"

诸葛又亮感慨一声："这女孩真好哄，我的前女友，同一个套路超过三次，就不管用了。现在，我基本可以确定，卓可仪变得聪明起来，就怪这个情感咨询师。我也是学心理学的，我很担心，卓可仪会爱上这个情感咨询师。"

徐青山说："废话，这三天两头见面，绝对不是什么好事。想当初，我就是故意制造见面机会，才和卓可仪走在了一起。"

诸葛又亮说："我们说正事，我发现一件事。"

徐青山急问："什么事？"

"卓可仪去找那个叫梁达然的败类的频率，越来越高……"

"请注意措辞，是浑蛋。"徐青山打断了一下，因为他此前说过，凡是提到梁达然，一定要加上"浑蛋"两个字。

诸葛又亮笑道："徐总，其实梁达然不是浑蛋。瞧他那样，戴着眼镜，眼神飘着，用斯文败类更准确些。你别发愁，我继续调查，我觉得，这里头肯定有什么阴谋，肯定有什么见不得人的事。"

徐青山苦笑一下："这还用你说！他们俩的事，从头到尾，都是见不得人的事。到底卓可仪和那个浑蛋梁达然发生了什么？"

诸葛又亮说："请放心，我一定能弄清楚。卓可仪那么单纯，我怀疑，这里头有阴谋，是梁达然一手策划的。"

诸葛又亮走后，徐青山关上门，按照夏芊的推荐，继续读《古典诗词漫步》。读着读着，卓可仪仿佛从书页中跳了出来，如同在手掌中舞蹈的赵飞燕，翩然如神。字迹变得模糊，徐青山双手捂住眼睛，黑暗中，却又出现了梁达然和卓可仪卿卿我我的情景，现实夹杂着想象，像鞭子一样抽打着徐青山的思念。他至今无法想通，这个和自己在一起一年多的女孩，为什么随着情感咨询，越来越远离了自己？她中了什么样的邪，着了什么样的魔？

徐青山暗下决心："可仪，无论在你身上发生了什么事，无论你在哪里撒野，我会一直在原来的地方等着你，我一定要把你找回来！"

同一时间，在五公里外的情感咨询室里，梁达然仅凭唇舌，已经算定并破解了徐青山正在做的事和将要做的事，他告诉卓可仪，在情感心理学上，徐青山的这种做法，叫作"爱情表演"。

把爱情当戏，当然全靠演技。

然而爱情不是戏，因为爱情要的是日日夜夜去面对、去交流、去感受，不是擦肩而过的或微笑或漠然的路人，不是喝酒吃肉应酬的生意合作伙伴，也不是朝夕相处三四年的同学。

所以，我们一定要看穿并拒绝爱情表演。

表演是人的天性之一，但不该用在爱情上。

真爱是给予知心、温暖、呵护，戏剧才需要表演。

有好多小孩子，奔跑时摔倒，先抬头看，如果大人在，就大声哭喊，如果大人不在，则无趣爬起。许多成年人也一样，他的痛苦一定要有特定观众才有意义，因为他有目的性。而真正的痛苦，不要观众，发自内心，常常是一个人默默承受。

梁达然曾接触过一个案例。有一个女孩小林，她进入了恋爱与失恋的死循环模式，仿佛被一个人不断地抛起、接住，刚开始还觉得好玩，三次以后，她感觉到了恐怖，好像自己进入了一个黑洞，自己的人生正在被吞噬。

小林不明白为什么会出现这种情况，她跑过来哭诉。

于是梁达然问她，一次次，由分手到复合，最关键的原因是什么。

小林没有回答，或者说，她以问代答："如果一个人为了我痛苦不堪，宿醉自残，发泄情绪，尾随偷窥，痛哭流涕……是不是代表真爱？"

梁达然反而笑了，他不想了解更多更详细的情况，只是告诉她几种规律：永远不要和有极端性格和极端行为的人在一起，比如他"为了你"自残，为了你宿醉狂乱而仪容尽失，有这些行为的人，迟早会露出"为了你"那可怕的一面。他们要找的不是你，而是心理医生。一种普遍的心理学认为，自爱的人会让自己更丰富、更优秀、更懂得进退有度，哪怕有误会，他们也永远以可爱的姿态立在你的不远处，让你感觉值得去爱。

既然如此，为什么许多人还是要选择爱情表演？因为这是一种自古以来皆有效的成功的求爱经验。

很多处于恋爱期的男女，对有些感情触动的对方，多多少少会有心软，不心软哪有爱？许多心软善良的人，会有这样的想法：他这么痛苦，他要死要活，一定是非常爱我的。就这样，一个错误的数学公式就出现了：对方越痛苦等于越爱我。且不说这个公式毫无来由，单说，就此公式推导下去，会出现多么荒唐的事实。

痛苦的程度当然不能代表有多爱，更不能成为自己爱对方的筹码。

换句话说，对方痛苦，对方要死要活，出于同情和善意，我们可以关心和开导，但不必付出爱情。

爱情不是慈善。

爱情也不可以捐赠。

对于爱情，只有一个标准：通过观察对方的言谈思维、行为举止、处世方法、兴趣爱好，判断他是不是适合自己的人。对方身上的大部分特质，包括极端性格和爱情表演，是不是自己喜欢的内容？

爱情，还原本质，如此简单。

四 陷入回忆时，请注意时间段

在卓可仪第五次走进情感咨询室的时候，她和徐青山一直处于分手状态。之前最长的分手记录是一个半月，以徐青山醉酒哭闹告终。她意识到，也终于明白，人为什么要觉醒。如果不是前辈们觉醒，自己会觉得裹脚才好看，而自然奔放的女性大脚，是可耻的。

连"惯性"和"不甘心"也被梁达然说中了。分手的这些日子，自己依然在想念着徐青山。

记得在第二次咨询的时候，梁达然微微一笑，拿出一张纸，上面有一个表格，分三列，分别是：回忆的内容、发生时间、备注。

其实，在看到这张表格的时候，卓可仪已经知道了答案。她看着梁达然，似乎是说，不用这么麻烦了吧。

梁达然说："还是需要写出来。只有写出来，才会更快治愈。这和人受伤的情况一样，听说伴侣有了情况，和亲眼看见伴侣有了情况，受伤程度是不一样的。"

卓可仪点点头，现场填写，填写了五行后，实在写不下去了。她猛地发现，徐青山的所谓好，太简单也太重复，比如开车接送，比如送个小礼物，比如一起吃饭，比如到小景点游玩，几乎没有一次，是两个人安静下来谈心走心的，也没有一次是打打闹闹疯笑痴恋的。

而且只发生在开始，后来就越来越淡了。

填完这个表，卓可仪害怕了。

看来，思念，真的是有惯性的。

然而，惯性，终归是惯性。

没有内在推动力的惯性，是坚持不了多久的。

卓可仪想起一些可怕的事情，在和徐青山"确定关系"后，慢慢地，他变得"忙"了起来。从起初的信息轰炸，到后来简单的"早安""晚安"，徐青山的理由是太忙了，老板盯着，经理催着，客户逼着。卓可仪也去过徐青山的公司，果然是左一个电话右一件业务，那个工作节奏，确实挺让人心疼的。然后就试着去理解，打拼事业嘛，忙嘛，累嘛……

梁达然直接就说："你上当了。"

卓可仪大吃一惊，为什么用这个词呢？

梁达然给她拆开来讲，第一，"忙"是有限度的，世界上没有绝对的忙，也没有绝对的不忙，《魔鬼辞典》中有一句话说得非常好，"所谓忙，就是此事不如彼事重要"，任何人只要活着、醒着，他就会处于一种状态，不可能二十四小时身不由己。嘴和手是由大脑指挥的，你如果非常重要，再累再忙都不是借口，他会在每一个工作间隙，包括吃饭甚至上卫生间的时间，给你发一个简简单单的信息，而不是只有早安晚安。早安晚安，只是一种习惯，如同你已经习惯有他。第二，感情最大的特点是甜蜜，一段正确的感情，是人生最重要的双修过程，双方变得越来越好，同时发现对方越来越多的美好，甜蜜度越来越高，最高峰应该是婚礼。一段错误的感情，往往在感情开始的时候，已经用完了所有的心思、抖尽了所有的机灵、花光了所有的感情积蓄，从一开始就是最高峰，接着一路下坡。第三，当你试着去"包容一切"的时候，实质上是一种纵容行为，肯定会陷入恶性循环，变本加厉的结果，你已经领教了：你越来越不开心，他越来越不在乎。

在第三、第四次咨询的时候，卓可仪慢慢明白，自己的心一直是干涸的。在卓可仪慢慢明白的过程中，她发现，有一些甘甜的汁液，正一点点涌进自己的心田。她有些慌乱，想匆忙关闭的时候，已经来不及了。

拿土筑过坝的人都知道，水势很大时，只要拉开一个口子，整个坝就都溃了，很快崩塌。

在卓可仪第五次咨询时，心理强大如梁达然，也终于扛不住了。他把自己所承受的痛苦全部倾倒出来，无奈、情感绑架、几近崩溃、生不如死……他努力克制着情绪，依然痛哭流涕。有很长一段时间，卓可仪如听天外玄音，梁达然的声音变得缥缈，但自己分明又听得真切——这就是梁达然，这就是那个给别人指点迷津的梁达然，他遭受的痛苦，一点也不比别人少。当然，痛苦是不能比较的，就好像有人要比较挨千刀和生孩子哪种疼痛的级别比较高，这怎么能有可比性呢？

幸好，梁达然遇见了卓可仪。

遇见了，会如何？

此刻，他们俩的世界翻转过来，梁达然变成了一个咨询者，疯狂地表达着自己，卓可仪知道梁达然的问题在哪儿，任谁一听就知道，却无从宽慰，无法下手，就好像看见被电网围着的人，贸然出手相救，自己也会被电死。

她没有心理学知识，她听着就好，善于倾听、乐于倾听就是最好的交流了。

他喜欢看书，她喜欢阅读；他多思善悟，她多愁善感；他奇趣横生，她妙语连珠；他喜欢文艺情怀，她喜欢琴棋书画；他曾孤寂于每一个独自于书房的清晨和暗夜，她曾听人语喧哗也难驱空荡荡的忧伤；他还没说出话，她已接上下一句，她刚要张口，他已轻轻捧回她的话；他对小区保安真心礼貌客气，她对门房大爷真诚微笑问好；他与人交往，总怕别人吃亏，她和人相处，常常自己吃亏；他不以恶意去揣度别人，但防备心强，她从来都善良到替别人考虑，自己则胆小细心；他在爱情中呈现自己所有的面，纷纷杂杂，她都喜欢，她在爱情中投入自己的灵魂和身体，层层叠叠，无怨无悔。他的爱三百六十度环绕，她温情细腻于每一个细节……

　　卓可仪好美啊，从人品、性格到长相。她娇媚而纯真，调皮又柔情。她崇拜梁达然，就如孩童崇拜她的老师，天真的大大的眼睛，本来可以装得下整个世界，却只装了梁达然。吴萌萌瞧不上的雕虫小技，在卓可仪眼里变成了龙，应景而飞。吴萌萌打心眼里小看的吟花咏月，在卓可仪心里，变成了才华横溢。

　　好长时间，以貌取人是个贬义词，好像美丽的心灵可以是床单，往那里一铺，大家都看得见，后来，在明白过来之后，人们都说，不以貌取人是不可能的，不仅以貌取人，甚至"以貌娶人"更是王道。不过，也有例外。梁达然想起诸葛亮，诸葛亮选老婆就没管这些，但诸葛亮是个真男人，而且也不至于傻到没有审美的智商，天底下，有几个人能比他更聪明？只不过他更专注于另外一些事情：挂张地图，画些箭头，在各地军阀打得你死我活的时候，在马蜂窝似的地图上一指，就知道"三分天下"。

　　梁达然没有高妙到那种境界，他热爱漂亮的姑娘，享受美妙的爱情。他清楚地知道，这不是因为无聊，因为寂寞，不是图热闹，玩刺激，如果这样，反倒简单了，自别君后，又逢无数君，这个时代，珍惜已变得珍稀。他知道，有些美好的内容，突然降临人间。也正因为这种爱，因为这种源于内心的品质，他们并非一见钟情，而是见一百面钟情，爱像最高级的维生素，一点一点浸润身心，等欲潇洒转身时，蓦然发现，已嵌入生命，难舍难离。

　　他不明白的是，人道爱情美妙，可为何一路走来，一路烦恼？梁达然与卓可仪一路烦恼，自称矛盾，却抵不住一路欢歌，欲生欲死。人皆如此，所有的伪饰与做作，所有的承诺与期许，如果没有行动做佐证，便是一堆谎言。

　　他们都有些犹疑，有些退缩，奈何爱的力量奔涌，她在犹疑和退缩中前行，有伤也有泪。他说，他想给她最真的感觉、最好的爱。他说，这样的爱，此前一直没有遇到，前路茫茫，充满未知，以后会遇到吗？还会苍白吗？他说，趁现在可爱也能爱，让付出成为最大的快乐。

　　他们的思维，都如钟摆一般，时左时右，这反而正常，这世间的道理，古人的名言，也总是自相矛盾，不知所云。缘来，须珍惜，须把握。何谓珍惜？何谓把握？一年谓之长？一月谓之短？不在一起将憾？在一起将悔？一切都如迷雾，相爱的人被神秘的力量牵引，一路相知相伴。她迟疑反复，她会把爱的话语发出又撤回。正如她说，自己不经意间，闯入了美丽的桃花源。他和她回忆了所有的过往，依然不知道到底是什么时候，两个人开始粘在了一起。任何时空的间隙都成为爱的交融，每一次，都有甜美的回忆，都有一直以来的心动，和突然的惊心动魄。不待将来回忆，梁达然每每想起，都是泪眼温热。

　　如卓可仪所言，她真的被施了魔咒，每次，他一出现在身边，她就忍不住要笑，灿如桃花。果然，如他所料，最美的爱恋，降低了任何的纠结，强大了快乐因子，濡染了所有心情。古人说："去年今日此门中，人面桃花相映红。人面不知何处去，桃花依旧笑春风。"相比古人，他和她，是幸运的，人面在，桃花在，春风在，美妙在。

　　梁达然说，卓可仪是含蓄的，从来没有在任何其他场合真正放开大笑，唯独，在他身边，在他怀里，会那样咯咯咯地笑，快乐无比。她化用一句古语答道："女子欢笑不轻飞，只因未到开心处。"

梁达然每次想到卓可仪，一个词就会蹦出来，这个词叫作"幸福"。

犹如天外飞仙，又像远古文明，"幸福"一词多少次以繁花满枝的形象闯进生活之侧，待转身捕捉，唯见零落成泥。

矛盾重重。梁达然终于承认，幸福，真的不是乍见之欢，而是一种快乐有效延续、没有后忧的伟大心境，比如，今天热恋，明天担心分手，就不会幸福；今天抱着孩子微笑，明天孩子感冒了没钱看病，就不是幸福。

此时的梁达然，心潮澎湃，情感丰沛，却不是幸福，因为他不知道明天会发生什么事；而未知的未来，他将何去何从。

每一次约会，他都很累很累。他觉得吴萌萌不会怀疑，吴萌萌是个工作狂，她不想老当辅导员，想要更高的职务。梁达然出于一种本能和自我保护，怕人看见，怕人跟踪，怕有不必要的猜疑。比如，某天，他要和卓可仪约会，先瞅着有朋友和同学约请，酒席过半，他再跑过去见卓可仪。这一招，不仅吴萌萌不会怀疑，就连徐青山和诸葛又亮都没有识破，直到很久以后，他们还认为，卓可仪和梁达然，只是暧昧，只是知心，只是有可能走到一起。

万万没想到，半路来的贾真，误打误撞，竟然跟踪成功。

梁达然常常把手机设置成静音。静音不是为了安静，而是为了心底的喧哗。他有些恨这种逻辑，但无可奈何，他想卓可仪，想到她，可笑，可哭，可喜，可悲。他把信息发了出去：

"可？"

"可。"

"接？"

"不，家。"

梁达然的心一阵发紧，这种对白，和自己当年与初恋的感觉何其相似。那么，不一样的地方呢？男人女人，总是喜欢同一类人，类似的气质，类似的相貌，但许多人还是不止喜欢一个人，究其原因，其实，还是喜欢和他或她不一样的地方。这当然是指真心喜欢的，买醉的、发泄的、狂欢的，不算。皮囊也要对上眼，倘若没有对上眼，想与爱情生拉硬扯，哪怕是被芳香的灵魂缠绕着，面对一张吓人的脸，绝大多数人也会落荒而逃。

梁达然想起一个故事，几个年轻人一起到老奶奶家帮忙，看见老奶奶家茶几上放着一盘花生，闲坐吃完。其中有一人便问老奶奶，你没有牙齿，为什么还吃花生？老奶奶答：人老了，咬不动了，但我喜欢含上面的糖浆。

初恋和卓可仪有类似的地方，都是东方式的美人。其实全世界的女人最初都是甜的，之所以感觉到 A 是这一类，B 是另一类，只不过一个是蜜糖生产线，一直含着一直甜，另一个是蘸了糖浆的花生，初恋的糖浆很快被自己含化了，而已。

五 表白也是有段位区别的

卓可仪大学毕业这些年来，工作前途渺茫，如今正陷入一段三角恋，和昔日恋人分手，和父母闹翻，住在城中村的出租房，坏事如同在她身上赶集，情感一团糟，还爱看街头杂志上"两团糟"的情感故事，寻心理安慰不得，于是变成"三团糟"。在认识梁达然之前，孤苦无依，她说自己就是一只流浪猫。

梁达然想起一个场景，一只黄色的猫在玩一团红色的毛线团，那只猫到底是聪明还是傻？

纠结和矛盾又一次出现，梁达然踏在楼梯上，想着怎么措辞。他进门，相拥，情话潺潺，缠绵悱恻，然后才谈人生。梁达然本来觉得，这次会有所不同，这么想着的时候，门开了，卓可仪一把拖他进屋，程序纹丝不变，情爱生活变成了计算机模块。

　　心绪渐平，梁达然再次想起自己本来要说的话。他得理理思路，另一个闪念直抵内心，欲望太可怕，比纳粹更纳粹，侵略着理智。一时间，理智被打得七零八落，须梳理一番。

　　许多时候，梁达然疑惑于男女认识的方式。他甚至以为，两个人认识的方式，影响着以后如何发展。以秘书的身份和老总认识，以公关的身份和客户认识，以寂寞暗夜的方式与网友相识，以猎艳者的身份与吧友相识……大概会演出不同的剧目吧。

　　许多时候，下班时间，梁达然还要在办公室静坐一个小时，心如荒野。荒野之侧，梁达然看看员工推送的公众号，有许多留言，杂七杂八的名字，光光鲜鲜的头像，无聊翻看着，一个特别的名字含墨而出：抱云而栖。头像模糊，但肯定是女性，个人资料也是女，但这名字，总有些像玩笑，一个老头老太太开的玩笑。

　　他们在后台私聊。

　　"抱云而栖，我很喜欢这句话，浪漫而古典。"

　　"少卖弄！这不是我本名。我这网名，其实是流浪之意。"

　　"但你肯定喜欢闲云野鹤的乡间生活。"

　　"当然，便宜。房租便宜，菜也便宜。"

　　梁达然一时语塞，看来剑走偏锋不行，这才转入正常的对话。

　　"你是学生还是参加工作了？"

　　"参加工作了，但一直不稳定，不想回家。"

　　"也就流浪。"

　　"也就便宜。"

　　"我是说你流浪。"

"我是说菜便宜。"

梁达然忍不住乐了，那一边的卓可仪，心有些怦怦跳。

梁达然和卓可仪尝到了快乐，欲罢不能。

网络情缘和电子商务类似，聊天就是做广告，看中了就下订单，支付的银子叫作"信任"。说到底，还须见面，见面就是验货，若少了验货环节，从不见面，相当于没有成交。那般古典雅致，思君不见君，共饮长江水，直奔唐诗宋词而去。

谈到能否见面，梁达然说："先聊天，后见面，属于货到付款，你看准了，再给我信任。"

卓可仪讪笑："那你是什么时候付的款？"

"看见你名字付了一半，听见你声音又付了一半。"

"那你见到我本人呢？"

梁达然一时顿住。人的脑海中皆漂有一艘异性的船只，有的是航母，有的是小竹筏。海阔天高，凝望着，企盼着，模糊着，船由远而近，千帆过尽，摇头叹息。桅杆上写着"抱云而栖"的这艘，正是想象中的等待，简直可称世间大美，哪怕她只是一只小竹筏。

梁达然产生了幻觉：斜晖脉脉，卓可仪逆光而来。走近，卓可仪眼睛很大，黑溜溜，眼前景清晰可照，略近视，有时会眯一下，头发飘起，掠过眉梢，显迷离之色。而一秒后，复归安静，只有巧笑，一波一波砸向梁达然。她穿着较宽松的 T 恤和五分裤，活泼俏皮，有不羁之态。浅色衣服有如麦田，绿波涌动。

直到两个人靠近得不能再靠近，卓可仪才告诉了梁达然这个秘密，自己就是抱云而栖。

梁达然说："真像个捡麦穗的丫头。"

卓可仪斜睨一眼梁达然，撒着娇："在少爷眼里，谁都像丫鬟。不过，看你倒是开着普通的车，你要是开了什么千八百万的跑车，我倒敢认定你不是什么好种。"

梁达然回头看一眼自己停在楼下的车，十几万元的经济型轿车，一路风尘，疲惫不堪的样子，车尾有扬尘，前窗玻璃上，有两圈雨刷器划过的痕迹，像被雷达扫过一样。整辆车像极了一个在职场出力不讨好的员工。

梁达然解释道："我说你捡麦穗，是想起一个关于爱情的形容。"

"又卖弄！"卓可仪说，"不就是苏格拉底说的，爱情就像捡麦穗，看到合适的就摘，不要一开始就瞎摘，也不要走完整个麦田才摘。"

梁达然不好意思地笑笑，问道："我不是你的麦穗，但如果连好人也不是呢？"

卓可仪反问："你觉得我会怎样？"

"嗯……"梁达然假装抬头想一下，"应该是转身就走吧。"

卓可仪摇摇头："瞧你们这出息，还号称男人有智慧。"

"那你会怎么办？"

"我来模拟一下啊，我会假装问路，请问，猪头巷怎么走？"

"我只能回答我不知道。"

卓可仪说："这就对了，你不知道，我就会走开，然后在五秒内把手机设置成静音，在十秒内把你拉入黑名单。"

梁达然哈哈一笑："你这哪是智慧，分明是阴谋。"

卓可仪假装嗔怒："居然说我是阴谋，你到底夸不夸我？夸不夸我？不夸的话，我就真成了一个问路的！"

梁达然再次忍不住笑了："你哪儿都美，从头到脚，从外到里，我都找不到下嘴的地方。让我慢慢夸你，用十年八年的时间。"

"下嘴的地方？你以为我是猪肉？"

梁达然便呵呵笑。他也在笑自己，肉麻的话，不知所起，一反常态，梁达然自己也觉得讶异。在情感绑架中，自己确实是在等待这样一个女孩，这样一种人生。她虽迟到，却未迟暮，如若迟暮，便只能从扇子舞的缝隙中，寻找老太太的优雅，夕阳无限好，只是近黄昏，大把的时间是人生幸福的基本保证。这样一个女孩，纯粹中国风格，古今合璧，不着痕迹。

尽管两个人已经相拥，但是，离开一分钟就想念。相思，如海底暗涡，一点点涌上心头。久违的感觉，依稀初恋时，才会彻底想一个人。她的言语，她的样子，她眨眼，她浅笑，她佯怒，她调皮，不是尽收眼底，是尽收心底。这个三十五岁的男人，竟一时惶恐，感觉自己握着一只氢气球，稍一松手，便会飞去，重重一握，就会破裂。

梁达然不想用伎俩，不想欲擒故纵，不想展现成熟，不想摆弄学识。他每天用无数条信息，表达心境，表达好恶，表达前世的回眸和今生的遇见，表达"遇到另外一个自己，但比自己可爱无数倍"。

他给她讲了一个关于仙鹤跳舞的故事，应该比在钢丝上舞蹈，更有深意。有个饭店，特别火爆，原因是有两只会跳舞的仙鹤，美丽非常。有个客人喜欢探究，就悄悄潜入，找到仙鹤跳舞的台下，终于找到了答案：原来，台下有一个小二，正在拿着两个蜡台，点着大蜡，不停地烤仙鹤站立的地方，仙鹤感觉到烫，自然不断移动，看起来像跳舞。

他说，我们心中都燃着烛火，所以我们看似美丽地跳舞，其实是因为，我们根本就停不下来，焦灼的心，只有相亲相爱，才可稍安。

他们也谈到关于"分开""失去"的话题，不由得泪眼蒙眬。他无法劝自己，但却能强词劝她。当她说，总有一天是要分开的，他回答，总有一天还要死呢！她无语。他接着说，总有一天你会脱掉棉衣，但一定要等到春天；总有一天苹果会掉在地上，但应该等到成熟的那一天；总有一天还要回到故乡，但人们还要去旅行；明知吃零食长肉，还是忍不住要吃；明知饮料含有色素防腐剂，还是忍不住要喝；特别是，在离婚率高达百分之三十以上的时代，人们还是要在婚礼上演出一段一生一世爱你的童话，不，神话。

过了不久，梁达然收到一条信息："我心里乱套了，我讨厌你，讨厌自己的这颗心！"

卓可仪自己都讨厌的那颗心，成为乱码。心乱，程序必乱。爱情，是中了木马病毒的电脑，运行的程序，都为对方所侵扰。

接下来的两天，他们谁也没联系谁，思念却无法掩藏，在朋友圈这个杂草丛生的地方，倔强地疯长。周末晚上，相隔几十秒，他们各自发了一个朋友圈。

他说，痛，血，咸。

她说，独自骑行在周五晚高峰的路上，淹没在一片车海中，目光不由得转移到过往的人群中，那么多黑漆漆的身影，不知怎的，觉得每一个都很熟悉。

他说，《芳华》的作者，活出生命浓度的人。

她说，有一种爱，可谓量身定制。

他说，有一种大哉斯人，天下大爱与儿女小情，皆纯粹而炽烈。

他朝着她的方向拍照，说，擦亮心窗，朝阳似火。

她说，何谓最遥远的距离，我想大概就是思念一个人的方向。

卓可仪想到，为什么自己和徐青山足够亲密了，在心里，却始终隔着千重山万重水，心是远的，身体也拒绝太接近。而和梁达然，几个回合之后，就互相沦陷，无论是心，还是身体，都分不清彼此了，身心一体。

看来，情感表达真的是有段位的。

情感表达，或者说，表白，必然有多种形式，比如放之四海皆准的鲜花、烛光晚餐；比如中国人喜欢的谐音，白色手表——表白；比如情人节和巧克力；比如浪漫的歌曲和诗词。

最高段位的表白，是表白者的方式，也是被表白者最喜欢的方式。这种形式在古时候比较多一些，最典型的包括比武招亲、打擂招亲和写诗招亲、对联招亲、猜谜招亲，有武有文，尽显中华风流。

古代有一位宰相的女儿，立志要嫁给一个才子，贫富都行。遂出一联：

"寸土为寺，寺旁言诗，诗曰明月送僧归古寺。"

这上联运用的技巧更多，有顶真、拆字、集句等，难度很大。一位姓林的书生写出了下联，贴在相府：

"双木成林，林下示禁，禁云斧斤以时入山林。"

宰相的女儿看了，非常满意，便与之结为夫妻，不过这副对联读起来确实让人赞叹不已。

左宗棠大器晚成，与一位端方贤良的好女人——清末才女周诒端的鼎力相助分不开，他们的婚姻并非"父母之命、媒妁之言"，却流传了一段"比联招亲"的浪漫佳话。

道光十二年的春天，三湘大地万物复苏，草长莺飞。二十岁的"大龄青年"左宗棠因家境贫寒，尚未婚配。这天，罗泽南、张声玠等一帮好友找到他，告诉他一个大好消息：湖南湘潭县有家周姓大户，公开比联招亲为大小姐招赘女婿。好友们说："季高兄，你才高八斗，若去应擂，必能如愿。"没料到，左宗棠连连摇头，断然拒绝："此非君子所为。"

好友们深知左宗棠的才学根底，个个极力相劝，无法说服他，便改为激将，说周小姐才高貌美，择偶门槛高，你自恃才高，却未必能入其法眼！左宗棠拗不过他们，又年轻气盛，便抱着权当一试诗词功底之心，在一帮好友的陪同下，启程前往湘潭比联招亲。

轮到左宗棠出场，已经是比联招亲的第三天上午了，之前尚无一人中选，周家母女已有些疲惫和失望。

周母想全面仔细考察一番，暗地里加大了难度，随口说出上联："鸿是江边鸟。"

左宗棠应声答道："蚕为天下虫。"

周母出上联："凤凰遍体文章。"

左宗棠不急不慢道："螃蟹一身甲胄。"

周母出上联："解解解元之渴。"

左宗棠略一思考道："卜卜卜士之命。"

周母心中大喜道："胸藏万卷圣贤书，希圣也，希贤也。"

左宗棠沉思片刻道："手执两杯文武酒，饮文乎，饮武乎。"

此时，在屏风后窥观的周诒端大小姐，已芳心暗许，忙命丫鬟出庭添茶。一时间，周家上下为觅得佳婿喜悦无比，张灯结彩，大宴宾朋。

这种高段位表白，在现代也有许多佳话。钱钟书曾写给杨绛一段很美的文字："没遇到你之前，我没想过结婚，遇见你，结婚这事我没想过和别人。" 爱因斯坦说："万物都是相对的，我对你的心，却是绝对的！"莎士比亚说："是爱你，还是更爱你，这是一个值得思考的问题。"张爱玲说："你问我爱你值不值得，其实你知道，爱就是不问值不值得。"

中段位的表白，虽然不是被表白者最喜欢的方式，但也符合被表白者的心情和爱好，也就是人们常说的"请不要以你喜欢的方式爱我，而是以我喜欢的方式来爱我"，能做到这一点，爱情也就成功了一多半。

低段位的表白，也就涉嫌抄袭了，至少是容易雷同。比如鲜花和巧克力，再比如歌曲。以歌曲为例，用歌曲表白，是一种最没有意义，却总能起到作用的方式。为什么呢？一，它是一种简单易行、偷懒的情感表达方式，好多都是高手所写，搬来可用；二，它渲染的是一种特定的氛围、心境、情景，而非琐碎真实生活本身，具有很强的代入感，容易引起感动；三，它貌似抹平了性格、学识、人品、阶层等方面的差异，在学校、在办公室、在工地、在KTV、在楼道……可以表达一样的内容。

六 "追"本身就是一种可笑的状态

　　这一次，卓可仪和徐青山闹分手，态度之坚决，让人感觉被另一个人附体。理由很简单，她觉得没有爱情，全是徐青山连哄带骗，他们才得以慢慢相处。习惯如刀，如古代凌迟的刀，第一刀下去，先把双眼遮住，然后再在身上慢慢下刀，一片一片，像变成红色的悉尼歌剧院。卓可仪觉得，自己的生活正在被凌迟，被温柔地杀死。

　　在婚姻上，中国人素来喜欢门当户对，到了二十一世纪也不例外，尤其是些家族企业，大人们都想通过婚姻，实现强强联合。大人们的说法是，这世界没有爱情，只有生活。如果想尝试爱情，从十八岁开始，在二十六七岁结婚之前，你们可以试一试爱情。听他们这意思，感情就像是坐公交，前几站是爱情之车，和意中人上去坐几站，到站后，换一辆叫作婚姻的车，坐一辈子。此后，坐这个车上，想那个车上的人。

分手的事，卓可仪通过电话提出。徐青山坚持要见卓可仪，但卓可仪不同意，电话那边哭声震耳。徐青山正要说点什么，卓可仪却止住哭声，抽泣着说："青山，你是个好人，但你别误会，我不是为和你分手而哭。我是为我的青春时光而哭，在那么长的青春里，我一直陪伴着一个不能让我心动的人，我为我的命运而哭。"

徐青山说："可仪，你别傻了。我现在在你家，你看，你把你的爸妈都气成啥样了，他们……"

卓可仪怒道："不用你教育我！我对不起我的爸爸妈妈，我不该和他们闹翻，不该摔门而去。我可能很长一段时间不回家，但你记住，将来我有出息了，我一定好好孝敬他们俩。"

徐青山低沉地说："你不回家的时候，我来孝敬吧！"

卓可仪大概还在气头上，一下子挂了电话。徐青山听着电话里的忙音，软软地坐在卓可仪家的沙发上。

觉得最对不起徐青山的是卓母，她早就把徐青山当成自己的半个儿子对待，看见徐青山魂不守舍的样子，心疼得不知道该怎么办，只好说："青山，也许可仪只是一时兴起。"

徐青山摇摇头："不是，这回真不是，我了解可仪的性格。我觉得，这背后肯定还有其他原因。"

卓母试探着问："难道是她喜欢上了别人？"

徐青山叹一声气："有这个可能，但我们怎么一点也没有觉察到呢？伯母，我现在想，就算她喜欢上了别人，也不能怪她，只能怪我。我没有成为她想要的那种人。她让我多看书，我却只顾着看体育节目，只顾着和驴友们到处旅游，应该是我不好。"

卓母表示疑惑："人也不能说变就变吧？"

徐青山说："伯母，你也别担心。我会想尽一切办法让她回来的，我得先弄清楚到底怎么回事。"

他在网上发了帖子，说是要成立调查咨询公司。很快，有共同爱好者应声而来，诸葛又亮自称智慧无边，但出身贫寒，无法施展。为了证明自己，诸葛又亮马上提出，部门的名字可以叫作"坏感情破坏部"，徐青山对这个名字还比较满意。而徐青山家资丰厚，出资开个小公司，绰绰有余。诸葛又亮和徐青山一拍即合，十天后，一个破坏性的部门应景而生。两个人招兵买马，很快丁向好和刘星前来应聘，丁向好的长处是善于运用语言，如编辑短信和发送电子邮件，有千军万马之力。刘星的长处是胆大且会装傻，必要时可以直接上阵，给人来个醍醐灌顶。然后又有夏芊带着自己的创意而来。在成立"好感情建设部"之后，夏芊从诸葛又亮口中得知了徐青山的遭遇，她跑过去对徐青山说："你可真笨，处了这么多年的女朋友被一个大龄男人给抢走了。我起初还以为对方比你有钱呢，那也罢了，冲着钱去呗，没想到，你并不比那个男人穷。如果是这样，你就得自己找找原因。"

这一番话说得徐青山挺委屈，他说："我觉得是我内在修炼不够？"

夏芊说："好，那你告诉我，卓可仪是怎么样的一个女孩？

我来帮助你。你不懂一个道理，什么叫作对一个女孩好？你以为你给她吃给她穿甚至给她钱花，你就是对她好了？笨，那是交易，她只会心存感激而已。真正对她好，就要变成她喜欢的那类人，让她见了你满心欢喜，高兴得直跳高！"

打那以后，在夏芊的指导下，徐青山依着卓可仪喜欢的类型，琴棋书画，锅碗瓢盆，开始全面塑造自己。

夏芊的理论是：对远离的女孩，你不能去追，而应该让女孩主动回头。

常听说："谁谁谁追了哪个女孩很久很久，终于抱得美人归。"然而，就如同我们听到的童话故事，结尾一般都是，王子和公主从此幸福地生活在一起。

幸福的细节是什么？从来没有人详细告诉我们，在童话故事和小说中，也是无法言说的内容。于是，在幸福到了寻常巷陌这里，就有人不断地打补丁：幸福就是平平淡淡，幸福就是柴米油盐酱醋茶，幸福就是于每一个风起的日子，安静起舞……

通过"追"而抱得美人归的，他们过得幸福吗？事实上，一时间抱得美人归的，甚至许多人都无法走到柴米油盐酱醋茶的那一步，早早夭折，半途而废。那些没有废的，也分分合合，怎一个"累"字了得！

为什么会这样呢？

因为，"追"这个事情的原始状态就是：一方喜欢另一方，当然，有可能是非常非常喜欢另一方，也有可能是一时兴起，而另一方对这一方没什么兴趣，或者根本就瞧不上这一方。在这种严重的不对称的情况下，"追"应运而生！

"追"本身就是一个很累很累的过程，全程为了某个目的而去表现和表演的过程，这种性质注定，"追"的过程，并不会是其天然本性和自然流露，即便在不经意间，也必然会千方百计孔雀开屏，隐藏自己的缺点。

那为什么又常常会夭折或者不得善终呢？

因为，时间是最好的良药，时间也是最好的照妖镜。当一个人展现了自己所有的好、费了洪荒之力才抱得美人归时，他会有两种表现：一是，他华丽皮袍下的"小"也到了该一点一点露出来的时候了。二是，"追"这个事很有意思，追不到，猎物远去，歇下来喘气。追到了，也歇下来，抓着猎物喘气。总之，这个过程太猛太累，非常态，吃不消，受不了，猎物累，追者累，本来就不是一个长久的行为。唯一值得安慰的是，追者抓住猎物的时候，自己是高兴的，人一高兴就会放松，一放松就容易现出原形，就像《西游记》中，猪八戒在高老庄，得意忘形，一喝酒就露出猪头。也像《三国演义》中，如刘备那样城府很深、喜怒不形于色的人，居然在取下四川之后，酒席宴前，得意忘形，说出一些出自本心的话。

至于作为猎物的一方，自己被捕获被收割，说明自己有价值，本来是满心欢喜，庆幸能有这么一个疼自己宠自己的人，还以为会一直这样好下去。但很快发现，根本不是这么回事，猎物到手，追者气喘吁吁，就想歇一歇。猎物当然就心有不甘，不由得会想，追我时的那股劲，追我时的讨好卖乖，都去哪了？于是挣扎逃脱，逃脱的时候，发现被追的事情又发生了，一旦追上，则又歇下了，无穷循环折磨——追、累、歇、逃脱，追、累、歇、逃脱……循环往复多次之后，都变得气息奄奄，这段感情也就到了该终结的时候了。

感情的最佳状态，就是两情相悦。如果没有那么相悦，也应该是本身就有好感，让追求成为一种姿态，一种情调，本质上，还是一个自然靠拢的过程，是一种彼此欣赏渐渐靠近的享受。

何必死乞白赖地追？还是趁早歇歇吧。

纯粹为了一己之私，明知道自己不是对方喜欢的人选，也给不了对方渴望的爱情，偏偏还要去追，基本上接近于"渣"。

有了夏芊的开导，徐青山下决心改变这种状态，至于能不能做到，连他自己也不知道。

七　爱或不爱，心不盲目才能看见

在情感案件第二季度研讨会上，梁达然见到了凌仁。这是梁达然第二次看见凌仁，他偷眼观察，这一次，凌仁的目光里有内容，梁达然能明显感觉到。梁达然心里嘀咕，难道贾真已经按约定行动了？这些日子，梁达然有空就说，自己有个同学的亲戚，叫贾真，这个孩子，如何如何好，如何如何厉害，又讲起他和凌雨晨的关系，请吴萌萌多留意一些。

吴萌萌约谈家长，并不是第一次。按道理，在大学，这种事情近乎绝迹了。然而，吴萌萌的较真劲，偏偏让大学有了一股中学的气息。吴萌萌和凌仁谈到后来，完全脱开了凌雨晨，自顾自地敞开聊天，聊了好多共同话题。直到临别时，凌仁给了吴萌萌名片，吴萌萌才惊讶地说："凌律师，我早就听说过你，你是省城有名的律师，但我不知道你是凌雨晨的爸爸。"这句话，让凌仁有些慌乱，连一句谦虚的话都忘记说了。

梁达然可以推断，凌仁和吴萌萌相谈甚欢。吴萌萌那天下班，表现得出奇欢乐，一点也没有张牙舞爪。梁达然暗想，真的是一物降一物吗？

会后没有工作餐，会议地点离贾真学校不远，梁达然就给贾真发了信息，正好，贾真也心神不宁，两个人都想到了要一起坐一坐。

梁达然和贾真选了一个常去的饭店，进门对面有两排竹子，竹子后面是背景墙，墙上有股流水，顺着坑洼不平的墙面，流到不规则的小池子里，池子里，几尾红鲤鱼游着，无精打采。

梁达然决定，好好地打一回"太极"，坐好以后，他就说："贾真，有一句话我重复了好几次，你也知道，谎言重复多了，有人就会当成真理。我告诉吴萌萌，我和你们班上一个叫贾真的孩子还比较熟，是我同学的亲戚，不是因为他喜欢心理学，而是因为他立志当私家侦探或律师，聪明而有毅力，我觉得你也会喜欢他。"

贾真大概饿了，急着等菜，瞅一眼梁达然："这个就不是谎言，本来就是真理。"

梁达然笑了："那我给你提供更多真理，听了吴萌萌对你的夸奖，凌仁说，贾真的事情，他表示愧疚，只见过那个男孩一面，就把人家给标签化了：农村家庭，个子不高……"

贾真不以为然："我怎么听着像说你？"

梁达然有点无奈："听我说完……"

"我优点比你多，"贾真昧着良心说，"我将来一定会有出息，如果有这个岳父提携，更会有大出息。"

"你们连手都没有拉过，怎么就岳父了？"

"拉手或者其他什么事情，能让你知道？你是心理学家，你就负责猜一猜心理吧，生理上的事情，就别管了。"

说话间，菜已上好，梁达然拿起筷子："好，那我就不八卦了。我直接告诉你结果，吴萌萌把话说得很清楚，凌仁要是再拦下去，凌雨晨就更接近抑郁了。吴萌萌告诉凌仁，凌雨晨已经悄悄看过情感咨询师，这事，我特别和吴萌萌证明过，而且还说了一些咨询的细节，按道理，这是违反职业操守的。"

"那你能告诉我一些细节吗？"

"我不能再一次违反职业操守。"

贾真白一眼："那我岳父怎么回答的？"

梁达然说："你能不能别岳父岳父的？凌仁对吴萌萌说，我不是怀疑你的眼光，作为父亲，我必须慎重考察这小子到底看上我女儿哪点了。如果只是因为长得好看，那就必须谨慎一些，红颜易老，绿水长流呀！你我都太清楚了，有多少婚姻案件，起初都是女人陪男人一起奋斗，男方发达之后，女人也开始变老，男人就开始寻觅年轻漂亮的女人。我们接触过的案件，有街头打小三的，甚至还有流血事件，极端的还有杀了人的。"

说这句话的时候，梁达然瞬间脸红了，他觉得自己肤色黑，别人看不清他此时的脸色，经凌仁这么一说，总感觉在骂自己。但又一想，不对啊，自己又没有和吴萌萌结婚，连结婚证也没领。

结婚可以离婚，恋爱可以分手，凭什么我就不可以？

见梁达然愣神，贾真接着说："你脸红了，你愧对吴老师。"

梁达然终于忍不住了："我是气的！我也想杀人，但估计，只有被杀的份儿。"

贾真说："那照你这么说，我是你的救命恩人。你对我的帮助，就小了许多，因为我和凌雨晨还不一定能在一起，在一起，也不一定能长久，一切都是未知数。而我要帮你的事，一定能帮成。"

梁达然问："凭什么说，你就一定能帮成我？"

贾真突然恢复认真的表情："因为你和吴老师，没有爱！没有爱，和有爱一样，会体现在一切细节中！谁也骗不了谁，所以，我对吴老师和别人产生感情，很有把握。"

梁达然点点头："孺子可教也！咱们走着瞧。"

"细节，细节……"梁达然叨叨着这两个字，陷入了沉思。

回首向来萧瑟处，也无风雨也无晴。这是他们本来以为的境界，然而，正如他对她说过的，世界上有三样东西无法掩饰，咳嗽、贫穷和爱。

他和她，他一片荒芜，她一直苍白，在短短的时间内，他们经历了生命中的许多第一次。第一次疯狂思念，第一次为爱无眠，第一次因爱冒险，第一次深情拥吻，第一次肌肤相亲，第一次紧张而惶恐的痛感……而这一切，都发生在私下约见的六面里，六面！两个本来小心翼翼的人，两个爱惜羽毛的人，情不自禁，一路狂奔。

他说：困乏谁人无眠，苦乐不改思念，发圈何抵相见，平生知己难现！

若不相遇，他们这一生都不会如此疯狂，如此超越，惊世骇俗；若不相知，他们永远都不知道什么是痴恋、迷醉，流连忘返。安静下来，他会一天一天一夜一夜地想她，想这是为什么！她，怎么可以纯美而奇妙，安静而有趣？她质如莲花，心总向阳，她像宠物一样爱人，也像宠物一样撒欢。

流浪猫不再流浪，收了爪子，敛了仇恨和恐惧，卓可仪蜷在梁达然身边，半梦半醒之间，脸还用劲在他脖颈上蹭，仿佛那里有一个洞，这个猫妖要回到自己的洞府。

梁达然搂紧了卓可仪，甜蜜的汁液像血液一样，在全身流淌。在认识卓可仪之前，他从来不曾奢望，有一个人，可以让自己时时想她，天天念她，见山不是山，见水不是水，山水之间，全是她的影子。想当初，从入眼到入心，也费过一番周折，互相怀疑、误会、伤心、担忧……当真正入心之后，两个人用四个字进行了约定："不疑不倦。"这比不离不弃更让人着迷，不离不弃，只是形式上的形影相随，至于心里怎么想的，不得而知，比如，"同床异梦"，该是不离不弃的一种特殊形式吧！而不疑不倦，却是精神上的。不怀疑对方，永远完全信任，不厌倦对方，永远如饮甘露。

他们像小孩子一样，相信蓝蓝的天，白白的云，他们腻在一起，或行或卧，或笑或嗔，丝毫没有倦意，也从没有觉得对方烦过。女孩子总有小性子，卓可仪吵过闹过，梁达然依然思念，依然觉得她是世间大美，没有一点记恨。在梁达然看来，这就是地地道道的传奇。这种传奇，远比战火纷飞、生离死别、颠沛困厄更让人珍惜，因为，那不可放手之放手，不想分别之分别，只是外物的压迫，而在这个浮华时代，可以放手却不放手，人皆放手唯自己不放手，自然弥足珍贵。

他们在一起，看了太多的影视剧，什么传奇大片，什么家庭伦理，他们都觉得，比起他们的爱情故事，那些影视剧不足为奇。因叫床而叫座，为炒作而吵架，现在的影视剧，怎么会沦落到这种地步？

梁达然正想得入神，卓可仪轻轻弹了一下他的额头，问道："想什么呢？"

"没想什么，差点睡着。"

"哼，"卓可仪扭过身去，"想吴萌萌了吧！"

梁达然点点头："还真是想吴萌萌。"

卓可仪一听，马上睁圆了眼睛。这个回答，太出乎她的意料。以往，她一说起这个话题，梁达然肯定回答她："没有想吴萌萌，想我的可仪。"今天明显是吃错药的感觉。卓可仪用胳膊肘支起身子，推着梁达然："想吴萌萌，就回她身边去！"

梁达然拍拍卓可仪的脸，笑道："咱不吃这种干醋。我在想，我怎么会在那个时候接受吴萌萌？这还真是一个问题，现在想起来，当时也没有特别的渴望，更没有像我们这样的感觉，难道，只是到了该结婚的年龄，找一个可以结婚的人，把人生一步步走下去？"

卓可仪认真道："没出息的人都是这样，委曲求全，你看看那些有事业的人，还不都是三十几岁才结婚？哪像你，被锁在一段感情里。"

梁达然听了这话，一股苦楚涌上心头，喃喃道："可是，我也挺冤枉啊。我又想起那个捡麦穗的故事，没有一个人，可以全程走完人生，再回过来思考，哪一个麦穗适合自己。所以，许多人都是在捡了麦穗之后，才发现前面的路上还有更好的麦穗。我也一样，没有人告诉我，我在三十五岁的时候，会遇到一个二十五岁的女孩子，更没有人告诉我，她会成为我的至爱，成为我朝思暮想的人，成为我恋恋不舍的人。不，哪怕有人告诉我，在三十五岁，在三十八岁，我爱的人会出现，我也可以等。"

"你这厮，一派胡言。"卓可仪说，"谁都想遇见先知或者预言家，但那是不可能的事。如果有一天，有一个神仙驾着祥云飘到你的跟前，告诉你，你的人生如何如何，每一年会遇到什么事，哪天掉牙齿，哪天闹肚子，哪几天和老婆在一起，哪几天又和我在一起，一三五，二四六，把你的未来罗列得和中学生课程表一样，你活着还有什么意思？就你这水平，还金牌情感咨询师呢！来，我现场咨询一下，如何把没意思的生活，变得有点意思？"

梁达然离开的时候，诸葛又亮和丁向好刚刚赶到卓可仪家巷口。眼看着梁达然离开，丁向好暗暗遗憾自己错过了好戏。他们俩商量了一下，不能把这事告诉徐青山，一是害怕徐青山气死；二是担心徐青山做出非理性的事；三呢，最可怕的是，一旦把梁达然和卓可仪的事挑明，吴萌萌那边绝对会放弃梁达然，这样一来，梁达然成了自由身子，反而可能促成他们的好事。

　　诸葛又亮建议从外围突破，先从加强心理攻势下手。丁向好找一处阴凉地坐下来，开始编辑短信。

　　第一条发给梁达然："花心男人，你好，好多人羡慕你能够左拥右抱，但你左拥右抱的，应该是你的女朋友。如果她在哭，你在笑，你愿意吗？你现身说法，让我们明白，什么是孩子哭，豺狼笑。"

　　第二条发给卓可仪："小三，你好。片刻温柔之后，他会回到谁的身边？他会回到哪张床上？当他抱着他的女朋友想你的时候，你觉得自己幸福吗？"

　　第三条发给梁达然："你正在害人，你找了无数个理由，包括那个叫作爱情的理由，否定自己在害人，但是你，正在害你所爱的人。"

　　第四条发给卓可仪："小三就是小三，'小'是渺小，像一粒角落里的尘埃，见不得阳光；'三'是排名，一和二那么大，三又这么小，颜面何在？"

　　卓可仪先看到了短信，她惊讶万分，下意识地，跳起来朝屋外看了看，"唰"地拉上了窗帘。再细看那两条短信，又羞又气，发短信的是一个陌生号码。她怀疑是徐青山，马上回电，丁向好接了起来。卓可仪大声问："你是谁？为什么给我发这种短信？"

　　"一个住在附近的好心人，一个维护社会正义的人。"

　　"你到底是谁？"

　　"我只接你这一次电话，以后，你就被拉黑了！再见！"

　　丁向好挂了电话，把卓可仪拉进黑名单。卓可仪再打，果然再也打不进去，她咒骂道："怎么会有这么无聊的人！"

梁达然开着车，开始没听见短信，等开到车少的路上，拿出手机，看见有未读短信，一看开头，不由出了一身冷汗，赶忙急打方向盘，把车靠了边，读完两条短信，先是莫名其妙，接着心虚胆战，回拨电话，却是忙音。十分钟内，回了无数次，总是忙音。他知道，这个电话自己永远也打不进去了。他在车内挨个想，想来想去，自己也没得罪什么人。他心内惶惶，直到吃过晚饭躺在床上，心还怦怦乱跳。

后来，卓可仪总结这段经历：我默念你名字，反而不叫你；我想拥抱你，反而背对你；我本要告诉你心里的秘密，反而假装忘记了；我闭上眼睛全是你，反而提醒自己梦醒了。当你闯入我心门的那一刻就如同在我心里种下一颗爱情的种子，新的生命开始孕育，我们的爱在萌芽，然后疯长蔓延。痛却一直伴随，并未因快乐而削减，只不过因快乐而淡忘，但它真真实实一直存在，隐痛从未间断，阵痛有时突然袭来，我疼痛难忍，我内心懊悔，每每这时，及时雨如你，送上一颗定心丸、止痛药，便风平浪静。

梁达然回复说：常常处在一种身心俱伤的状态中。我也深深地感受着，逃无可逃，避无可避，似乎被命运裹挟着，泥沙俱下，五味杂陈，区区数月间，尝遍了人间繁复的滋味。相信，这种感觉，你比我来得更真切，也更入心入骨——因为你真的搅乱了心，挫伤了骨。

神话，依然是神话，哪怕是受伤的神话，远古的神话，既有浪漫的美好，也有伤痛和无奈，夸父要逐日，西西弗斯要推石头，普罗米修斯要窃火，七仙女要迷情，颇似这复杂奇妙的人间，而我们的神话在于，本来两个温文尔雅的人，本来两个说话都不大声的人，本来两个待人接物诚信规矩的人，却为彼此而疯狂，所有的行为都被打上"狂野"的标签，虽然，我知道，利害相生，有其正必有其负，可是，我想对神话说，狂野够了，五味尝了，筋骨痛了，能给我们多来一些纯快乐吗？

卓可仪无奈地说：你如太阳，我如水，遇爱见彩虹。

八 平平淡淡不是真，是无奈

有些感情蒙着精致的面纱，但藏不住千疮百孔的真容。梁达然和吴萌萌的感情，就长这模样。

从不良的"人分三六九等"的角度看，他们俩都算优秀，学识、职业都不错。梁达然出身半工半农家庭，父亲是采矿工人，母亲是农民，居住在山里，他就是在这种环境中长大的苦孩子，奋发图强，生活可以用"花钱"和"考试"来总结：花钱上重点小学，花钱上重点初中，通过考试上重点高中，通过考试上重点大学……

吴萌萌是城里人，父母都是普通工人，父亲年轻时，在工厂里没人敢惹，路见不平，一通理论，每一次还总占理，久而久之，人们送了一个外号叫"闲事吴"。闲事吴做生意有一手，积累了不少财富。

　　吴萌萌遇到梁达然的时候，正是梁达然意气风发但不知道往哪发的时候，他觉得自己本事挺大，但没有资本，只能打工。吴萌萌的女同学和梁达然是同事，有次聚会，女同学有意撮合他们俩，说这一对"狗男女"，一个长得清风明月，一个长得落落大方，造物主怎么造出来的？除非我这种心胸宽广的好人，否则只会嫉妒死他们，哪还舍得把他们撮合在一起？

　　这个女同学不明白，把一只雄壮的公狮子和一只美丽的母老虎关在一起，就一定会产生美好的爱情吗？即使他们生下了更美丽的狮虎兽，也不一定会有爱情。

　　后来，两个人经历得越多，越发委屈，都觉得自己在迁就对方，伟大而崇高。吴萌萌有小姐脾气，自视甚高，看不起梁达然，包括剪指甲，洗头，吃饭的姿势，打呼噜的声音，都不合规矩。而梁达然觉得，吴萌萌敏感、多疑、不温柔，芝麻大的小事，遇上她心情不顺，非要逼得别人跪地求饶，实在是有点太凶悍了。

　　梁达然的心里投下了更多的阴影，不过这阴影是双向的，吴萌萌的心里，也好不到哪里，不同的是，梁达然发现自己错爱的时候，吴萌萌已深陷其中，认定梁达然是自己一生的男人。

　　三番五次，如此这般，一年过去之后，两个人都知道如何相处，大部分时候风平浪静。但两个人在一起，经常有一股阴郁的气氛。那不远处的婚姻，似乎真的成了爱情的坟墓，虽没那么快，但他们生活在一个预备坟墓中，吴萌萌是活的女王，梁达然是活的陪葬，两个人都在里面等死。

　　痛定思痛，梁达然醒悟了。婚姻其实是人世间最伟大的发明之一，她造就了神仙伴侣，也造就了夕阳下最美丽的老人剪影，甚至还成就了苏格拉底和林肯。两个人的老婆均以剽悍闻名，轻则破口大骂，抽水机似的，没完没了，重则大打出手，精通各种打法，熟知老公的痛感在哪里。

这两个老婆最大的功绩是，前一个造就了苏格拉底的哲学思维，处乱而不惊，对人生、婚姻和爱情有着独特的思考，经常以历经命运洗礼的高度，教育希腊的年轻人，你们永远弄不懂别人，你们还是改变自己，做最好的自己吧。而林肯在其惊心动魄的从政及战争生涯中，遭受了无数的误解、诽谤和诬蔑，他都能坦然面对，枕头下放着《圣经》和《笑话大全》，保持着乐观向上的精神，有着那个时代最优秀的幽默感。林肯一定从骨子里小看那些政敌，自己老婆一怒，如千军万马，老夫在炼丹炉里炼过，你们的那些小儿科，自然不在话下。

梁达然不想当苏格拉底，也当不了苏格拉底，哲学都被古人写完了，再写出来的，都是笑话。他也不想当林肯，也当不了林肯，世界已经成了地球村，他能当一个快乐自由的村民，就是今生的追求。

他认识了卓可仪，他快乐了。他认识了卓可仪，回头一看吴萌萌，他发现自由和快乐一样重要。

卓可仪的家境介于吴萌萌与梁达然之间。

卓可仪妈妈是数学老师，也许是因为在肚子里就听烦了数字，卓可仪天生不喜欢数字，只喜欢语言文字。对于文字，或磅礴，或婉约，或激越，或幽怨，无所不涉。至于所学专业，顺了自己一半，顺了父母一半，没有学会计，也没有学语言文字，而是学了外语，算是一种折中。

然而，在职场，喜欢文字，喜欢阅读，却不擅写作，即使在空间或博客里任意纵横文字，终究功力较浅，无法把自己炫成才女或精灵，无人欢呼，无人鼓掌；就如同喜欢一个男人，对他痴心不已、对他全神专注，却无法得到他的半点反应或回馈，无异于悲哀。

职场连连碰壁，卓可仪才明白，喜欢文字，可用来修心，不可用来求职。她求职，其实自有优势，不过，纵然有美丽的眼神和得体的仪态，所求职位若非花瓶，带来的仍是悲哀。她挑生活如挑书，眼里容不下沙子。前台接待或老总助理，这样的工作并不难找，而难找的，是能够没有男人猥琐的目光，没有老总意欲潜规则的试探，没有其他女同事的嫉恨。在数家公司，这三种难堪一齐攻击，卓可仪落荒而逃。

在职场的逃亡途中，有一次，她路过梁达然任职的情感咨询室，当时梁达然还没有设立自己的情感咨询室。当时，卓可仪满腔愤懑无处发泄，就走了进去。前台不是心理医生，而是初诊接待，一位实习情感咨询师，也是一个小女孩。小女孩听完她的叙述后，告诉她，这不是心理疾病，这是毕业阵痛，不少优秀的女孩都经历过。卓可仪不信，又诉说了半天，最后那女孩求她别再说了，本来觉得人生还挺有意义的，经她这么一说，自己都不想活了。小女孩用无比艳羡的目光看着卓可仪："论学历，论身高，论长相，论才学，你是我这辈子也实现不了的理想。你若还觉得没意思，那我死了算了。"

那一次，卓可仪没有见到梁达然。那时候，梁达然还没有吴萌萌，他们俩若是遇见了，人生应该是另一种走法。

有一段时间，卓可仪喜欢坐在窗前发呆，她望着眼前的芸芸众生，这来来去去，熙熙攘攘，莫非，真是为名利而来，为名利而去？她的大眼睛充满了忧伤，一泓秋水的深眸，让人不可接近。仇恨加忧郁，她的眼睛变成了老鼠夹子，居心不良的男人接近，睫毛如刺，悄然合住，伤人无数。

伤人无数，亦伤己无数。气质远非一朝一夕形成。若形成伤人无数亦伤己无数的气质，谁人敢接近？自己这一生又如何过？

有时候，一个人会变成自己痛恨的那一类人。比如一个女孩，内心认为男人都是色狼，年龄稍长的已婚男，则是双倍的色狼，现实中却必然地或者从众多色狼中喜欢上其中一个，或者从众多双倍色狼中喜欢上其中一个，而她，从来不认为是作践自己，而是一种伟大的爱情，为了这种伟大的爱情，什么事都愿意做。

直到遇见梁达然，卓可仪才明白，女孩的心底，都住着一个柔情女神，一旦遇到心中至爱，并不伤人伤己，从不伤人伤己。

梁达然说：快乐因子是仙药，痛苦因子是良药。仙药告诉我们，这是真爱。良药告诉我们，爱是修行。

卓可仪说：太可怕了，我从不懂得什么"表白"，是爱情让我们学会了说"我爱你"。你是一本我读不完读不厌的书，很开心以后还有机会读。

这时，卓可仪才明白，以前，之所以目光如电，睫毛如剑，只是因为，自己没有遇见那个正确的人。至于遇到的时间，在此却可以忽略不计。人们希望遇到正确的人，只不过分为在正确的时间和不正确的时间。人们都以为，在正确的时间遇到正确的人，是人生之大幸。这就等于说，和相爱的那个人结婚，是人生之大幸。但事实上，是吗？

若这世上，所有的人都和相爱的人结婚，就是所谓在正确的时间遇到正确的人，便会产生两种结果：一种，当爱情变为亲情，不免会为平淡的人生心生感慨，如若爱情变质，或者又遇到"更正确"的人，那就近乎悲剧。另一种，人人白头偕老，永远不变心，想想，这世间会失去多少荡气回肠、感天动地的爱情？

有人说，平平淡淡才是真，这话说得不着边际，怎么听怎么像自我安慰。既然平平淡淡是真，那热烈非凡的东西便是假？也就是说，疯狂的爱恋是假，热闹的婚礼是假，出奇的浪漫是假……有许多话，正如这句"平平淡淡才是真"，骗自己都不信，却成功地骗了许多人。

事实上，那些让自己心潮起伏的内容，全是真。而这些真的内容中，又有一半是见不得人、不能言说的事情，比如半夜三更如何如何，比如一个人的时候所思所想。求真而不得，转而坠落于平淡之中，只好讨巧卖乖，顺其自然，享受这种平淡，更说平淡是真。所谓平淡，不是真，实指无奈。既然无奈，若不享受，非要痛苦么？

人们真会骗自己。

九 关于"合拍"和"互补"的重大误解

梁达然给咨询室起名的时候，担心"诊所"二字会吓跑许多人，就挂靠了省心理研究所，成为旗下的情感咨询室。

一进情感咨询室，迎面的墙上是一张卡通大笑脸，类似于 QQ 图标。下面是一张小笑脸，这张生动略嫌职业的笑脸，长在生硬的职业套装上面，套装笔挺，让人想起，梁实秋不喜欢穿西装，因为西装领子和领带，让他脖子难受，"不堪回首"。

凌雨晨去咨询的时候，接待员笑语盈盈："您好，有什么需要帮助的吗？"

凌雨晨一副可怜样："我不想活了，我的生活看不到一丝光亮。"

接待员脸色稍变，指一指不远处的椅子，继续柔声道："那请您坐那边，梁老师这会有个咨询者，一会儿我带您去寻找光亮。"

凌雨晨点点头，乖乖地坐在椅子上。走路的时候，凌雨晨气若游丝，给人脚不着地的感觉。接待员手机响，她走到拐角处接电话。偌大的房间里，仿佛只有凌雨晨一个人。她环视四周，这地方布置得很温馨，以暖色调为基调，只有椅子是草绿色。

隔着两间房的地方，房门上挂着一个牌子，写着"第一咨询室"五个字。侧耳细听，里面传来女孩子的哭声，嘤嘤呀呀，凄凄惨惨，诡异而神秘。

凌雨晨想，这应该就是梁达然所在的咨询室。

凌雨晨出生的时候，正是早晨，未来全家人已商量好名字，就叫凌晨，朝气蓬勃、晶莹美丽。一顿奶的功夫，外面下起了雨，雨景甚是美好，于是就在"凌晨"中间加了个"雨"，按五行说法，水即财，一早就发财，就跟趁早就出名一个道理，早早就可以享受人生。

是否会早早有名，是否会早早有财，尚是镜中花。偏有另一件事应验了，如果爱情也是人生的享受，那么，凌雨晨享受得确实挺早。初中就心神不宁谈恋爱，双方家长并不知情，初中毕业时发现不合适，在一个雨天，痛哭分手。

后来，青春萌动，智慧见长，憋着劲学习了三年，考了本市的一所好大学。到大一，终于现出原形。她发现两件事情很不对劲，第一，她不能总是憋自己、惹自己，这样做太不划算，而且还容易憋出毛病。另外一件是，她发现班上有一个男生很关注自己，而自己对他也有好感，就这样，她生命中多了一个人，当她再心生叛逆、心情苦闷的时候，必须惹一个人的时候，她就可以惹贾真，她有时候叫他"小亲"。贾真从不生气，也从不外露个性，表现出泰山崩于前而岿然不动的英雄气概，足可担大任，值得凌雨晨欺负，深得凌雨晨赏识。军训还没结束，他们便大大方方牵手，偷偷摸摸拥抱。

不多久，贾真送她回家，在自行车上吻别，被爸爸凌仁看个正着。

准确地说，也不能叫看个正着，凌仁早就在窗前盯了一星期。

律师出身的凌仁，感觉到凌雨晨似乎在处朋友。出于职业原因，他采取了偷袭压气势、控告占天理的方法，试图让凌雨晨败下阵来。其实凌雨晨不打自败，在她心里，凌仁是个伟大的爸爸，她从不惹自己的爸爸，以前，当她心生叛逆，心情苦闷，必须惹一个人的时候，她选择惹自己。

凌雨晨的身材长相随她爸爸，俊美修长，军训时便有男生起绰号，"操场一枝花"。凌雨晨奔走行动，都给人一种长颈鹿的感觉。如果长颈鹿站起来踮着脚尖吃树叶子，上帝抡起大手压下来，第一个拍到的就是凌雨晨。

同学们都羡慕贾真，说他看得准，出手快，开学不到一个月，便能抱得美人归。人们一听说"抱得美人归"，就羡慕得口水横流。殊不知，抱得美人归之后的事儿，就都是美事吗？情何以堪？！被掐的肉何以堪？！

像贾真这样的宝贝，凌雨晨本来该万分珍惜，像其他女孩子那样，和父亲闹翻，把男孩子当成自己的真命天子，奉若天意。但是，凌雨晨仍然舍不得和凌仁争论，因为她深知爸爸的苦楚。在凌雨晨初一上半学期，爸爸妈妈闹离婚，妈妈有错在先，被富商诱惑，抛夫弃女，据说富商许诺妈妈移居海外，天天面朝大海，春暖花开。凌仁身为律师，各种取证完备，妈妈供认不讳。

凌仁发挥了特长，在一切能逮便宜的地方，他都故意吃了亏，在一切能争取的地方，他都进行了让步。一个奇男子深沉的爱，让小小的凌雨晨敬若神明。妈妈在法庭上哽咽到几乎上不来气，这时候，她想起婚姻的过往，都是自己的错，这个男人，才是最深爱自己的人。她当庭表示，要撤回离婚诉状，法官问原因时，妈妈答："我错了，我觉得他爱我，没有人比他更爱我。"

而凌仁的回答是："不必撤回。我确实有爱，但是，太晚了，刚才，我已经把爱全给出去了，没有了，一点也没有了。"

在凌雨晨看来，凌仁有大情怀，妈妈不是爱上有西方文化背景的人了吗？于是，凌仁用实际行动解释了什么是"爱你的敌人"。

凌雨晨恋情曝光，她不能去惹爸爸，无法对抗爸爸的力量，和贾真继续交往，就是一种对抗，所以她不能和贾真继续交往。在和贾真说明原因之后，她开始残忍地拒绝贾真。对所爱的人残忍，是玩错了的飞去来器，飞出去伤了所爱的人，飞回来伤了自己。

凌雨晨有走投无路、万念俱灰之感。在青春的世界里，爱情有时会成了天幕，遮天蔽地，仿佛失去爱情就失去一切。不过，走投无路是死路，万念俱灰是死灰，凌雨晨有死之心，存死之念。走投无路，回家的路必须走，万念俱灰，心疼爸爸的念没有灰。她对自己说："求生不得，求死不能，大概就是我这种情况。"

殊不知，求生不得、求死不能的状态，一般存在于肉体折磨，比如贩奴贸易中的奴隶，比如被流放做苦役的人，比如失去自由的囚犯。对肉体折磨和精神折磨的比较，早有哲人说过，"在牙痛和内疚之间，我宁愿选择后者"。连那个死都不怕的黑大个张飞，诸葛亮听说他什么都不怕时，露出惯有的作秀之笑，轻轻在手心写下一个字，展于张飞看，张飞顿时惊出一身冷汗。手心的那个字，是一个大大的"病"。

所以，在凌雨晨灵魂遭受鞭打的时候，肉体还在没心没肺地吃喝，比起那种"衣带渐宽终不悔，为伊消得人憔悴"，爱的境界还差一截。就算比起茶饭不思，也尚有距离。实在没有办法，白白净净、营养充足的女生们，往往唱着悲伤的情歌，让文艺代替自己去悲伤。她们最常说的话是："你别看我又吃又喝、又唱又跳、一脸坏笑，你别看我脸上常常洋溢着幸福的表情，我心中的痛，只有夜深人静时才会流淌，只有少数微信、QQ 好友和微博私信才知道。"

其实，真正的痛，和真正的病一样，比如咳嗽，比如拉肚子，根本无法掩饰。在地震中失去亲人，他们的泪谁也装不出，最好的演员也装不出。一个号称心底有痛的中学生，一定不知道被电锯杀人狂猛追的滋味，如果知道，她肯定会由衷地对自己说："这点痛，算什么！"

每一个人都有把自己的苦难夸大或缩小的能力。面对同样的情感，夸大了的，跳楼自杀，缩小了的，别处桃花。

百分之九十九的哲学家都犯了糊涂，他们都说，肉体是心灵最大的敌人，灵与肉的纷争与矛盾，折磨着人的一生。这话等于承认，肉体的狂欢是人生最大的享受，吃喝玩乐，紧紧抓住爱因斯坦所讽刺的"猪猡的理想"，算不算成功的人生？哲学家们都否认，但他们自相矛盾，他们也说服不了自己的肉体，面对美食与美女，流出同样品质和成分的哈喇子。

所以，要论真正热爱生活的人，凌雨晨大概算一个，她选择了十种以上的自杀方法，还有一款备选方法：离家出走。后来一想，不对啊，自己死了，老爸更伤心，又把之前想过的、已经放弃的方法，又统统放弃了。

她在当天的日记中写道："我在死亡线上挣扎，坚持了过来，一共超过二十一次。"

死是死不了，但活着还挺受折磨，在凌雨晨一亩三分地的天空里，贾真还时时出现，带着幽怨的眼神。这种折磨，让凌雨晨困苦不堪，十几岁的年华里，她没有经历过这样巨大的撞击，妈妈离开家时，她已略懂男女情爱，知道错在妈妈，甚至披头散发和妈妈折腾过，她希望妈妈留下来，妈妈则希望凌雨晨跟她走。记得那一次，凌雨晨第一次恶狠狠地提到"死"字，她对着妈妈怒吼："我死也不跟你走，我死也不跟那头猪走。"凌仁玉树临风，那个商人则大腹便便，凌雨晨一直"尊"称该商人为"猪"。

有一天，凌雨晨看到情感咨询室的广告："您的坏情绪要找个出口。"她想，这话说得有道理，比起上述种种死法，估计，慢慢气死，结果肯定是一头白发，眼窝深陷，和恐怖片里的女鬼一样，难看死了，也不是什么好死法。她又想，也许，心理医生明白，求生不得，求死不能，是一种什么心情。好在，精神受折磨的同时，凌雨晨还拥有自由，还可以像一只忧郁的鸟儿那样，悄悄飞到情感咨询室。

横看竖看，拆开了看，梁达然都是一个可爱而精致的男人，轻声慢语，但男中音很有质感。再加上职业习惯，就像从有些酒鬼眼里能看到酒精一样，别人总能从梁达然眼睛里看到爱和理解，这让吴萌萌产生一种担心：是否每一个女孩见了，都想靠近说话？这不仅因为梁达然是情感咨询师，也不仅因为梁达然具有中国传统士人的美好特质，还因为，梁达然虽出身农民家庭，但太能读书了，中外文化，兼容并包，为儒家装了法眼，为法家开了儒怀，在佛道超然之外，不舍济世情结，心中还另装着一串长长的外国名字，包括弗洛伊德、卢梭、伏尔泰，等等，作为他应对工作的十八般武器，虽不会样样精通，但每一样都能使得他虎虎生风，在业内被称为最佳咨询师，几乎每一个人都对他赞誉有加。

而生活的可怕之处在于，每一个人都带着几张面孔，梁达然也不例外。而一个人，尤其是一个风度翩翩的男人，他是什么样的人？具备什么样的品质？人若分四品，那么，即使他在九十九个人眼中是 A 品，也不影响他在一个人眼中是 B 品，甚至是 C 品 D 品。这种情形，有如一个故事：一个妇女，风情万种，和所住街上的几个男人有染，她的所作所为，终于惹恼了一个卖馅饼的小贩，这个小贩大声向妇女抱怨："你不可以花心了，你不可以勾引男人了，你一定要对你的丈夫好，不要气你的丈夫，好好过日子。"妇女觉得奇怪，反问他："我花不花心关你什么事？"小贩答："你丈夫是我的固定客户，你气走了你的丈夫，我每天少卖五个馅饼。"

相对而言，对凌雨晨这种咨询者，梁达然会觉得简单，比较喜欢。虽然口头上寻死觅活，其实是泡在蜜水中成长，连阳光雨露都会认为是洪水猛兽，把别人的好心当成驴肝肺，倒是小事，常被当作天大的事，在她胡乱搭建的青春小屋里，时有发生。所以，当凌雨晨坐在对面椅子上的时候，满脸戚容，泪痕未干，未语泪先流，梁达然就一眼看穿，这个女孩子，终究没什么大不了的事，而且青春气息扑面，让人觉得这个世界挺美好。

梁达然看着凌雨晨说："你本来觉得，这几种事情，都是美好的事情，是可以同时存在的。和爸爸保持父女情深，他照顾你的生活，你也孝顺他，疼爱他。同时，你和贾真的爱情也要甜蜜，甜蜜到让人羡慕，还能促进学习。还有，你希望你爸爸能明白这个道理，让他不再阻拦你们的爱情，让贾真和你爸爸处得和父子似的。对吧？"

凌雨晨连连点头："是啊是啊。"

"所以说，你其实不是想活，是想活得更好。"

"梁老师，谁不想活得更好呢！我不知道该怎么活才对，总不能这样苦死吧！"

梁达然微微一笑："真想死的人，根本就不想活得更好。因为真想死的人，有一种情绪叫绝望，生活，对他断了一切的希望与牵挂。你呢，你至少还牵挂着几个人？"

说着，梁达然轻轻伸出两个指头，不语。

凌雨晨却伸出三个指头。

梁达然就问："为什么？"

凌雨晨哭得更厉害些："其实我还想妈妈，我恨她，但我更想她。不知道为什么，我一边担心她和那个骗子生活得不幸福，一边又希望她生活得不幸福，能回到我们身边。"

梁达然说："你想得真多，所以，你只能好好活着。好好活着，就总能想到办法，把你期望的这些，变成现实。"

凌雨晨说："我是想好好活着，但我找不到一个出口，他们把我逼到了死胡同，左也不是，右也不行。你得帮我，我有钱，我们家不穷，我爸爸给我的零花钱，我都存下快一万元了。"

梁达然说："用不了那么多，我们帮人，并不一定要收钱，尤其是你这种小女生。但不知道，你想要我怎么帮你？"

"我要你帮我说服我爸爸，同意我和贾真处朋友。在大人们的世界里，总犯一个致命的错误，他们一直以为谈恋爱会影响学习，影响成绩。你知道真正影响成绩和学业的是什么吗？"

"是什么？"

"是大人们的反对和阻挠。本来我们约好一块儿学习，比着谁更有能耐，因为我们都许诺，要给对方最最美好的将来。别以为我们不懂，我们比谁都懂。结果，大人们一插手，我们的心情糟透了，影响了学习，有可能真会导致我们将来睡在立交桥下面。"

梁达然略一思索，这道理他倒是头一回听说，而且听着还颇有道理。这就和大禹治水一样，不会疏，只会堵，必然洪水肆虐。再者说，爱情这东西，来源于原始欲望，和吃饭睡觉一个档次，一旦来袭，锐不可当，如果有人恶意拦截，不免发生死伤。

由于工作原因，梁达然接触的中学生和大一大二学生比较多。这个阶段，正是世界看不惯他们，他们也看不惯世界的年龄。这不奇怪，世界由成年人执掌，成年人与他们的代沟，就是世界与他们的代沟。当一个为数众多的人群，和他们所处的世界产生了代沟，整个世界都应该反思。这就好像一条江流，有一多半的年轻人都在上面翻船，该反思的，肯定不应该是年轻人，而应该是那条江流。如果整个江流阔大平缓，没有险滩，没有急流，就没有人会翻船，就会各得其所，各就其位，共同航进。

现在的年轻人很值得同情，面对快节奏，面对社会的巨大压力，在步入真正的成年社会时，他们会迅速地成长起来，不必担心他们会不负责任和不知担当，他们比上一代人聪明许多。看看网络上的留言，百分之九十以上的幽默机智的言论，就是由十几岁到二十出头的人所创造。

真正需要担心的是，年轻一代的许多负面行为，都是由上一代人手把手教出来，或者惯出来的。带着教出来或惯出来的这些负面行为，当他进入社会时，等于负伤打仗，负重前行，于是人们看到了更多的负面行为。社会这个染缸，并不曾要抚平他们的伤痕，反而在年轻人身上抹粉，酿了两千年之久的粉底，让每个人看起来都光溜溜，白粉粉……他们学乖了，和他们的父辈一样乖，整个世界都被欺骗了。

他们得到的是为人处世的方法，失去的是整个人生。

梁达然正思索着，凌雨晨问道："老师，你一定能帮我，是吧？"

梁达然说："你讲得挺有道理啊，你爸爸肯定能听懂，你怎么不和你爸爸说。"

凌雨晨摇摇头："快别提了，他和谁都讲道理，就是不和我讲道理。我说了好多遍，该说的都说了，加上又吵又闹，但都不管用。"

"你爸爸不是律师吗？律师最讲道理了，为什么会不管用？"

"因为，他是我爸爸！"

梁达然点头称是，这小丫头年龄不大，话语也不算多，但说出来的话，还挺能切中要害，再多一句都是废话。梁达然又想起自己和吴萌萌，他越发恐惧婚姻。婚姻之所以被称为爱情的坟墓，其主要原因，就是因为被埋在无穷无尽的琐碎沙土之中。

梁达然送走了凌雨晨，回到办公室桌前，蓦然瞥见，不知何时，自己的桌面上，留下了一张小小的对折的纸条。写字的人应该使着狠狠的力，从背面可以看到明显的字痕。梁达然拿起纸条，读着纸条上不多的几行字：

梁老师，有些话，我当面不知道怎么说出口。我只想说，这不是我想要的生活，不是我想象的青春。我不想自己后悔，也不想惹男朋友或我爸爸生气，但又没有办法，想起这一切我就心烦。我真的想到了一个好办法，那就是死。我死了以后，就什么烦恼也没有了。男朋友怎么爱和纠结，我爸爸怎么伤心欲绝，甚至从欧洲回来的妈妈怎么心疼，我都不用知道，一了百了，多么轻松。

攥着纸条，梁达然的心一阵阵发紧。

凭多年经验，他确信，能解救凌雨晨的，不是自己，而是这个贾真。这两个人甚至比自己和卓可仪还合拍，连名字都押韵，个性接近，说话风格也像，但细微处又有差别，很符合心理学对理想情侣的界定。

在情感生活中，很多人对"互补"这个词有重大误解。互补，指的是性格上的互补，而且，这种互补，还应该是相似度之外的互补，比如，在三观一致的前提下，一人沉稳，一人活泼，像郭靖和黄蓉。绝对不是理念、品位和格局上的互补，比如在文化理念上，一人高雅，一人低俗，你读一段古诗词，他说你酸文假醋；比如在话题选择上，你说同事的毛衣，他说国际关系；再比如，在消费理念上，买一双袜子，你说商场里三十五元一双的就是有品质，他说地摊上十块钱两双，穿起来也毫不掉价，在几乎所有东西上，你觉得值，他觉得浪费……如果这样，天天都在煎熬，很快就会疯掉。

十　情感典型套路：发动亲戚朋友

　　人们都说，在刀尖上跳舞，是一种很艰难的姿态。卓可仪知道，自己不仅仅是在刀尖上跳舞，而且是在燃着烈火的刀尖上跳舞。疯狂、疼痛、崩溃、灼烧……这些之外，她最担心，世人的目光之火，会烧光她的衣服，让她赤裸裸地展现在世人面前。"小三"的角色、偷偷摸摸的私会、如临大敌的恐惧、礼义廉耻的叩问，每一天都在折磨着自己。

　　奇怪的是，处在这么多比大山还重的压力之下，自己为什么不停止？如果说，疯狂地想念，由不得人，可以不停止，为什么还要频频私会？爱情不是应该带来美好吗？她日日夜夜，在思念的同时，又害怕这样的爱情会摧毁什么。

她很幼稚地想，如果不是梁达然，而是换一个人，那该有多好啊！换一个没有被情感绑架的人，哪怕付出多少艰难困苦，哪怕遍体鳞伤，哪怕遭人唾骂，只要能在一起，也是值得的。

当所有的问题都无解，她就问梁达然："该怎么办？该怎么办？"梁达然只好说："我们不是神仙，我们不能预测未来。"

"那我们就分开！"

"分开也难，人世间最难分开的几种关系，真爱，排第一名。"

"我不能这样等死，真的，然，一直下去，我会死的。"

"除非……"

"除非什么？"

"除非有外力出现……外力分为两种，一种是好的，比如我这边，吴萌萌突然爱上了别人，一种是不好的，比如你那边，遇到了合适的如意郎君。"

也正是这次的交流，让梁达然有一个灵感：如果能让吴萌萌爱上别人，岂不是一举两得的好事？

卓可仪则想起了徐青山。她有时候甚至想，如果不去做情感咨询，自己还是那个糊里糊涂的笨蛋女生，也许分分合合，最后就和徐青山在一起了，好不好，也就那么过了，不会有人催婚，不会有人逼嫁。

在梁达然这里，卓可仪得到了三句很开悟的话：一、每个人都生活在当下，以前的好没有意义，变了就是变了。二、你把变化归结为自己的善良和爱心，反衬出对方的无耻。追到手就应该淡漠吗？利用对方的善良和爱心，良知不受惩罚吗？三、最重要的，人活一颗心，当对方无法体察你的心情，生活如暗夜无边！

梁达然进一步解释，每一对恋人或夫妻的分开，绝不是因为他们没有舒服舒心的一面，而是因为出现了这样那样的问题！通常人们所说的合适，就是问题很小，可轻松应对，持续前行。梁达然继续解释道，为什么要关注缺点呢？很简单，这就比如，当你去一个景区，回忆起来，都是美景，而忽略了满地垃圾。但是，当你回到自己小区，无论小区多美，都绝对容忍不了满地的垃圾。这和与人相处是一个道理，当我们在街上看到帅哥美女，赏心悦目，根本不操心他们有什么缺点，又不相处，看看而已。但是，如果一起相处，就会特别在意缺点和问题。所以，当你回忆这段恋情，你是应该像回忆别人的景区呢，还是在回忆自己的小区？而对你居住的小区，你是该关心小区的景观呢，还是该关心垃圾满地呢？

许多事情是不可以回炉的，就比如智慧，人一旦明白了某种道理，实现了某种清醒，让他再回到糊涂状态，是不可能的。清醒带来了眼光和心胸，清醒伴随产生了智慧和通透，如果再度回到假装糊涂的状态中，那种痛苦，没有人能承受。卓可仪发现，自己的过往，是真真切切的坐井观天，自己居然还自得其乐地在井底画画。画画——找各种理由和借口来描绘所谓"美好"，不过是井口路过的一片云。

卓可仪庆幸，和徐青山还没有走到太深的程度，事实上，也不可能走到太深的程度，因为那种心的隔离感太可怕了。也幸好没有像一些闺密那样，奉子成婚。否则婚后无尽的"变化"，孤单、落寞和不安全感，想想都可怕。如果结婚，如果生了孩子，又会如何呢？后背发凉呀！幸亏，早露马脚，感谢那一堆矛盾提前出现。女人一旦被锁死，有一种男人，就再也不在乎了，演变成渣男——只要哪天想起来对你施展一点"好"，你都和收到意外惊喜似的，感激不尽。正因为此，才会有那些荒唐的承诺：我一定经常回来陪你，我一定经常和你聊天。某一个人，他的某一部分挺好，和他是一个挺好的人，是两码事。所谓"好"，就是苦瓜上面撒的那一点点糖！

有一次，卓可仪说，虽然不是什么好的恋爱，但是，谢谢他助我成长。梁达然马上发现这句话的问题，马上提醒卓可仪，正面就是正面，负面就是负面。请问，在地库里被绑架的女孩，要谢谢绑匪教她以后防范坏人吗？客观上，绑匪确实起到了这个作用。

一针见血，卓可仪瞬间醒悟。

雪上加霜的是，卓可仪会在每一个相处的瞬间，把梁达然和徐青山进行对比，想不对比都难，因为谈恋爱必然面对类似的场景：聊天、逛街、吃饭、消费、拥抱、接吻……任何一种对比，看看梁达然，再想想徐青山，卓可仪的内心都是悲凉的。

卓可仪曾经读到这样几句话：我以为阳光廉价寻常，直到与你人海相坐，才知道我从未曾见过阳光。

有人说情深不寿，有人说两情若是久长时，又岂在朝朝暮暮。而梁达然和卓可仪，如此情深，却可以好一生，一天见好几次，却依然想要朝朝暮暮，卿卿我我，想要一直相拥看尽世间风物。

好爱情和好衣服一样，不褪色，不掉线。好的爱情，本身就是蜜，尝过会说甜，然而，蜜本身就是甜的。没有合适的人养蜂和刮蜜，连蜜蜂都不知道自己的价值。好的爱情消费的是天性，不是硬凑伪装，源头活水，不会透支。

如果超过两小时没有联系，梁达然就会问：

"别来无恙？"

"一别就有恙，有病名相思。"

"刚离开一分钟就想，这叫什么症状？"

"我知道我们该约看精神科。"

梁达然罕见大笑："哈哈哈，精神科医生哭着说，我也想得这病。"

"可惜这病不传染。"

梁达然又问："深爱的感觉如此美好，此前可曾预想过？"

"即使梦境里见过，但从未这么真切地感受到。我也没有想到我们会爱到这个程度，我爱你的每一面，睁眼闭眼全是你。盯着你的照片，和他做眼神交流，陷入虚幻的想象。这是要上演穿越剧啊！爱本来就是神奇加神经，正常到按部就班，那不是爱情，那是玩仪式，他们逃离了班集体，白天晚上不停地表达着爱，感知着爱。"

在爱人眼里，缺点都可以转化为优点，有些优点，比如太善良、太懂事、太替别人考虑，却又希望对方戒掉，因为疼惜。某些优点，他们只对彼此保留，因为懂得，所以慈悲；因为疼惜，绝不利用；因为知心，永不指责。

两个月以后，他们终于找到了真爱的根本：因为开辟了彼此内心的荒野，没有模板，不可复制。当他们抱起彼此身体的同时，也托起了彼此的灵魂。

三角恋，毕竟是有纠结的，于是，连"闹分手"都是这样闹：

"我决定关闭心门。"

"好好说话。"

"连你的关在一起。"

"果然说得好。"

在如此可怕的对比下，卓可仪拉黑了徐青山的所有联系方式。

于是，徐青山只能去卓可仪家，希望能遇到她，告诉她，自己的改变和努力。他每隔一两天就跑过去，和卓可仪的妈妈聊家常。卓母被聊得高兴了，常常在徐青山前脚刚走，她后脚就给卓可仪打电话，说徐青山这孩子不错，挺会聊天的。

"和谁挺会聊天的？"

"和我呀！"

"每次聊三个小时，聊上十次以后再说会聊天。"

卓母不高兴地问："这叫什么话？"

卓可仪气得大叫："这是谈恋爱的最低标准！再说了，这是和你聊，又不是和我聊，和我聊了才算！"

一番话，把卓母呛得一句话也说不出来。

卓可仪想起来，梁达然曾经说过感情中的几种套路，其中一种就是"发动周边人士，搞定亲戚朋友"。

男女相处，有两种相反的模式。一种是两情相悦，但其中一方由于某些条件所限，不被亲友祝福。这些条件一般包括家庭不匹配、个人品相不匹配、能力工作不匹配，以及更为严重的——年长的人看到了其中的隐患和危险，而当事人年少无知，什么也没看出来，反过来却说，你们不懂爱情。

另外一种情况是两情不相悦，一个人很中意另一个人，但另一个人基本无感，或尚有很大纠结，这个时候，一个古老而典型的套路出现了：发动周边人士，搞定亲戚朋友，俗称"撮合"。找一个女孩的正确做法，不是"我想要你做老婆"，而是"让她和我在一起感到知心快乐"，轰都轰不走。能够留住我的不是别人的劝说，而是源自他自己的魅力。

通过自己父母和亲戚出面公关、通过同学舍友套取"情报"等"非感情、非相处"的外围因素，以这种所谓"高情商"行为来推动感情，进而试图绑架情感，这与两个人相处合不合适、快不快乐有关系吗？

把一个人娶回家，有时候是简单的，后面的事情，变得有点复杂。

本质上，婚姻是一种捆绑销售，本来入手的是爱情，却连家风家世、职业习惯、对方父母，甚至七大姑八大姨也一起入手了，更何况，入手的是不是假冒伪劣，还另当别论。

心理学认为，靠死缠烂打和搬救兵追求异性，都有一定程度的表演型人格，他们认为，我都这么爱你了，你为什么就不能爱我？人们都看好咱们了，你为什么就不能动心？

这是两码事，好吗？可是，许多人，都认为是一回事。

但是，爱情可以撤回，婚姻只可以切割。撤回是心情，切割见血肉。

　　时至今日，依然有许多人的婚姻是经"撮合"而成的，经媒人和婚姻介绍所的，却不是撮合，因为双方都在观察、试探对方，撮合的特征在于，有一方基本是不太愿意的，甚至根本就是瞧不上眼，心里也不乐意，但另一方发动周边人士，搞定亲戚朋友，请他们吃饭，给他们送礼，巴结讨好，有意走近，目的就是为了换一些好感，让他们替自己多说一些好话。

　　感情之事，本来是两个人的事。撮合这件事，在很大程度上，和挑拨离间有得一比，前者是试图拼凑，后者是试图拆离，一个道理。除了吃人嘴软，其另一种心理也很可笑：这人是我的好朋友，我才撮合，我这个朋友真的好，你要是觉得我这个朋友不好，也等于是否定了我。

　　事实上，否定你就否定你了，你就必须好？

　　在心理学上，这样的做法，是有一定效果的。至少有两大好处：一是话说得多了，不由得会相信一些，二是周边人士会提供被追求者的情报，性格、喜好、忌讳，在添好话的同时，还能让追求者投其所好，一举两得。

　　只是，不是起源于两情相悦的感情，会带来什么后果呢？

　　带着这种疑问，卓可仪终于行动了。她早就想看一看，传说中的"女暴君"是什么样的？到底是何方神圣，能让梁达然在感情世界里如坐针毡？

　　瞅一个下午，卓可仪溜达到吴萌萌的学校，一路打听，在一个偏旧的楼的一层，她先是看到了吴萌萌的照片。大厅左侧，贴着十余个工作人员照片，每一个都严肃得像做法事。第二排第三个，卓可仪看到了吴萌萌的名字，暗暗记下眉眼，卓可仪有些气恼，看样子，吴萌萌一点也不凶，反而简单可爱，目光中透着单纯，不像有的人，连照片中的目光都在飘移。

这个旧楼一共三层，卓可仪总不能一层一层地找。她又逮住一个同学，问清楚了吴萌萌的办公室房号。她轻步上楼，在门口稍顿了顿，看清楚了，吴萌萌在靠右的桌子边坐着，就大胆走进去，笑语盈盈地问："请问你们需要办华夏银行的信用卡吗？"

吴萌萌一抬头，眉眼间掠过一丝不快："不需要。"

卓可仪说："打扰了。"

卓可仪转身走的时候，身后再没有一句话。

见过吴萌萌，卓可仪的心情糟透了，这是一个意外的结果。她特别害怕，特别担忧，她不知道自己为什么要说那句"打扰了"，她害怕和担忧的是，这句话会成为一种宿命，自己的出现，只是打扰了一下梁达然和吴萌萌的世界。

外面下着细雨，她不想坐公交，一步一步地朝下一站走着，全然感觉不到自己的头发被淋湿。头发变成一缕一缕，和她的思绪纠缠在一起。卓可仪走在戴望舒著名的《雨巷》里，但她没有油纸伞。她被淋得湿透，仿佛是被雨水冲过的土坯，一副水土流失后的瘦削身材，冷风吹过，一阵一阵地发抖。她环起胳膊，自己抱着自己，一步一步挪着。

这是许多和"有女人的男人"交往的女生的铁定律，她们一旦见到所爱者的女友或妻子，就会产生疑问：有这么好的一个女人，他为什么还要找我呢？如果这个疑问被打消，一般的答案是，他和他的女人没有共同语言，他和我才找到了真正的共鸣，那么，马上就会有下一个疑问产生：有朝一日，当我们熟悉到厌倦，他会不会找到另一个共鸣？我会不会继续他的女人现在的命运？

当爱情关系发展到一定程度的时候，女孩就会产生想见对方女人的想法。这往往代表着好奇，也代表着挑战——他究竟和一个什么样的女人在一起？我除了年轻漂亮，在哪些方面比她强？

在木然中，卓可仪坐上了公交，一个多小时后，回到了自己的窝。从包里掏出手机，才发现梁达然给她打了两个电话，发了四条短信。在见吴萌萌的时候，她把手机调成静音，一直没有调过来。她不想给梁达然回电话，懒懒地回了条短信："尚好，面谈，我睡会儿。"

刚要放下手机，突然飘过来一条短信："见情人的女人的感觉如何呢？别人是正牌，你是棋子，可怜的棋子！"

这条短信还是来自丁向好，内容是诸葛又亮和丁向好等人"集体研究"的。

这一次，卓可仪不再把短信主人当成一个无聊的邻居，她觉得，这个发短信的人无所不在，到处窥探着她，不仅知道她的行踪，甚至知道她的心理。

谁会这么关心自己的生活？卓可仪脑子里闪过一个人——徐青山。她打通了徐青山的电话，问徐青山在哪儿。徐青山回答说在外地出差，卓可仪就让他用当地的固定电话回过来，说完挂了电话。这一招，早被诸葛又亮猜到了，他早就下载了网络电话，可以模拟任何地方的电话区号。徐青山给卓可仪回过电话去，是上海的区号。徐青山还乘机要约见卓可仪，被卓可仪婉言谢绝，但卓可仪从此相信，处处窥探自己的人，不是徐青山。

百事纠缠，身心疲惫，卓可仪把手机一扔，沉沉地睡去。

在梦中，卓可仪真的梦见自己吃了后悔药，绿色药丸，椭圆形，瓶上写着好几种文字。

这个世界，若是每一个人都吃了后悔药，整个世界，会不会变成一团巨大的杂乱的毛线团？幸运的是，这个世界，从来都是缤纷多姿，拒绝整齐划一。

"如果回到从前"是人类最美好浪漫的想象之一，"时光倒流"是哲学史上永远的话题之一，"时间机器"是科学史或科幻史上永远的谜题之一。如果另辟蹊径，不是从肉体上，而是在精神上实现"时光倒流"，找到"回到从前"的感觉，会怎么样呢？

在《廊桥遗梦》中，男女主人公曾就一起浪迹天涯做出最美妙的设想，因为，他们觉得分开太痛苦，对方的离开，必定造成一种掏空心灵般的离愁别绪，可是，女主人公说"请允许我尽到生活的责任"，她有一个厚道的丈夫和一双可爱的儿女。直到她长眠后，她才通过遗嘱的方式，让儿女们知晓她隐藏在心中的，一生只有一次的确切的爱情。

试想，当孙悟空坐着一列慢吞吞的火车，经过一个车站，他突然看见有一只妖精，看起来挺像害人精的那种妖精。但他同时还另有任务，必须跟着这趟慢吞吞的火车去西天取经。于是他想了一个办法，使出了他比较擅长的分身术，让自己的假身坐在火车上，而真身则跳出车窗，去捉那只妖精。没想到，那只妖精是他所遇到的最美丽最善良的妖精，连孙悟空这等高人，都陷入了如泣如诉的爱情。当然，西天取经绝不可耽误，于是，当爱情正炽，却只能无奈分开，孙悟空腾云驾雾，追上那节慢吞吞的车厢，将装满爱情的心，装回到他的假身上，复归于自己按部就班的生活。

生活的列车不曾为谁而停留。在每一个晨昏，疾然前行。更多时候，面对未知的目的地，无穷的下一站，漫长的旅途，时间在流逝，追忆多于畅想，人慢慢变得现实，心情也不那么激越，跃出窗外，跳下火车的欲望，也日渐萎缩。

吃后悔药，没有最佳的年龄。在生命的春天，勇气如茁壮嫩芽，顾念不要伤及无辜，便可纵身一跳。彼时扪心，只需轻轻问候一声自己：不要等到老来后悔。

当风烛残年，双眼朦胧到看不清烟花的颜色，双耳模糊到听不清动人的旋律，心里却依然记得，那些珍藏一生的美好情景。

是什么配方的后悔药，能做到这一切？

十一 什么是"对我好"

　　《古典诗词漫步》已经翻看了一多半，《瓦尔登湖》也看了一百多页，遇到精彩的地方，徐青山还用铅笔在上面左描右画，他觉得这事挺神奇，想当初，备战高考的时候，自己也不一定有这心劲。更为神奇的是，看着看着，他居然喜欢上了这两本书，也突然明白，卓可仪为什么一直嫌自己不学无术——读书可不是只是读点英语、计算机和专业书，一定要读提高修养和修为的书。对此，诸葛又亮补充了一点：那种直接告诉别人"你要诚信啊、你要有道德啊"的书，一辈子都免读，明摆着蒙人嘛。而夏芊则认为，徐青山在爱的道路上，刚刚开了一点窍，她说，爱情可不是读书那么简单，既然卓可仪不是冲着你的钱，那么，你就必须把爱情变成一堆细微的东西，小到一根鞋带的系法。

这一天，徐青山他们五个人讨论了一个多小时目前的爱情形势，敌强我弱，而且不知道敌人玩什么鬼把戏。好就好在，敌在明处，我在暗处，明枪易躲，暗箭难防。

丁向好晃晃手机说："对，敌人的一举一动，尽在掌握。"

刘星说："掌握个啥，那你说说，卓可仪到情感咨询所，有何目的？你可别告诉我，卓可仪有心理问题，去找情感医生，碰巧遇到爱情……"

"我才不会编这么烂的剧情。"丁向好想到，绝不能让徐青山知道详情，"这两个人只是产生了好感，因为私下里喝过一次咖啡。"

夏芊制止了二人的无端争论，对徐青山说："我倒是觉得，我们苦心经营，徐总可以检验一下这段时间的效果了。"

徐青山问："怎么个检验法？"

夏芊摇摇头，面向诸葛又亮。诸葛又亮当仁不让，先是分析了半天这段时间，到底是敌进我退，还是敌退我进？表面上看起来，是梁达然在冲锋陷阵，我们围追堵截，看似小打小闹，实则起了不少作用。如同赛车的技巧是弯道超车一样，在梁达然和卓可仪的前进路上，同样也会遇到弯道。和赛车场上不同的是，赛车场上的弯道众目可睹，而卓可仪前面的弯道，恰恰就会出现在他们自以为高歌猛进的时候。

对诸葛又亮的道理推演，大家都表示赞同。夏芊就问："好，弯道出现了，你说怎么个超车法？"

诸葛又亮说："请徐总和卓可仪见一面吧，我和丁向好的手段只是旁敲侧击，关键时候还得情郎本人出现，以增加心理压力。"

夏芊说："对，这么些日子，都看了五本书了，腹有诗书气自华，让卓可仪也感觉一下徐总的变化。"

丁向好说："没那么好吧？要是有那么好，我也看。"

徐青山苦瓜着脸："不管用，我约她了，不见我。"

"你是死人呀！"诸葛又亮脱口而出，"哦，徐总，对不起，骂丁向好骂惯了。这事不应该约见，而是应该制造一个邂逅。"

刘星问："怎么邂逅？"

诸葛又亮说："成心制造，那也太容易了。比如，徐总肯定知道卓可仪爱逛的商场和爱去的书店。你就可以先买两本书，然后在卖衣服的那个商店买条裤子什么的，等丁向好有了情报，徐总就赶过去，假装刚刚从那里买东西，这不就邂逅了？"

这个主意，马上受到了夏芊的高度评价："果然阴险狡诈。"

大家都觉得可行，徐青山一想，也确实挺容易的，自己正好也想买书和裤子，同时还能显得自己品位提高了，于是依计而行。

隔了一天，徐青山便接到丁向好的电话，说卓可仪已经出现在卖衣服的楼下，看样子，心情还是不太好，准备通过消费来减压。徐青山闻风而动，火速赶到了那家商场楼下。他像熟悉自己的身体一样，熟悉卓可仪常去的店铺。等卓可仪买好了衣服，从扶梯下楼时，他迅速跑到另一部扶梯，小跑着冲到一楼大厅，假装四处溜达，迎面遇上了从扶梯上下来的卓可仪。

卓可仪逃无所逃，避无所避，只好微笑点头，并不说话。徐青山往前走了两步，尽量装出平和的样子说："可仪，逛街啊？"

"嗯。"

说着话，二人正好走到走廊边能休息的地方，徐青山指了指椅子说："累了吧，咱们稍坐会儿吧。"

卓可仪微微犹豫了一下，点点头，二人过去坐好。徐青山就在心里恨道："这算什么事！明明前不久还是自己的女朋友，这会却搞得像初恋追女朋友，真是折磨人。"

坐下之后，却是卓可仪先开口问："你不是不喜欢逛街吗？"卓可仪一边问，一边盯着徐青山手里拎着的两个包。

徐青山就势说："你走了之后，我天天都在闭门思过，现在，开始经常逛街买书买衣服，现在不是流行内外兼修吗？"

"那我那阵告诉你的时候，你怎么不听呢？"

"那阵不是年轻嘛。"

"才两个月就老了？"

"也不是，"徐青山说，"我刚才不是说了，这是闭门思过的成果。你看，我现在都看这样的书。"说着，徐青山掏出两本经典散文诗词类的书，递过去让卓可仪看。

卓可仪一看就笑了："真难为你了，同时也得祝福你，你一定能让你将来的妻子过得很诗意、很浪漫。"

"可仪，我每一天都在改变。你呢，你过得好吗？"

"我过得挺好，挺快乐的，谢谢你的关心。"

"可我是为你而改变的。"

"唉，徐青山，生活真的不是你想象得那么简单。你以为你背背唐诗宋词、读读历史散文，我就会回心转意吗？不是，真的不是。"

一听这话，徐青山终于忍不住了，他突然抓住卓可仪的手："可仪，你记住，不管在你身上发生什么样的事，我还在原来的地方等着你！"

卓可仪甩开徐青山的手："徐青山，别傻了！青春只有一次，年轻也只有一回，你可别蹉跎了岁月，到时候后悔。你还是另觅佳人吧，你不是天天读诗吗？诗里说得好，天涯何处无芳草。"

"不！"

徐青山说"不"的时候，卓可仪已站起身。徐青山拉住卓可仪的胳膊："可仪，过去的事，是我不对，我可以一直对你好。"

"徐青山，实话实说，我现在已经没那么傻了。"卓可仪说，"对我好，不应该是一种姿态，一句承诺，而应该是自然流露，否则，还是长久不了。"

"你从哪学的这些歪理邪说？"

卓可仪轻轻说了一声"再见"，甩开徐青山，踩着轻盈的步伐，快步离去。商场出口处有风吹动，卓可仪长发飘起，裙裾飞扬，消失在耀眼的阳光处。

徐青山坐在椅子上，连站起来的力量都没有。他不明白，吸引卓可仪大步而去的，是一种什么样的力量？

卓可仪最后的话，依然在轰炸着徐青山的头脑。

他无论如何也想不到，原本傻傻的卓可仪，是如何在一夜之间聪明起来的？

"对我好"这个话题，卓可仪第四次进行情感咨询时，梁达然讲了足足一个小时。

有一段很可怕的鸡汤：等我女儿长大了，我会告诉她，如果一个男人心疼你挤公交，埋怨你不按时吃饭，一直提醒你少喝酒伤身体，阴雨天嘱咐你下班回家注意安全，生病时发搞笑短信哄你……请不要理他！然后跟那个可以开车送你、生病陪你、吃饭带你、下班接你、跟你说"这破工作别干了，跟我回家！"的人在一起……嘴上说得再好不如干一件实事！我们都已经过了耳听爱情的年纪！如果一个人说喜欢你，请等到他对你百般照顾时再相信。如果他答应带你去的地方，等他订好机票再开心。

这碗毒鸡汤害了多少人呢？

它充满了恶劣的势利，它提倡摘现成，它只字不提心灵，只字不提奋斗的过程，而且，还把女性置于一个天生"弱智"的地位。一句一句把这段话拆开，每一句都在打爱情的脸。

在这段话里，我们没看到三观、没看到交流、没看到快乐，只看到一个近乎残疾但一定漂亮的女孩子所能得到的一切："开车送你"，那如果暂时没车怎么办？因为四个轮子，隔离了爱情吗？"生病陪你"，难道不知道，生病陪着，更多的是取决于女孩愿意让谁陪，而不是谁想陪就陪吗？吃饭带你，也是一样的道理，更多取决于被请的一方愿不愿意和你一起吃饭，不是你想请就能请。更可恨的是这句"这破工作别干了，跟我回家！"一种霸道总裁的即视感，找对象直接找到了退休的生活。于是，按照这种路子，女孩分成两类，一类是突然过上了幸福的猪一般的生活，实现了貌似被终生喂养的生活。另一类是趴在窗口，眼巴巴等那个霸道总裁骑着白马踏着五彩祥云跪在自己的眼前。如果这种情况蔓延开，世界上不知会有多少充满闺怨的老太太。

这段话还充满了欺骗性，固然，只是卖嘴，只是许诺，只是画出一个一个美丽的肥皂泡，会让人心寒，心寒的同时，在感情方面，竟然是幸运的——不必卷进去，不必陷进去，早早地就看见了虚伪，早早地就看清了嘴脸。

然而，更让人心寒甚至是恐怖的是什么？是"对我好"，比卖嘴更可怕的是做表面文章：起初都挺好，就像上面的毒鸡汤说的那样，百般照顾，最终常常是伤死病痛。

为什么呢？

起初的好，大体上看都一样，心里的小九九内容，却无比丰富。一百个人里面，只有极少数人是本性就好，追你的时候，呈现出的就是本来的自我，他亮出自己的所有，让你观察让你思考让你选择，他把自己的善良和臭脾气一起展示，呈现给你全貌，这种人，往往是感情上的恒温动物，刚开始是怎么好，到后来还是那么好，因为他没有刻意遮掩什么，也没有刻意展示什么。

然而，绝大多数人的好，是讨巧卖乖式的好，具有极强的目的性，正因为有极强的目的性，就会很累很累，或者半途而废，或者一达到目的就"变了"，于是乎"变了"这个词，成为受伤女性嘴里的一个高频词，她们常常痛哭流涕地叫着："你变了，你当初可不是这个样子的！"

一个女孩遇到一个和她在各方面很不匹配的男孩，仅仅因为这个男孩"对她好"而慢慢接受，同时也接受了"恋爱中，女孩热度升高，男孩热度降低"的狗屁理论，总有一天，男孩不再"对她好"，那么，可怕的问题来了：唯一的那个在一起的理由却没有了，女孩图什么？为什么和他在一起？

　　出现这种情况，其实一半的原因在于自己——在初始阶段，无论是由于自身缺爱还是天生喜欢被"呵护"，许多人都痴迷于保姆＋健身私教＋残疾人保障的"对我好"，忽略了情感的本质追求和最重要的内容。情感最重要的内容，一定是知心、惬意、眷恋、痴迷，而不是开车接送和一起吃饭，过分强调后者，让绝大多数人把"人类共同爱好"当成"有的聊"和"共同语言"，这些人类共同爱好包括吃喝、旅游、娱乐、影视……时间一长，心灵空虚苍白，必然生厌，最终捡起一地忧伤。

　　所谓好的情感，就是暂且抛开表面上的那些浮华，那些吃喝玩乐，那些讨巧卖乖，还原情感的本质，看看这个人是否和你知心、惬意、眷恋、痴迷。

　　好的爱情，根本不是"对我好"这么简单，而是不由自主地接近，不计较谁对谁好，一举一动，都化为巨大的愉悦感。人们常说，什么样的人，就会吸引什么样的人，这话，只是说对了一半。几乎所有男性都喜欢漂亮的女孩！所以，"什么样的人，就吸引什么样的人"这句话，看似没毛病，但错在没有说透，会误导好多人。这句话，说的一定是精神世界和生活方式！梁达然和卓可仪一再做着这样的证明题：

　　梁达然发："我一直坚守爱你的岗位。"

　　卓可仪回："你必须啊，你就是我的大容量充电宝，一靠近就活力无限，一远离就枯萎凋谢。"

梁达然发："爱就是两个人互修，互动，互进。我们在一起，激发出来的，都是各种温柔体贴，感情就会恒温和不断升温。你我之间，本来就绝不是什么简单的情人关系，是知心知己，是开心果，是荒漠甘泉，是慰藉，是温暖的倚靠，是一切的一切……"

卓可仪打出这样一行字："生当如蝶，间或停憩，勿忘翩跹。时而清醒，时而迷醉在你我的爱河中。"

梁达然纠正着："好的爱情是你透过一个人看到世界，坏的爱情是你为了一个人舍弃世界！"

卓可仪发出一个愤怒的表情："你在讽刺我？"

梁达然回："我在帮助你呢！你只有见过了黄河你才知道汾河很小，你只有见过了大海才知道黄河其实也很小。不幸的是，如果你在汾河边长大，你曾经在汾河边奔跑玩耍、在汾河里戏水，这种情况下，许多人就会出现一种错觉，汾河给了他许多的记忆，寄托了某种复杂的感情，于是他就把汾河当成'母亲河'来对待。其实，汾河比起黄河、比起大海差得很远。"

卓可仪微笑着："你的形象和房价一样，在我心里一直涨。"

十二　三观不合是如何害死人的

　　吴萌萌也问过自己，现在的生活，是自己想要的生活吗？假如能吃后悔药，自己的后悔药是什么？怎么个吃法？她想起一句古话，男怕入错行，女怕选错郎。她想起和梁达然那么多的磕磕碰碰，那么多的吵闹，这究竟算不算一种选错郎？

　　按照中国传统和老人们的说法，夫妻过日子，哪有锅沿不碰碗边的，磕磕碰碰是正常的，床头打架床尾和，多少人不就这样过了一辈子？吴萌萌有时就感慨，这一辈子过得，老磕碰老打架，伤痛累累，暮霭沉沉。

　　可是，自己都还没到夫妻那一步呢！

　　她可不想这样过。

　　锅沿碰了碗边，是因为厨房小，床头打架床尾和，是因为只有一张床。于是，在吴萌萌的主张下，他们的婚房要买大的，四居室，两间卧室都放着双人床，厨房很大，餐厅明亮。这套房子也不算很大，应该算中等偏上，一百六十多平方米，装潢考究。他们发现，就连装修房子，为了装潢成什么风格，都能吵得不亦乐乎。梁达然有艺术情调，要求装成淡雅色调，吴萌萌追求富丽大方，要求用黑胡桃色。

结果，自然是梁达然败下阵来。每次败下阵来，梁达然都会思考一个问题：为什么每次失败，每次都要抗争？自己为什么像一个屡次因为玩游戏而挨打，屡次都会犯错的小孩？

这天下班，吴萌萌让梁达然来自己家里吃饭。开门之后，吴萌萌笑容满面。吴萌萌喜欢见到梁达然在家的感觉，梁达然一直想不明白，这是因为喜欢自己，还是因为害怕孤单？在上了十几年学，学了十几门课程之后，他终于发现，女性思维，是世界上最难懂的玩意儿。

后来，梁达然发现一个规律，这规律让他哭笑不得。像所有女人一样，吴萌萌需要温暖，需要暖烘烘的伴侣感觉。而暖烘烘的伴侣感觉，需要贴近的距离，需要无拘无束的自在玩闹。可是，吴萌萌本身隐藏着一座火药库，要命的是，梁达然还不知道引线在哪儿。每当两个人距离接近，温度上升，稍不留神，一句玩笑或无意争辩之话，就引爆了吴萌萌的火药库，让梁达然苦不堪言。

什么是哲学上的二律背反？这大概就是左右为难，腹背受敌，里外不是人。

晚饭很寻常，八宝粥，饼子加包子，两个小菜，暖胃温馨。

饭后，吴萌萌建议梁达然关掉电视，然后习惯性地顺手一关电视，对梁达然说："来，咱们去床上聊聊天吧，今天有点累。"

梁达然当时正看一档无聊的节目，也正想关电视，但又不喜欢吴萌萌的这种不由分说，但还是跟着她进了卧室。

吴萌萌躺了下来，张开双臂，点头示意梁达然过来。梁达然疑惑地看着吴萌萌。

吴萌萌说："怎么，还害怕我呀？我又不是母老虎。"

梁达然想说，在我心中，你还确实是只母老虎。"母老虎"这个词，经常在他嗓子眼里逡巡，但从来也没有走出来过。

情侣之间，有些"心里话"，一辈子都不曾说过。

看梁达然依然不解风情，吴萌萌有些不高兴，说："过来，抱着我。"

梁达然凑过身去，抱住吴萌萌。吴萌萌在他耳边细语："抱着我，是你想要的生活吗？"

梁达然一惊，马上镇定下来，先在心里叫了一声"可仪"，接着嘴上说："是的，如果不是想要的生活，我干吗要抱你？"

吴萌萌再次不高兴："你就回答是的，就可以了，谁让你说后面的话！"

"你没听人说过吗？好多人都在重复一句话：我不要听'我爱你我爱你'，我要听'我娶你我娶你'。人们现在都学聪明了，不要嘴上的这承诺那誓言，甜言蜜语是虚的，谁也看不见，都要政府认可的实实在在的'营业执照'，摸得着看得见。"

吴萌萌侧着耳朵听，等梁达然说完，马上接嘴："你这些话，我听得多了。好多女孩子都说，有老板给她们买了房子买了车子，都是图一时快乐，能娶能嫁才是真实的。但这不适合咱俩，咱俩这不都快结婚了嘛，我不要求你比我强，大概你这辈子都不会比我强。但你得让我感觉到，你越来越喜欢我，我才算嫁得对，嫁得值，要不我可真搞不清，这到底是不是我想要的生活。"

梁达然就笑笑："这种话，也只有你敢说，我要是说一句这话，你还不得把我给骂死打死。"

一听这话，吴萌萌"哗"一下坐了起来："我早就知道你想说这话！我这随便一埋伏，就把你想说而不敢说的话，引了出来。你也别辩解，你刚才的话，我听得清清楚楚，你就是嫌我脾气大，你肯定觉得奇怪，一个也算很有文化的女人，一个长得温柔如水的女人，为什么有这样的坏脾气，是不是？"

"你别瞎猜了，脾气大又改不了，我费那劲干吗？"

"你还嫌我改不了！"

"咱们谈一谈那个电视剧吧，就那个婆媳关系的，要不谈一谈韩剧？"

"想转移话题，没门！"吴萌萌叫了一声，"我还没怎么说呢，就把你的潜意识给勾出来了。说说你的心里话，会把你吓死吗？你现在哪里还会喜欢我，你抱着我的时候，眼神里满是敷衍。我杨柳一样的身段，你抱在怀里，怎么就和抱着一根破木头一样？婚姻是爱情的坟墓，你是不是把这根破木头想象成了棺材？"

吴萌萌眼睛中充满了怒气，仿佛勾出来的，不是梁达然的潜意识，而是梁达然满肚子的花花肠子。

梁达然不敢说话了，再说话，就有可能引发三小时以上的热战，外带赠送三天以上的冷战。每一次都是这样，没有道理可讲，没有一点缓冲，没有任何征兆，就会被无名之火灼伤，在一次一次的争吵中，感情一点一点化为灰烬。

梁达然和自己的哥们儿探讨过这个问题，也和卓可仪提起过，但得到的回答千差万别。梁达然觉得，认识了吴萌萌，真是倒了八辈子的霉，吴萌萌总是把她的意思，强加到梁达然身上，然后据此为理由，大吵大闹。

在历史上，这种办法一般用于消灭敌人，比如模仿别人的笔迹写一封信，然后利用这封信，嫁祸于人，消灭对手。想到这的时候，梁达然感觉到一阵悲哀。他觉得照这样下去，吴萌萌迟早会把自己消灭了。到目前，已经把自己消灭了一多半，如果不是遇到卓可仪，估计就半死不活，一辈子这样过下去了。

后来，几个结婚早的哥们儿才告诉梁达然，老婆是什么样的女人，与她的职业没什么关系。这天底下，大约有一多半的女人，都和学校辅导员差不多，都会在男人的心里装一个窃听器，正经的东西听不着，听不清的内容却以为听清了，然后就开始吱哇乱叫，叫出结果来，比如一旦把男人叫出情绪，正好找到借口，趁机吵架。到那种时候，装孙子不对，做爷爷更不行，任凭她吵完闹完，才能相安无事。

女人在许多时候，心里会有许多闷气，不一定是因为谁，但她必须要找一个地方出气。碰巧了，托姻缘的福，作为她的伴侣，天天成了她的出气口，如果是为双方的身心着想，唯一的办法就是练就奇功，金钟罩铁布衫，老僧入定，天高云淡。要是自以为是，或巧舌如簧，或力大无穷，虽苏秦、张仪再世，吕布、李元霸重生，也必死无疑，且会死得很惨。

这番话，算是安慰了一下梁达然。

但同时也让梁达然警醒了一下：三观不合，真的可以害死人。

三观，是一个持续不降温的热词。

"三观正"非常抽象，比如说正直、奋进、善良……也没有一个清晰界定的框框。因为，三观都流淌在点点滴滴的细节中。

可以这样说，只要不是人人讨伐的恶劣三观，应当尊重在个性上的选择和细节上的差别。

于是，"三观合"就成为一个值得探讨的话题。恶劣的三观合，当然也叫合，比如三个仇视社会的人，一拍即合，在"有钱人没有一个好东西"这样的共同三观下，在"富贵险中求"这样的三观下，开始了合伙抢劫的生涯。在更恶劣的三观下，还有可能合伙绑架富豪家的小孩子，在讨价还价的过程中，还有可能把那个小孩子残忍杀害。这样的"三观合"还是互相远离好。

具象的感情中的初见应该是什么样子的？那需要先看一下什么是三观不合，对话如此：

甲：人要有丰富的心灵，有真心的朋友，有灵魂伴侣。

乙：别逗了，没钱都是苦逼。

甲：可有人问你粥可温？可有人为你立黄昏？

乙：我最讨厌喝粥了。

甲：假如梦想可以实现，你选择上流社会的儒雅博学，还是普通民众的平凡快乐?

乙：我选择当拆迁户，或者彩票中大奖。

此情此景，光想象一下都比较痛苦。三观不合的后果在于，它制造了现代生活中最大量的衣食无忧、生活富足，甚至是豪门望族，也制造了在物质充裕下的未名的痛苦，制造了表面一片和谐、笑容和平静之后的孤独和苦闷，制造了不为人知的无休止的各执一词的争吵甚至打架，成为压垮生活的一根又一根稻草。无论是装修房子这样的家庭大事，还是出门选择步行抑或开车、吃炒菜还是吃火锅这样的小事，都在一针一针地刺痛着全身的神经，直到全部在反抗中崩溃，或者在沉默中投降。

在广告公司，有一对各方面看起来还算"般配"的情侣，男孩做销售经理，女孩是文案创意，家庭、相貌、收入，都不相上下，出门能逛吃在一起，回家也能打闹在一起……时间一长，问题凸现了：在吃饭看电影朋友聚会逛景点之外，随着新鲜感的消失，他们俩最怕安静下来的时间。他们发现，吃饭看电影朋友聚会逛景点，毕竟在生活只占很小的比重，在更多的时间里，他们要面对彼此，要安静而无可选择地面对彼此的面目表情、语言腔调、兴趣爱好、行为方式、生活习惯……这后面的内容，很快消融了吃喝玩乐的快乐，女孩喜欢看文艺电影，男孩喜欢玩打斗游戏。女孩喜欢家里整洁如清新小店，男孩却认为家就是最随便的地方。更可怕的是双方解压的方法，男孩是哥儿们喝酒唱歌看球赛，女孩是安静忧伤写日记……最终，在一片光鲜和外人的赞叹中，二人的感情"下线"了。

　　甚至，在不久之后，他们两个人，并不承认那就是爱情，而是一种解闷，是一种玩闹，是一种取暖，没有走进心里的感情，可以贴有任何一种标签，唯独不能贴的是：爱情。

十三　爱情就是克隆另外一个自己

　　比起梁达然，吴萌萌是个后知知觉者，直到第二天，吴萌萌才慢慢醒悟过来，前一天的情绪，前一天的拥抱，和以往相比，增添了些不同的内容。这内容，却不是梁达然给自己的。莫名其妙地，她竟然想起一个人：凌仁。昨夜依稀有梦回，未知何人能识君。

　　正好有个空闲，她想，凌雨晨的事也不知道凌仁处理得如何了，干脆过去问问。一路上，她想起前一晚的吵架，心里很不是滋味。什么是想要的生活？想当初，自己也曾有过几天美好的感觉，初恋很晚，在大四时才和一个大学同学在社团认识。

　　系刊要做毕业会刊，他们一起做校对。那真是一个美好的秋夜，月明星稀，这两个平时没怎么说过话的人，简单地聊了起来。

没想到，电光火石，真有两心相契的感觉，孤独的世界在塌陷，就那样一直疯聊到后半夜，没有一点倦意。

可惜的是，五天之后，他们就毕业了。在校园，他们正式牵了三天手，在同学们眼里，无论学识还是风仪，他们都是天生一对。然而，他们不是地造一双。毕业以后，这个男孩子到美国去读研究生，而且，是那种随家庭一起迁走，扎根美国的那种。他的下一代，会在上课的时候，对着美国国旗宣誓。男孩在信中说，他喜欢美国的机遇和挑战，年薪数十万美元指日可待，希望吴萌萌能和他一起去享受幸福。

在和爸爸妈妈吵了几架之后，吴萌萌没有跟着男孩去美国，而是留在了父母身边。

吴萌萌的妈妈说："萌萌，爸爸妈妈就你这一个女儿，你现在哭得死去活来，你还年轻，挺一挺就过去了。可爸爸妈妈实在舍不得你走，你走了，爸爸妈妈一旦哭死过去，就再也活不过来了。"

吴萌萌的爸爸了解自己的女儿，则说："那男孩真幸运。"

一别经年，再经年……男孩子在彼岸成家立业，变成了风度翩翩的成功男人，真的成了一个年薪数十万美元的中产阶级。男孩子给吴萌萌发的邮件里，他和另一个美女相拥，吴萌萌又哭了三天。然后她发誓，三年不找对象。她对爸爸妈妈说，自己的爱情彻底死了，她要守孝三年。在这三年里，只专心事业，不谈感情。

在这三年多里，吴萌萌念完了硕士，变成了一个没什么男人敢要，她也看不上什么男人的超级女子。

吴萌萌有这么一段伤，梁达然不知道。但这伤口挤出的脓和血，都流到了梁达然脸上。

吴萌萌想起凌雨晨，她想告诉凌雨晨的爸爸、凌雨晨嘴里的"暴君"，女儿有了喜欢的男孩，是天底下最美好的事物之一，千万不可以拆散他们，千万！

按照名片上的地址，吴萌萌很快找到了那家律师事务所。就在和大学隔两条街的地方，一座白色楼体，在三四层的空当写着三个大大的烫金字：律师楼。

上得楼去，推开门，迎面还有前厅接待，可见规模不小。接待员彬彬有礼："请问您找哪位？"

"凌仁先生。"

"凌主任在这边，请跟我来。"

吴萌萌心里暗想，哦，还是个什么主任，怪不得对女儿这么不讲理，有如此可恶的家长作风。她暗暗下决心，一定要帮助那个可爱的凌雨晨，战胜她爸爸。

接待员敲开门，请吴萌萌进去。吴萌萌带着一张严肃的脸走进去，坐在凌仁对面的椅子上。

凌仁微笑着点了点头，遂又收回笑容。

吴萌萌心中鬼鬼一笑，她决定拿这个深沉的男人开个玩笑，就好像人们喜欢看到的那一幕：一个庄重的场合，一个严肃的人，他踩了自己的鞋带，滑稽地跌了一跤。

环视四周，吴萌萌惊讶地发现，这个男人的办公室，和想象中的自己的办公室何其类似：当中摆一张桌子，桌子里侧是他，桌子外侧放一把椅子，给咨询者。他身后是一排大书柜，放着《案例》

《法律全典》一类的书。整个办公室，连一盆花都没有，硬邦邦的。

整个办公室，像一个自以为是的人，在那里得意地摆弄着什么，但又让人看不出到底在摆弄着什么。吴萌萌想象着，这个表面上睿智沉着的人，听完自己的讲述后，该是怎样一副表情？紧接着，吴萌萌被自己的想法吓了一跳：在这个男人这里，自己怎么这样淘气？

自从初恋一去美国不复返之后，吴萌萌就没有淘气过。

吴萌萌说："凌律师，我想向你咨询一个专业问题，关于我姐姐家的事。"

凌仁俊朗的脸上没有任何表情："嗯，请讲。"

"事情刚刚发生，我第一时间就赶过来找你。我姐姐是个下岗职工，文化不高，不懂得维护自己的权利，她的女儿、我的外甥女，在昨天出事了。出事的原因很简单，这个正在上高一的女生，和班上的一个男生谈恋爱，请原谅，我不喜欢用'早恋'这个词，我觉得，恋爱不分迟早，当她想恋爱的时候，就是懂得恋爱的时候。她的爸爸，也就是我的姐夫，坚决反对女儿恋爱，你知道，一个没有什么文化的人，采取的方法可能会不太恰当，包括跟踪、威胁、用十几年的养育之恩来逼迫，总之，女儿不堪重负，出事了。"

编这个故事的时候，吴萌萌一直在观察凌仁的表情。说到"出事"的时候，凌仁微微向前探了探身子，问道："出什么事了？"

"跳楼自杀，从她所住的宿舍，六楼，跳了下来，那场面惨不忍睹。哦，我不该说这个。我想问的是，发生了这种事，学校该承担什么责任？我们可以提出什么要求？还有就是，如果学校说，是孩子的爸爸妈妈引起的自杀，我们如何应对？"

"学校为什么会说是爸爸妈妈引起的？"

"因为孩子有遗书，遗书上写着，不自由，毋宁死。没有爱情，生命一片空白。遗书上还写着，既不能负爸爸，也不能负男生，这世上没有两全法，还不如一死了之。所以，学校会拿这个说事，认为主要责任不在校方，而在家长。"

凌仁眉头一皱，很显然，他的内心有起伏，不自然地问道："哪个学校的事？"

吴萌萌知道，这个问题明显跑偏了。他不应该关心哪个学校，甚至可能都忽略了吴萌萌说的是个高中生，而是应该继续关注遗书的内容，以及家长和学校双方处理这事的态度，谈判进展到什么情况，都提出了些什么具体的条件。她判断，凌仁已经方寸大乱，却还故作沉稳。

吴萌萌心中暗笑，冷冷答道："四中。"

"四中？我怎么没听说四中发生过这种事。"

"昨天晚上才发生的事。"

"跳楼的女生叫什么名字？"

"凌雨晨。"

听完这句话，凌仁的身躯抖动了一下，但他马上调整过来，转念之间，他展现出惯有的冷静，以不变应万变，问道："吴老师，有话请您直言。"

吴萌萌有一种胜利感，在一句话之间，凌仁对自己的称呼由"你"变成了"您"。

吴萌萌淡淡一笑："我说得够直了。我不是在编故事，我只是在推演故事。如果有些事情处理不好，我推演的故事就会成为现实。"说着，吴萌萌打开白色皮包，把凌雨晨留给梁达然的那张纸条递给凌仁："这是你女儿留给我的纸条，我非常喜欢凌雨晨，特别可爱的女孩，我最担心的是，她下次留下的不是小纸条，而是……"

凌仁慢慢看完那张纸条，一言不发，向吴萌萌投来求助的目光。

张口说话前，吴萌萌再一次想笑，她发现，她已经反客为主了，在这个刚毅的男人面前，在这个激发了自己女性情怀的男人面前，她俨然变成了一个律师，而坐在自己对面、背靠在老板椅的这个中年家伙，成了一个可怜巴巴的求助者。

吴萌萌一伸手，把那张纸条从凌仁手里扯回来，装进自己的包里，才说："凌律师，先不要着急，你的女儿还没有走到可怕的地步。对年轻人来讲，特别是对一个大一学生来讲，她生活的每一天，都是三岔路口，都差不多有一条路是充满诱惑和危险的。具体怎么走，就看我们大人是怎么驱赶她，或者引导她。说实话，这张纸条，我看了不下五六遍。这太可怕了，就纸条的内容和道理来讲，你甚至挑不出什么毛病。"

凌仁说："怎么会没有毛病？有那么多人牵挂她，她也牵挂那么多人，如果离开，就什么也没有了。"

吴萌萌摇摇头："这只是站在你的角度考虑问题，你瞧，我们有多么自私。你还没有来得及思考你女儿的话。我也和你一样，陷入了既定的思维。我曾和凌雨晨进行了一次长谈。长谈之后，我完全明白了她的道理。她说，我们所认为的牵挂，这类东西都是活着的时候才有。这些东西只影响一个人去死的决心，而不影响死后。一个人死后，就像一道彩虹，美丽过，尔后就什么也没有了，牵挂不牵挂，一切都是假的。所以我们要做的是，不要坚定她一心想死的决心。"

"这孩子太可怕了。"凌仁思索一下，"可怕但正确的逻辑。"

"我了解孩子们，孩子们很正常，一点都不可怕。可怕的是我们的思维，不是孩子，相反，现在的孩子非常聪明。我的学生当中，女生占了比较大的一个比例。你的女儿还讲过一个道理，她认为，谈恋爱并不会影响学习，影响生活，影响考研，影响前途。反而是你的干涉和管教，产生了恶劣的影响，考研也好，前途也好，如果受到不良影响，都是你的原因。"

凌仁轻轻地咬了一下牙，他在思考女儿的这一番话。他问："那……吴老师，我们能不能商量一下怎么办？"

吴萌萌笑道："我看这样吧，你也别叫我吴老师，我也不叫你凌律师。因为学生的事，我这还是第一次破例上门家访。凌雨晨一再求助我，一定要好好和她老爸沟通一下。我感觉我们可以成为朋友，就直呼其名吧，你说呢，凌仁？"

凌仁闻言，竟然不好意思地笑了笑："只要你不见外，我当然乐意。不过你真得帮帮我，我是律师，但在教育心理学方面不精通，我就只有凌雨晨这么一个女儿，千万别出什么事。"

"你就是有十个女儿，也不应该让谁出事。"

"我的意思是，几年前，她妈妈和我离婚了，我现在就这么个宝贝！"

吴萌萌投来同情的目光："单亲家庭确实有单亲家庭的问题，但不是必然出问题，你放心，只要你配合的话，我保证孩子的安全。"

"我配合，我一定配合。"

说完这两句话，两个人同时哈哈哈地笑了起来。这两句话，像是出自警匪片，和里面绑匪与被绑小孩子家长的对白，一模一样。

吴萌萌说："你要配合就好办。其实这事很简单，你和她立下军令状，看下一次考试和获奖的结果，如果更好，那她自由恋爱，如果降低，马上收心。我敢保证，你家女儿说到做到。她不喜欢强制，但她很爱面子，也明白前途比恋爱重要。"

凌仁想了想说："好吧，还得请你做一下中间证人，我们俩，现在有点闹别扭。其实我不仅仅是怕影响她前途，还担心她被所谓的爱情蒙骗。我就见识过，一个大学生，住在城中村的出租房里，竟然爱上了住在隔壁的抹墙农民工。"

吴萌萌说："凌仁，你想多了，我认为，那个抹墙农民工如果被爱上，一定有被爱上的优点。这道理，凌雨晨她真的比你懂。雨晨甚至说过，我们这一代人，都不会生活，过的都不是自己想要的生活。最简单的例子，把恋爱和学习，当成一对仇人，其实处理好了，恋爱和学习，完全就是一对情人。她问我，你想要的生活是当辅导员吗？我爸爸想要的生活是当律师吗？她还说，我们这一代人，虽然中学大学都上过，男生女生也心动过，但基本上傻乎乎的，可能都不知道青春应该怎么过，青春就这么一次，她要好好过。"

"怎么就叫好好过？"

吴萌萌答："至于什么是好好过，雨晨也说过，事后想起，多年以后想起，不后悔，这才是想要过的生活。后来我想，最让人伤心遗憾的事，莫过于一直后悔，比如，好些人总说，当初应该表白，当初应该好好学习，当初应该和谁谁谁结婚，当初应该……"

凌仁站了起来，他有所感触，他盯着吴萌萌的脸，再次感觉这个女人不简单，这是他第一次近距离接触大学辅导员。在他的想象里，大学辅导员都是虚假的，站在集体角度考虑问题的，没有自我，没有真性情。吴萌萌给他的感觉，却与这一切大相径庭。他对吴萌萌说："学生心理，这是你研究的领域，我本来了解不多。从我的角度看，我们的生活，之所以不快乐，或者过的不是我们想要的生活，是因为我们的生活被固化了……"

在凌仁慷慨陈词的时候，吴萌萌一直看着他。她想，这应该才是凌仁的魅力状态，人如其名，外露凌厉攻势，内藏仁爱之心。

吴萌萌充满惊喜，也充满感怀地听完，掩饰不住地激动非常："这比那些假模假样在电视报纸上说，人要知足常乐，人要学会培养自己的心灵，人要学会关照自己的内心，错过了太阳，不要再错过群星……说这话的人，就应该先让他穷困潦倒，然后再让他得上一种花几十万也不一定能治好的病，他才会明白自己有多么虚伪可恶！"

凌仁禁不住夸吴萌萌："没想到一个女子，能有这样的见识！"

吴萌萌一听，反倒不高兴了："小心我告你啊！这是歧视女性。

我可是一个女权主义者。"

说完，吴萌萌稳坐不动，她一再告诫自己，要安静，要安静。然后她被自己的告诫惊呆了，她果然安静了，却是一种呆呆的安静。她努力回忆，和梁达然在一起，和其他任何人在一起，她从来没有这样告诫自己，也从来没有刻意要求自己安静，因为她本来就或沉静如水，或暴跳如雷，无须要求自己。当吴萌萌从发呆的状态中醒过来时，她发现凌仁正奇怪地看着自己。

凌仁一听这话，回头看一眼自己身后的满架子书，摇摇头，那意思是，自己白读了那么多书。他说："不好意思，咱俩讨论的问题太大了，我们先回到现实中，回到具体的问题，我女儿怎么办？"

吴萌萌拿起手机晃了晃："我过一会就给她回话。她不会有事的，我想她会欢呼。她的性格中有倔强的一面，会做给你看。我刚才说了，你不许小看女性，她会比你优秀。"

"嗯，这个我知道。想当初，她妈妈离开我们到欧洲去的时候，法官让女儿选择跟谁，她坚决跟了我，她懂得是非。"

"冒昧问一下，她妈妈……"

"怎么说呢？你刚才说，人，都想过自己想要的生活。我刚才就想到，过自己想要的生活，有时就会变成一种自私，那就是，无论代价多大，都要过自己想要的生活。她在生意场上认识了一个欧洲的男人，那个男人说，欧洲的空气特别好，他在海边有一幢房子，但一直没有合适的女主人。她居然就跟着他跑了。有一段时间，我特别气愤，我对她有过两种猜想，反正跑出去的人，只有两种结果：一种，那男人没骗她，她可以享受高福利下的美好生活，真的像那个男人说的，天天面朝大海，春暖花开，那我就祝福她。另外一种，那男人骗了她，她被贩卖为奴，转运到东南亚或欧洲某些角落，天天过得生不如死。"

吴萌萌咯咯咯地笑："你咋那么恶毒呢？"

"我当时气愤啊，她怎么可以扔下我们父女就跑了呢！"

"气愤？气愤也不像你的性格，你是大律师，于千军万马之中取上将人头，如探囊取物。妻子如衣服，一个妇女就把你气成这样，还如何成大事？"

凌仁被逗乐了，哈哈哈地笑着："你不像是开这种玩笑的人。"

吴萌萌说："有时候，严肃的事情，往往就是一场玩笑。记得有记者逢人就问，你幸福吗？结果有一个外来务工者回答，我姓曾。还有一个擦鞋的反问，你一天给别人擦鞋能幸福吗？有时候，一场玩笑，可能是一件严肃的事情。"

凌仁回答："嗯，现在，我正在想一件严肃的事。我们俩的交谈，会不会提高幸福指数？"

凌仁的话，肯定是一句玩笑，是为了报答吴萌萌对自己的帮助，也是为了回应吴萌萌刚才的玩笑。但吴萌萌却觉得身上的某一个部位涌动着，说不清是哪里，那东西在身上转了一圈，才慢慢消失。她轻轻一笑，她知道自己的表情很不自然，就假装看了看表，起身告辞。出门的时候，倚着那道毛玻璃门，说："会，因为我将来也要生个女儿，有利于我教育她。如果不出意外的话，我计划年底结婚。"

　　话一出口，她转身就走。她意识到，她在画蛇添足，这是一句愚蠢的话，和记者那句"你幸福吗"有点类似。她本来只是在心里说，我有未婚夫，可为什么会冒出这么一句？她知道，她内心的些微变化，一定逃不过凌仁那双锐利的眼睛。

　　她进了电梯，电梯的镜子里，她脸色潮红，她的后脖子在轻轻冒汗，她想，幸好，凌仁没有看到这些。

十四　关于缘分，很多人在胡说八道

吴萌萌走出律师事务所大门时，夏芊和刘星正在楼下进行着纷乱的猜测。情感方面的怀疑和想象力，男女不可类比，而夏芊和刘星，又是女性中的佼佼者，她们俩观察女性的动作、表情，犹如化学仪器一般，从发丝测出各种营养素是否缺乏，或者有某种疾病，准确率高，回头率低，一次就可搞定。

吴萌萌从不远处走过，夏芊和刘星的目光一直没有离开。等吴萌萌走远了，夏芊疑惑着："这事挺奇怪的。"

刘星的眼睛仍然没有离开吴萌萌："芊姐，你先别说，让我猜一猜，是不是吴萌萌的神情，还有走路的姿态不对劲？"

夏芊说："你只猜对了一小半。没错，吴萌萌平时的走路方法，优雅，而且趾高气扬，不知道自己几斤几两，走在大街上，视若无人。

那神情，就好比她能看穿天下人，而且觉得天下人都是鼠辈的感觉。可今天不一样了，她的步伐没那么快，没有了趾高气扬，只剩下了优雅。神情上也和这条大街平等了许多，不再有走出唯我独尊的感觉。"

"这个，我也看出来了，你怎么说我只对了一小半？"

夏芊说："因为，真正的问题出在眼睛里，你只注意大体，没注意细节。以前，我们见到的吴萌萌的目光，骨子里都是冷峻的，但出于职业需要，却硬撑出来柔和，一般人虽然感觉不到，但我确实感觉到了。今天绝然不同，她在出楼门的时候，还下意识地回头往里看了一眼。依她的性格，她完全没有必要回头看这一眼。这说明什么？"

刘星摇摇头："这能说明什么？"

夏芊接着说："在她回头看的时候，她的目光充满了柔情与爱意。当一个女人心中有爱的时候，她的目光就必然会流露出来。但你想想，她这一回头，看见的只是大厅和电梯，又没有人送她，她为什么要下意识地回头？唯一的可能是，这楼里头有一个让她眷恋的人，一个优秀的男人，至少，那个优秀的男人，深深地打动了她的心，让她这个不知天高地厚的女人，尝到了来自更高处的滋味，触动了她的心。"

刘星呵呵笑了："吴萌萌这一回头，你发现了这么多，靠谱不靠谱？"

夏芊说："至于靠谱不靠谱，让实践来证明。咱们先办另外一件事去，离这儿不远，有个挺好的男孩，暗恋自己的女同事三个月，不敢轻易表白，怕拒绝后没有下文，我们先去帮助他。"

刘星点点头，两个人打车而去，办完那个男孩的业务，又匆匆赶回公司，一进门，就看见徐青山、诸葛又亮和丁向好在那嘀咕什么。夏芊过去打断他们的话头，说出自己的重大发现和初步分析。

徐青山听完这话，呆立半晌，他的脑子团团转，他清楚地知道，这是一个相当危险的信号。诸葛又亮说："徐总，你的担心很有道理，如果吴萌萌有变，那我们的棋就白下了。很有可能，吴萌萌这边要是和梁达然一分手，梁达然马上就会进攻卓可仪，因为有之前的各种铺垫，很快就能攻下卓可仪，进入婚姻殿堂，合情合法，合乎伦理道德。"

徐青山还是不说话，他的想象又随着诸葛又亮的话，飘到了婚礼现场。夏芊过去踹一脚诸葛又亮："我们只是推理猜测，你说得那么仔细干什么？什么分不分手，结不结婚的，纯粹是刺激人！"

诸葛又亮心里想，我要是说出梁达然和卓可仪已经私会，那才叫刺激人呢！

徐青山摆摆手，说道："不怪他，不怪诸葛又亮。我们的工作就是要防止一切的可能性，大家说一说，夏芊和诸葛又亮说得有没有道理？"

除了徐青山，四个人都点头。点完头，诸葛又亮说："道理是这么个道理，但感情这种事情，道理和事实，差得十万八千里，所以，徐总你也不必过于担心。回过头，我觉得，我们重点还是得在梁达然和卓可仪身上突破……"

丁向好说:"浑蛋梁达然。"

诸葛又亮笑笑:"哦,对,浑蛋梁达然。他和卓可仪才是关键。他们俩到底有多默契?会不会很快发展为爱情?我感觉,因为吴萌萌的存在,梁达然和卓可仪就算互生好感,也还不至于会怎么样。别忘了,我们坏感情破坏部的核心目标,就是结束各种第三者恋情,所以,结束他们俩的感情,才是正道。至于吴萌萌是不是喜欢别人,另有他欢,那只是捎带研究的范围,你们说呢?"

除了诸葛又亮,四个人又都点点头。

会后,夏芊悄悄问诸葛又亮:"你承认,你最后分析的那个,是狗屁吗?"

诸葛又亮不好意思地说:"承认!我是怕继续刺激徐青山。这样吧,夏芊,在完成其他工作的同时,继续盯着吴萌萌,看看还会有什么情况发生。"

夏芊掐了一把诸葛又亮:"我老给你们部打工,到时候分给我奖金!"

诸葛又亮说:"没问题,过一段我租房子,分给你一半卧室都行!"

夏芊在诸葛又亮的胳膊上狠狠拧了一把。

诸葛又亮说:"给你一半卧室,也必须分床,要不你会把我掐死。"

夏芊若有所思,诸葛又亮赶紧接着问:"你在想象,你一定在想象!"

夏芊被气急了，骂道："想象？想象你个大头鬼！你刚才的话，让我突然想起有个老师讲过的一段话，她说，现在的人，老喜欢用缘分这个词，好像缘分是个好东西，实际上，和你睡一张床上，都不一定是你们所说的缘分，因为他有可能睡到半夜掐死你。"

诸葛又亮一听就笑了，嬉皮笑脸地问："这位老师，她活得还好吧？"

夏芊又举起了拳头："你能不能正经点。"

诸葛又亮说："好，我正经点。其实，我已经猜到你们老师说过的话了，而且，我还能给她的那段话起个名字，叫作'有关缘分的胡说八道'。"

夏芊想了想，点了点头："非常有道理。"

她的思绪飞回到那节课上。

那是一位神采飞扬的老师，穿着高腰长裤，讲课的时候，左手插在裤兜，右手拿着一支中性笔，伴随着讲课的节奏，利箭一般比画着。

夏芊依然能想起那节课的核心内容。

在古代，我们听到了太多关于缘分的名句："百年修得同船渡，千年修得共枕眠。"到了现代，我们听到了更多关于缘分的说法："于千万人之中遇见你所遇见的人，于千万年之中，时间的无涯的荒野里，没有早一步，也没有晚一步，刚巧赶上了，那也没有别的话可说，唯有轻轻地问一声：'噢，你也在这里吗？'"在网络时代，缘分更是以"秒"来计算，随时都可能认识原本陌生的人或狗。

缘分有那么好吗？遇见有那么美妙吗？

不！

缘分只是一个中性词，它分为好几种情况，善缘，比如一见如故，比如酒逢知己，比如彻夜长谈。平缘，比如一面之交，比如擦肩而过。恶缘，比如车祸现场，比如挥刀抢劫，比如枕边杀人。

两种不是缘的东西，却被人们传得神乎其神，曲解了原句的好意。一直到了现代社会，现代文明才剥开了它伪饰的一面。"百年修得同船渡"，君不见，泰坦尼克号的万般悲壮？君不见，空难史上的死无葬身之地？君不见，一公交车人的互相冷漠，吵嘴打架……"千年修得共枕眠"，有多少人同床异梦？有多少夫妻大打出手？有多少人在婚姻中生不如死？离婚率已经升到了多高？

在此"缘分"误导下，许多人以为，如果在聊天中发现，哦，你也姓李？或者是更偏僻的一个姓，比如，你也姓左？于是觉得是缘分，顿生好感。或者，你也有个姑姑在苏州？你的老家也是在吕梁？你跟着爷爷奶奶从小在那里长大？好有缘啊！

天哪，这怎么能叫有缘。再延伸开来，同一个小区、同一个楼道、同学、同事、战友……都能照这个逻辑推理下去，有缘人最多的是这二者：一，你我是同性，好有缘啊。二，你我是异性，好有缘啊。于是有人就会反驳：人越少才越有缘，几十亿人都一样，那叫什么有缘。

难道人少就叫有缘？只有两个人，应该算最少吧？如果说，前面所说的挥刀抢劫是极端事件，那么，和七十亿人比起来，谈恋爱这种小概率事件，人少，而且私密，能不能叫作有缘？——遇到人渣的概率却不低，伤痕累累和反目成仇的也不在少数。有的人，生来就是让你长记性的，有的人，生来就是在你心上划刀子的。

那么，什么才是真正的有缘呢？共同的话题，共同的兴趣爱好，相谈甚欢，这样的两个人遇见了，才可以称为有缘。当然，还有一个前提，千万不要是其中一个人为了讨好另一个人，或者别有用心，想方设法靠拢话题，那样的话，就有可能悲剧了，就成了经常上热搜的新闻故事：以缘分之名，做行骗之事，一点一点获得对方信任，一点一点编造美丽的谎言，伸手向财色，对方却浑然不知，像这种高手，正是利用了对方关于"缘分"的误解，而不进行多面考察，更不让时间去证明一切，在甜言蜜语、嘘寒问暖和一时的体贴照顾之下，认定是人生难得之良缘，却陷入恶缘的灾难之中。

所以，把"遇见"当成美事，是多么愚蠢的一种思维，这种思维的背后，一般都是由于孤独和期待。

十五　心灵慰藉是爱情的昵称

虽思念疯长，但卓可仪发现，梁达然对她并没有"实质出格"的行为，只有温情呵护。她想起梁达然最初的那条信息："滨江路上有鲜花无数，我们呵护鲜花的最佳方式，不是采摘她，而是给她提供阳光和雨露。"

难道梁达然真的能做到？她突然想起一件事，咯咯咯地笑了起来。

刚刚靠近距离那会，梁达然发过一条信息："我的体检报告出来了。"

卓可仪稍微紧张了一下："有什么问题吗？"

"前列腺有点肥大，不要紧，医生让保养一个月。"

"那是什么意思？"

"自己上网查。"

卓可仪还真上网查了，原来是男性的某个特有器官，肥大会导致广告里说的那种尿频、尿急、尿不净，所谓的保养，就是尽量不要久坐，最好也禁点欲什么的。

卓可仪一边笑着，一边给梁达然发了一条信息："前世的五百次回眸，换来了今生的前列腺肥大。"

收到这条信息，梁达然感觉，未来的某一天，自己一定会很深很深地爱上这个女孩。

如梦里尽贪欢，她享受着和梁达然的爱情，甜蜜蜜，心气颇高，时而正襟端坐，时而为所欲为，权威如女皇，调皮如孩童，巍峨如女主人。卓可仪睁开双眼，才知仍是一个寄居客。她租住的是城中村比较好的房子，一室一厅，宽敞明亮，由于心情的缘故，在她眼里，斗室有如面糊纸裱，简易的门窗，简易的置物箱，简易的挂衣袋。屋外灯光明灭，嘈杂声几无，想来夜已深。

卓可仪拉开窗帘，伫立窗前，看小巷出处，红黄白的塑料袋飞飞落落、起起停停、欲言又止，似恋人在翩翩，又如情敌在争吵。城中村刚刚结束了狂欢，这里的生态系统像非洲草原，有着自己的食物链。这里居住着从来不用劳动、每年收着数十万租金的原住村民，也有最普通的打工者，每日辛苦奔忙，每个月除了房租和饭钱，就只剩下梦想和幻想。卓可仪处于食物链的底端，她暂时连工作都没有。

城中村捧着无数年轻人支离的梦想，这里云雾缭绕，仙乐飘飘，是另一种圣境——有烧烤的乌烟，有揽客的音响。卓可仪思绪纷乱，不知今夕何夕。声波阵阵，今夜无人能眠。空有一堆最美好的雅句，哪怕最悠然的咏叹，此刻，唯有烦闷相伴。

她想扯住一些过往，抓住时间的尾巴，像甩一条蛇那样，将时间甩晕，盘成一团，任由自己享用。终究，那个没心没肺的女子，那些无所畏惧的过往，那漫天飞舞的自己，支撑不住时间的打磨，在渐渐逃离。

从拥有的那一天起，他们就非常害怕失去。他们害怕，某天开始，聊天也少了，这个世界上，还有人和自己心灵共融吗？盛满心灵的那么满那么满的爱……往哪倾泻呢？最丰富的心和最丰盈的爱，都空空地掉在水泥地上。他们俩，对承受爱的人，是有洁癖的，这边在疯狂地往外挤，另一边却没有填充进来，多么可怕。

卓可仪担心地发消息："如果某一天，我像羽绒一样主动含泪跑出来，填充进去的，却是棉花，还不知道是什么棉花……"

梁达然回："不，没有棉花，你的分身还在里面。"

一个人的时候，卓可仪不曾寂寞，因为她有安静的书，有发烧的电影，有入耳的音乐，它们有生命，如精灵，忠实陪伴自己，一日复一日，充实着快乐。认识梁达然后，书、电影和音乐，还是那样忠实，张着眼睛和嘴巴，讨好着主人。是主人愧对它们，主人长了变心的翅膀，一心想着情郎。

在无数个夜晚，卓可仪就这样安静地等待着，时时看一眼手机，希望屏幕突然亮一下，出现那个熟悉的字眼：然。

今天晚上，她抱枕于床前，看一眼弯月，又看一下手机，思念知心温馨的短信。这么想的时候，手机果然亮了一下。她赶忙抓起手机，却发现是那个讨厌的骚扰短信。来自这个号码的短信，自己也不知道收到多少条了。她给这个号码存了个名字：可恶的人。有时候，她根本不看短信，直接把信息删除。但大多数人都有一种好奇，哪怕是骂人的话，也会看一眼，卓可仪也不例外，何况，这个人的短信不骂人，有时候，还颇理解卓可仪的心情，可惜的是，全是冷嘲热讽，幸灾乐祸，不怀好意。她无聊地读起这条短信："月儿弯弯照九州，几家欢笑几家愁。遥远的夜空，有一轮弯弯的月亮；弯弯的月亮下面，有个人在小三心上；小三心上的人啊，正安睡于他未婚妻的床；孤寂的心如此惆怅，只为那弯弯的月亮……"

看完短信，卓可仪气得把手机摔在床上，呜呜哭了起来。卓可仪气愤难平：现如今，这个赶走书、电影和音乐的梁达然，这个略带忧郁、满腹诗书的梁达然，在什么样的床上？

看看手机，还不到九点。她突然想做一个恶作剧，趁梁达然在吴萌萌身边的时候，自己偏偏打个电话。她没有恶意，只是想开开玩笑吓吓他，逗逗他。此前也逗过两次，结果，她打通了梁达然的电话，梁达然没逗成，却伤了自己。以前的两次，梁达然都在电话里淡淡地说："不好意思，我不买房子。"

电话打通，还好，那边也是乌烟瘴气的感觉，肯定不是在家，根本吵得听不清。梁达然说："你等一下，我到门口和你说话。"

"你这是在哪儿呀？比我这还吵。"

"我在饭店，今天几个同学聚餐。"

"呀，真稀奇，你没在家陪吴萌萌？吴萌萌不担心你和女同事在一起？"

"这个她管不了，同学聚餐，天经地义。"

"那我要是让你来，你怎么就经常说来不了？"

"你知道我不会说谎，总不能老是同学聚会吧？"

"哼，那你现在过来。"

梁达然停顿了一下，一副低沉的嗓音："仪，正想去找你呢！"

卓可仪哭道："我一分钟也不想等！"

"你怎么了？声音还有哭腔呢！"

"……"

"乖，去了再说。"

说完，卓可仪挂了电话。在她的记忆里，自己一向是温柔可人的，尤其对梁达然，不仅仅小鸟依人，更像喇叭花，温情地缠绕着，装点着他的美丽，时不时地开一朵花，亲吻在他的身上。

路程很近，车不算多，只需注意在路上有无豪车，据说万一撞上，倾家荡产都赔不起。有人曾建议，建立联动机制，一旦有人发现路上有豪车，就发出紧急通知：请司机朋友注意，某路口自西向东有豪车行驶，请司机朋友注意避让，并相互转告，以免发生不测。尽管梁达然开得很急，还是想起了这个故事。每一次，他都想快点见到卓可仪，百看不厌，脚底不由用劲。今天尤其不同，自己心情糟透，还略微喝了点酒，担心被查。

爱情总是让人感动。刚到租房户的大门口，卓可仪已经站在那里，淡蓝的牛仔裤，花格衬衫，罩着风衣，长发飘动，凝视远方，一动不动，传说中的"遗世而独立"，无非如此。

卓可仪是上苍送给梁达然的最好礼物，每一次见卓可仪，美丽的错觉与惊喜，每次都会准时报到。这个女子，与周遭的一切，格格不入，犹如未来的一件科技产品，穿越到了现在。卓可仪置身于这堆出租房，就有这一效果。

看见梁达然走近，卓可仪马上挽起了他，两个人紧紧倚靠着，这一幕，恰被贾真用手机拍了下来。卓可仪拍拍梁达然的肚子，又拍拍他的胸口，撒娇道："你吃饱了，我还没吃呢，陪我吃去，很快。"梁达然正值盛年，身材没有走样，个子不算太高，只比卓可仪略高半头。虽戴着眼镜，但长得孔武有力，轻轻一揽，就将卓可仪拥入怀中。

两个人在附近的小吃店吃了碗烩锅面，匆匆返回住处。喝了不多的两杯，却头昏脑涨，梁达然知道，这回，自己真的被打败了，被可怕的时间和世俗，打得遍体鳞伤，奄奄一息。这么多年的所谓打拼和成就，突然变得像纸一样薄，不再是骄傲，反成为羞耻。他仰躺在床上，疲惫不堪，甚至周身暗痛，和以前喝了多半瓶酒的感觉一样。卓可仪伏身过去，胳膊肘儿支床，双手托着下巴，盯着梁达然看，调皮地说："我不快乐。"

"为什么不快乐？"

"我见过吴萌萌了。"

梁达然吓了一跳："你说什么？"

"我看吴萌萌她挺好的一个人呀，她长得挺好看，好看得让人产生幻觉。我们怎么可以那么对待她。我有些恨我自己，是不是被爱情迷了眼，是不是上了你的当，受了你的骗，做出不该做的事。我一直想这个问题，雨越下越大，结果，被雨淋成落汤鸡！"

"没有，"梁达然挤出一个笑容，"她做辅导员的时候，当然是温文尔雅的。甚至，呈现的是最美好的一面，智慧、亲切、古典、美丽、大方。"

卓可仪一把抱过梁达然，伸手堵住梁达然的嘴："你夸吴萌萌倒是舍得用词语，不许你说她了，我觉得她最幸福的事情，就是拥有你！"

梁达然将她抱紧，问："你我要是结了婚，还会这样好吗？"

"会的！"

梁达然抱得更紧："如果我们天天洗衣服做饭墩地，还会这样好吗？"

"会的！"

"如果我们吵了架，总是为娘家婆家的事心烦，还会这样好吗？"

"会的！"

两个人都沉默不语，就那样紧紧地拥着，彼此能感觉到心在跳动，除此，世界仿佛陷入一片沉寂之中。许久，如小弦初起，从卓可仪的怀里，传来梁达然的哭声，紧接着，暴雨骤至，哭声突然大了起来，变成了号啕大哭。卓可仪吓坏了，赶忙擦着梁达然的泪水，问道："你怎么了？"

梁达然泣不成声："幸好有你！"

再问："你到底怎么了？"

梁达然还是紧紧地抱着卓可仪："幸好有你！"

卓可仪惊讶道："我们这不是都好好的！"

卓可仪想起，梁达然曾经不下十次八次地说起，吴萌萌看不惯他，但是还强迫自己爱他，而且，是从"骨子里"看不起他。吴萌萌自认是一个有魄力的女人，看不起花里胡哨、只会写点轻飘飘文字的梁达然。吴萌萌不喜欢云里雾里的东西，比如卡夫卡或卡尔维诺，比如现代诗。她记得从梁达然拿回去的杂志上看到过一首诗："清晨／略有寒意／我对卫生间视而不见／在街的拐角处／对着这个世界／撒了一泡舒服的尿。"有评论家认为，这首诗充满了哲学意味。吴萌萌实在不明白，这泡尿，除了一股臊味，究竟有什么哲学意味？

卓可仪想起这些，就逗逗他："我还以为你这么快就良心发现了，后悔骗吴萌萌了。"

梁达然摇摇头，眉头紧锁："这次和吴萌萌无关，我们今天高中同学聚餐，我有一种崩溃的感觉。"

"同学聚餐，又放松又高兴，崩溃什么？"

"太可怕了！我差点后悔我当初的选择，我当初也有机会做公务员或经商。"

"我听不懂，到底怎么回事？"

"他们酒后显摆，显摆权力，显摆财富，不给我留一点面子，简直要把我逼到死角。"

"他们有什么显摆的？你又不差劲，你是这个城市最好的情感咨询师，一个月两万以上的收入。"

"唉，别提这个，你不知道啊！今天，我差点变成一个自己厌恶的那种人。我厌恶权势，厌恶不劳而获……可是……"

卓可仪见梁达然表情凝重，知道他今天确实心情沉重，又说出这么别扭的话，更加奇怪。她盯着他的眼睛，她喜欢盯着这双眼睛，没有杂尘，初识时，她就是这样告诉自己的：一个超过三十岁的男人，眼睛里还没有杂尘，就应该信任他。卓可仪疼惜地摸着梁达然的手，梁达然身形匀称适中，整齐干净，十指修长，伸过来的时候，自然会有亲近感。

梁达然轻抚卓可仪的头发："可仪，也许我们每天都在唐风宋雨，大雅小雅，而且你又是女孩子。可我是男人，在这个时代，你真想象不到那种刺激，那种痛楚。"

很多地方都有一种习俗，大家会根据婴儿的一些无意识动作，判断他长大之后，会是一个什么样的人。有一个孩子，他摸了笔，大家就说，这孩子将来是个大文人；还有一个孩子，他摸了钱，大家就说，这个孩子将来一定是个华尔街大亨；还有一个孩子，什么也没抓，但大家都一致判断，这孩子长大之后能当政治家。因为大家看到，他尿在裤子里，还保持着微笑。

梁达然在酒桌上最痛苦的时候，他一直保持着微笑。他不是政治家，这辈子也当不了政治家，因为他已经不是婴儿。

卓可仪安慰道："你都三十多岁的人了，古人说，三十不学艺。你这会就是能转行，也有点晚了，何必白费功夫，白操这心？你挣着高工资，过着滋润日子，围篱采菊，红袖添香，够美了！"

每当这个时候，梁达然就会有一种巨大的满足感。他爱卓可仪的这种纯善与软语，爱得要死，千金不换。

心灵慰藉是爱情的别名，一个人，能在另一个人面前，表现出自己最真实、最不堪、最痛苦的一面，而另一个人，还能给予实实在在的宽慰，还能让心里瞬间升腾起温暖的爱意，这才配称爱情吧！林语堂说，就喜欢在纽约中央广场的草坪上偷偷躺一会儿。他还说起中西文化差异之"舒服"：如果某种场合需要"焚香祷告，沐浴更衣，正衣冠，清面目，处处透着礼节"，那一定是很累的。于是想到，如果和一个人交往，可以不刻意修饰不那么礼貌，想接打电话就接打电话，想发信息就发信息，甚至想互损就互损，想挠就挠想掐就掐……那一定是极舒服的。

当一个人有了深爱的人，就多了一种别人没有的快乐。每个平常的一天，彼此说些知心的话，总是开个头就能说一部小说，如果不加以控制，就能聊出个图书馆。或者视频一下，都会获得一种非常罕见的快乐。

十六　好感情都有牢固的情感基础

这个晚上，吴萌萌一个人安静着，有好几次，抓起电话想打给梁达然，终于没有打出去。她想起之前的傻态，之前的小吵大闹，到底是在乎他，还是充满了控制欲？今天他和同学聚餐，为什么无法打出这个电话？难道这次就不管有没有女同学？不管饭后会不会洗脚唱歌甚至跑夜店？

古人说得有道理，真是做贼者心虚。自己和凌仁，什么也没有，只是略略心动，并非难堪的感觉，甚至都与道德无关。当自己的心豁开一个小洞，就无法以矛的姿态对待别人，其实是在保护自己的心情。

电话在吴萌萌手边，拿起又放下。过了一会，仿佛一个婴儿被吵醒，铃声突响，显示的名字，竟然是那个小丫头凌雨晨。吴萌萌大感意外，接听，凌雨晨想压制又压制不住亢奋的声音："吴老师，我爸爸和我谈判了，允许我和贾真相处，条件是不能耽误学习。我就奇了怪了，我爸爸那人很难说话，你是怎么做到的？"

吴萌萌说："你能做到你爸爸提出的条件，我才算真的办到了。你和贾真的爱情，现在还在试用期。"

"我还是很好奇哎，你怎么说服他的？他真的很倔的，自己还以为是什么好律师，其实最不讲道理了。"

"就是正常聊天啊，拿你的生命做威胁。"

"根本不是！你以为他相信我会死呀？肯定是美人计发挥了作用。"

吴萌萌无言以对，干笑了两声："你这丫头，什么美人计，我都快老了。"

"呵呵，你不老，你看起来也就是二十五六的样子，我爸爸那种半大不小的老男人，正需要你这种人去开导，他是个死心眼。"

"好了好了，你们能开心就好，别扯上我。"

"好吧，估计这事没完。你想啊，我才十八岁，路还长着呢，你就是我这辈子的心灵导师，将来我孝敬您，我会让那个贾真好好挣钱。"

吴萌萌就笑笑："傻雨晨，你哪会有那么多事呢？我希望你健健康康的，永远跟小动物一样高兴。"吴萌萌想起小时候，自己家里养着一条小狗，当吴萌萌参加完体育活动回到家时，脚捂得难受，刚脱了鞋，小狗就扑上来，舔她的脚指头，有滋有味的，快乐地摇着小尾巴。

凌雨晨说："好吧，吴老师，有事再去找你啊。再见。"

吴萌萌再次画蛇添足："哎，你爸爸呢？"

凌雨晨答："他在客厅看电视啊，你有事找他？"

"没，没有。"吴萌萌说，"我是说，你打电话，你爸爸听不见吧？"

"听不见，这是我的私人禁地。世界那么大，就只有这十几平方米是我的，可怜的我，是一个小小小小的地主。"

挂了电话，吴萌萌颇有一种职业自豪感，自己帮助这一对父女和解，是从事班级辅导员以来，速度最快最成功的案例。转念间，她想，同样都是凌仁这个律师，为何父女可以和解，夫妻却必须离婚？她想起那个情景，在法庭上，他把所有好处，都让给前妻，前妻提的所有条件，不仅得到满足，还有附赠品。前妻被感动到追悔，执意回心转意，他却没有给她任何机会。本来最后可以挽回，为何却任由她跟着那个欧洲商人而去？在"伤透了心"的盾牌背后，在"大爱大义"的旗帜下面，隐匿着充满报复欲望的弓箭手，这个男人啊！

吴萌萌想到这里，竟然笑出了声。她发现自己对别人的心思进行揣度，而且还是带有恶意的揣度，自是不太厚道。比起凌雨晨的率真，自己倒露出了几分卑怯。小孩子们讲话不经过大脑，张口就是"美人计"，多么可爱。他们省去了所有的客套，连"谢谢"都懒得说。

成年人，不仅脸上长皱纹，心上也长皱纹，沟沟坎坎，绕绕弯弯。所谓的贴心人，怎么去贴心？小孩子的心是简单的心，简单的心是两个平面，贴合起来，都不用刻意用胶，万有引力，一拍即合。如果成年了，是长满沟壑的两颗心，好似一把高科技的锁，需要配套生产的钥匙，才能打开。可是在这世界上，没有哪两颗心是配套生产的，花纹不同，图案不同，贴都贴不到一起，打开心锁更是妄谈。

打开的心，都是软的。吴萌萌不禁暗惊，她想，小孩子随意的话，有时候更接近真理。凌仁对女儿的突然心软，难道真有"美人计"的成分？或者，自己和他的那一席长谈，从情感而人生，由人生而社会，用的并不是"美人计"，而是"美心计"。美人计让人一时欲望横生，淹没心智；美心计则让人夜半梦回，低喃思念。

短信至，显示有"凌仁"二字：

"我女儿刚才说，我是中了美人计。她嘲讽我，这是初中生的水平。你觉得呢？"

吴萌萌摇摇头，仿佛凌仁可以看见她的动作。这个只见过两面的男人，怎么会问出这种傻问题？装嫩还是装傻？她把刚才所思发了回去："美人计让人一时欲望横生，淹没心智；美心计则让人夜半梦回，低喃思念。"

"美人兼美心，又当如何？"

"死得其所。"

发完短信，吴萌萌呵呵呵地笑。她很得意，既然是个心思缜密的律师，就让他去猜去吧。她觉得这一切有点恐怖，这是一个游戏吗？这游戏一点都不好玩，自己的方寸已经乱了，她看看墙上的表，十点半了，梁达然这么晚还不回家，自己竟然全无电话去缠绕的欲念，甚至害怕梁达然回来，打破这种短信聊天的乐趣。于是她一边盯着手机，等凌仁的回信，一边反复告诉自己，这很反常，这太可怕了。

好一阵，凌仁都没回信，吴萌萌知道，他应该是暂时"死"了。等他"活"过来，肯定是另一个凌仁，脑子一团糨糊，思维自相矛盾。吴萌萌在偷笑，没想到，这种类似游戏的东西，这么刺激，这么带劲。吴萌萌以前没玩过什么游戏，也没钓过什么男人，中规中矩的她，热衷于管束自己的男人，全心全意和自己的男人吵架。生活这东西，根基松动，最容易决堤，稍有不慎，一泻千里。无论是身体的快感，还是心灵的快感，都难以抵抗。

凌仁的短信终于回了过来，却没有接刚才的话，只是说："如果明天中午方便，我想请你吃饭，感谢你调解了我们父女的矛盾，请一定赏脸。"

吴萌萌想，这个凌仁，也不算太笨。他不接着"死得其所"来回答，却直接用一句最普通的邀请，将飘在上空的思绪拉回来，拉到平庸的现实中。这一定是故意的，吴萌萌就想淘气一回，决定和他斗智斗勇："既然你要死得其所，就找个阴暗的地方。"

凌仁果然"活"了过来，短信回得挺快："好，那就去唐韵吧。"

"为什么去唐韵？"

"那里很有韵致，很有格调，很适合你。"

"哦，唐韵？你是说我胖了？"

"不敢，我怎么敢妄谈你的胖瘦？"

"你又不是没见过我，但说无妨。"

　　短信以极快的速度回了过来："说一个女人胖瘦，并非见了就敢确定。"

　　吴萌萌一见短信，不禁嗔骂，这个男人，只这一句，便知意趣。这种意趣，她经历得少，但并非不知趣之人。这么调戏女人，而不见一个情色字眼，让人恨不起来。可就是因为看了这句话，她又担心凌仁是情场老手，见一个勾一个，那便不仅索然无味，简直就是自己眼浊得厉害，有眼无珠。这个可怕的念头一出现，马上又有一个念头出来打架：如果自己稳坐如山，心如止水，他是不是情场老手，与自己何干？

　　次日，天已放晴。吴萌萌如约来到唐韵，凌仁并没有在包间等，而是在门口张望。上了二楼，凌仁早已订好一个小包间，果如玩笑所言，昏黄灰暗的墙，有气无力的灯光。在大多数时候，男女单独用餐，菜品就显得很冤枉，明明心思不在菜上，还得表现出对菜的追求，左点右点，生怕品位低了，菜就成了一个被愚弄的第三者。

　　吴萌萌随意夹着菜，两个人继续聊凌仁的女儿，凌仁讲法律案例，吴萌萌讲几个学生的案例。奇怪的是，所有的案例，都与情感有关，都与婚姻家庭有关。他们不是在聊天，是在寻找那种观点一致的愉悦感。

　　凌仁开车过来的，他举起饮料说："我觉得这是酒，我们干一杯吧。"

　　吴萌萌说："我也觉得这是酒。"

　　一杯下肚，凌仁说："从现在起，我处于醉酒状态。"

　　什么意思？吴萌萌抬头看凌仁，却见凌仁指着面前的杯盘，脸色潮红，轻声，居然略有颤音说："我们之间，隔着这么多有形的东西。"

　　吴萌萌盯着凌仁，凌仁的眼睛一点点发红，仿佛真喝了酒。她想，这还真是一种奇怪的现象，她看看杯盘，确实是有形的东西，点点头："嗯呢。"

　　凌仁把手指在半空："但我更害怕无形的东西，看着什么也没有，却无法逾越。"

　　吴萌萌还是不说话，表示不解。

　　凌仁伸出自己的手："请你把手放在我手上。"

　　吴萌萌觉得很突然，她迟疑着。凌仁的手一动不动，就在半空中伸着。吴萌萌说："你大概会看手相。"这才慢慢地把手放在凌仁手上，她有些小挣扎，只放了四根指头。她不动声色，眼前这个男人已经入戏，看他如何演下去。

　　四五秒之后，吴萌萌把两只手慢慢地抽回。

　　凌仁说："仅此，所以，也只能向我们的障碍敬礼了！"

　　饭毕，临出包间，吴萌萌轻语："其实，我都知道。"

　　凌仁的表情有些狼狈，问道："你怎么做到的？"

　　吴萌萌笑一笑："我只把自己当成一个辅导员，置身事外。"

　　"你……是笑还是恼？"

　　"我不笑不恼，幸亏，你算一个好人，尽管有痞性。"

　　"好人？"

　　"嗯，你都快紧张死了，手出那么多汗，眼睛也红红的。"

凌仁狠狠心说："那我发挥一下痞性吧，你再把手放在我手里。"

吴萌萌把手放过去，凌仁握着，这回时间要长。松了手，他摇头说："没办法，还是紧张。"

"但比刚才好点。"

凌仁叹一口气："我就荒唐这一回吧，我告诉你，刚才不是眼红，是快哭了。"

"快哭了？"这句话吴萌萌可没有想到，她强迫自己想，没必要表演得这么认真吧？又不是做明星。嘴上却说："怎么会哭？"

"珍惜，因珍而惜。这个国家有十几亿人，这个城市有六百多万人，到哪里去寻一个契合心思愿意融通的人？谁和谁，能遇在一起聊天翻了底牌而没有心理防线？绝大多数人，这辈子都不会遇到，他们的生活没有感动、没有痴迷、没有疯狂。他们买醉或彻夜笙歌，但他们，没有我这样的幸运。我女儿唱过一首歌，再不疯狂我们就老了，为什么我们还要在这里发呆？古人说，众里寻她千百度，蓦然回首，那人却在，灯火阑珊处。我没有想到，就在我律师楼隔两条街的地方，会有我女儿的一个老师，会有一个你。"

此刻，吴萌萌并不想感动，她不想在不合适的时候，有不合适的感动，便说："你还记得我是你女儿的老师啊！你应该明白，许许多多的人，在与我的聊天中，会有这样的感动，会有这样的心情。"

"我不关心别人的心情，我只关心你的心情。"

吴萌萌现出职业式的微笑："我的心情就是，没有心情。要不我早困死了，为情所困。"

凌仁沉重地点头："好吧，死得其所，不亦快哉！"

吴萌萌也点点头，那意思是说，快乐就好，没人会拒绝快乐。她看着这个男人，她知道不应该，但还是有一种小小的快乐感和成就感。快乐感是因为他真，活得真实，说得真切，他有什么感觉，会完全倒出来，更关键的是，从他的紧张，从他的言语，吴萌萌知道，他的情感虽然不单纯，但应该更多时候处于被动，而且次数也不会多。至于主动，则缺少演练，或很少表达，主动得这么笨拙，有点好笑。成就感是因为，这个男人号称一方有名律师，自恃不同常人，目空一切，甚至在他谦逊的时候，骨子里都流露出对芸芸众生的小视，可是在自己面前，居然如此低眉。

临上车，凌仁又问："我能对你好吗？"

"怎么叫对我好？"

"比别人更好。"

"怎么叫比别人更好？"

"就是说，我对你好，是我的事，与你无关。我可以做到无欲无求，不求回报的那种，你愿意吗？"

"一般人会回答，我会有压力，这个不假，大概也属于标准答案。但我想说，你相信你这么做，不是一个圈套吗？"

两个人相视一笑。凌仁说："我承认，我败了。在情感的博弈中，稳坐的那位，一般不是皇帝就是女王，而表达的这位，先就败了一阵。"

吴萌萌说："哪有那么严重？"

凌仁的车窗开着，他绑上安全带："我感觉我在急速下降，我得绑牢固一点。在你强大的智慧面前，我别掉进去。"

"文字游戏就挺好。"

"还可'执手相看'吗？"

吴萌萌微笑不答，朝凌仁挥挥手："据说你在'醉酒'状态，小心开车哦。"

汽车启动，慢慢前行。倒车镜如美人回眸，那种姿态，极似一个恋恋不舍的人。从倒车镜里，吴萌萌可以看到凌仁，甚至，可以感觉到，那双仍然微微发红的眼睛。

望着远去的汽车，让吴萌萌大感恐惧的是，与凌仁的三次见面，并不是建立了什么，而是有摧毁自己信念的可能。吴萌萌不得不直视一个问题：好感情最重要的是什么？

其实，无法框定一种答案。

因为在任何答案之外，都会有大量反例。比如你说身体健康，就有人喜欢上了一个残疾人，且不离不弃。比如你说家境富裕，就有人喜欢上了一无所有的人，愿意等他慢慢成功。比如你说身高长相，可就有人喜欢上了又胖又丑又矮的人。比如你说快乐才是最重要的，可就有人喜欢上了那种相爱相杀的感觉，常常以泪洗面还是深爱如初。

所以，我们只说一般的情况，不举特例。

我们只讨论，在大家认可的基础层面之上，在正常的生活保障之外，好感情到底需要什么？

最多的答案是：三观相同或兴趣爱好一致。

这里面有太多需要澄清的事情。

喜欢旅游算吗？

——十四亿人有十一亿人喜欢，剩下的三亿还是行动不便的老人和小孩，你觉得能算吗？

喜欢吃美食喝美酒算吗？

——十四亿人有十三亿人喜欢，从婴儿到白发老人，剩下的一亿还是胃口不好和不胜酒力的，你觉得能算吗？

无论是旅游、美食还是读书、文艺，空谈喜欢或不喜欢，没有什么意义。这是一个商业细分的时代，心灵怎么可以不细分？以旅游为例，只要细化细分，那些共同的、让人舒服的、渴望交流的内容，就慢慢呈现了。

你是喜欢大漠孤烟还是喜欢小桥流水？你是喜欢上车睡觉下车拍照还是喜欢深度民宿游？你喜欢大海，那么，你是喜欢宁静地看日出，在海边细细的沙滩上行走，还是喜欢乘风破浪去冲击、去海钓？

不得不承认，细分有意义，也有恐惧。这些虚头巴脑的内容，并不是人人都有福气拥有。如果，随着年龄的增长，盼不到也等不来，一年不如一年，一个不如一个，可怎么办？总不能一辈子不娶不嫁吧？于是，许多人在无奈之下，选择了那个下班之后，各自躺在一边玩手机的人。

简言之，他们害怕成为剩男剩女。

　　这个问题，也可以用人在旅途来比喻。人生如逆旅，我亦是行人。风云变幻，路况崎岖，人们害怕冻饿而死，许多人的选择是，当特殊情况发生时，临时包裹一件大衣，哪顾得上讲究款式和颜色，将就一下而已。这种情况，也就是在某些时刻的情感低潮期、失落期、渴望期，可能会有一些傻傻的后悔的应急的行为。然而，选择良缘不是应急，一定是那个拥有让彼此喜欢和欣赏的"特质"的人，才能让自己把日子过得舒坦惬意。

　　如果，这种高分的感情可遇不可求、求而不得，我们可以将好感情的定义，一降再降，那就必然出现一个底线，也就是六十分的及格线。这个及格线，用最简单的语言描述就是：两个人在一起，一定比一个人单着感觉好。

　　如果，两个人在一起，经过那个短暂的新鲜期和甜蜜期，很快就转入下一个阶段，一天二十四小时，充斥在绝大多数时光里的是煎熬、苦等、怄气、失落、烦躁、抱怨、争吵，感受不到关爱和呵护，那我们要这种感情，究竟是为什么？就为了让世俗大众看起来，瞧，那个人脱单了，然后天天活受罪吗？

十七 什么时候该亲近，这是一个问题

凌仁和吴萌萌进饭店的时候，被刘星盯个正着，接到情报，诸葛又亮和夏芊匆匆赶到。三个人也进了饭店，假装挑安静地方，坐进了凌仁隔壁的包间。包间隔音效果不好，所有的话，隐约可听见，有些话，隐约可听清。三个人从未如此安静地吃饭，憋着三张嘴坏笑，可谓食不甘味。

饭后，诸葛又亮和夏芊假装情侣，尾随凌仁和吴萌萌出了酒店，偷听他们的说话内容。刘星早跑到大厅角落，偷偷拍下凌仁和吴萌萌并肩行走的照片。顺利完成任务，只付出一顿饭钱的代价，三个人欣喜不已，等着回去领徐青山的奖金。

徐青山自觉得智力平平，中等偏上，但在诸葛又亮看来，一旦涉及有关他和卓可仪的感情问题，徐青山马上变得智慧超群，比常人多十八倍的敏感。这个现象，完全可以和另外一处形象相映成趣，人们常说，热恋中的人，智商为零，所以，失恋后的人，智商指数会出奇地高。

三个人回去汇报，徐青山一听这个消息，脸都吓白了。诸葛又亮赶紧问道："徐总，你怎么回事？"

徐青山缓了缓，才说："你们没有意识到问题的严重性啊！你们想想，如果吴萌萌，也就是梁达然的女朋友变心，那就给了梁达然提出分手的充分理由。梁达然一分手，肯定就能和卓可仪在一起，我就没有一点希望了！"

"嗨——"诸葛又亮笑了起来，"你老是把推理当成事实，自己吓自己。吴萌萌变心也好，梁达然分手也好，只是一种可能。可事实上，生活中的事情，一切皆有可能。"

徐青山指了指四个人："可你们发回来的各种情报，都告诉我一个信息，吴萌萌和凌仁互相喜欢，已经不是纯粹的工作关系。"

夏芊点点头："这个不假，以女性的直觉，我敢肯定。"

诸葛又亮马上说："那我也敢肯定一件事情，即使他们俩已经有了那种超越友情的感情，哪怕可以称作爱情，那也是典型的坏感情。而我们正是坏感情破坏部，他们的爱情也许刚刚开始，虽然一时难以阻止，但我们有我们的招数，天长日久，绳锯木断，一定让他们分开！"

"现在就开始，下一分钟就开始。"徐青山显然有些沉不住气，吓白了的脸正在一点点恢复，"趁现在还处于萌芽状态，马上搞破坏！"

就如何搞破坏，他们商量了一番，夏芊和刘星宣布，她们发现了一个令人沮丧的事实，关于如何破坏坏感情，坏感情破坏部暂时已经没有新的创意。丁向好极力反驳，别看书上写着三十六计，其实真正用起来的，也就是美人计、离间计、声东击西什么的，被人看穿也是常有的事。《三国演义》里面，除了火攻就是水淹，屡试不爽。另外，打了几千年战争，一个用滥了的招数，到现在也一直用的招数，叫作埋伏。身经百战的将军战士，动不动就中了埋伏，实在让人不理解。所以，治什么病用什么药，对症就行，治坏感情这种病，也许发短信和电子邮件就是最管用的方法。

丁向好为诸葛又亮找了这一堆理由，哪知道，诸葛又亮先是用目光表示谢意，接着又对夏芊和刘星表示不屑："实话告诉二位，发短信、发电邮，只是最基本的方法，就如同打仗时用的刀枪，一般武器，常规打法，方便实用，不用白不用。至于什么时候下猛药，什么时候使出绝招，对什么人使，那都是有讲究的。"

夏芊问："那你说有什么猛药？"

诸葛又亮微微一笑："山人自有妙计，天机不可泄露。时机不成熟，过早使用，就会适得其反。这个妙计，我连徐总都不能告诉。"

徐青山说："好，我不打听，你也别卖关子。现在，吴萌萌有可能和那个律师发展成亲密关系，这是打紧的事，得马上阻止。"

诸葛又亮说："吴萌萌和凌仁这里，我们还是按照老办法，但这回需要增加后援团，采取各个击破的办法，让他们的感情从一开始就如履薄冰，如临深渊。感情的力量虽然强大，但我要让他们迈不开步子，也就为我们争取到了时间。争取到了时间，相当于争取到了胜利。"

夏芊问："具体怎么做？"

诸葛又亮说："目前，我通过学校里的内线，已经拿到了吴萌萌的联系方式。她的工作就是接触各种各样的人，所以，被人骚扰时，肯定不会怀疑到我们。而且，过了三十岁的女性心理，一定非常纤细而复杂，丁向好一定要发好短信，让她满心愧疚。凌仁是个律师，也是到处散发名片的职业，他的联系方式也好搞定，但给他发短信一定要小心，他具备反侦察能力，万一被他识破，可就不好办了。我刚才说的后援，是指吴萌萌的妈妈和凌仁的女儿。据我们从外围了解，吴萌萌自己有房子，经常和她妈住一起，说明她很孝顺，也可能是为了蹭饭，所以，我们也可以给老太太下一点料，但不可以太猛，万一吓出毛病来，就是我们的过错了。至于凌仁的女儿，还是个大一的学生，单亲家庭的孩子，心灵很脆弱，如果知道她爸可能陷入三角恋，必定很不高兴，所以我觉得还是缓一缓吧，毕竟影响孩子的学习和青春，是我们不应该犯的过错。"

徐青山点点头："嗯，说得有道理。我们虽然主持正义，破坏坏感情，但不能影响第三人的生活，特别是不要把坏的影响带给孩子。老太太一般没事，训训女儿，也是应该的。问题是，怎么拿到老太太的联系方式？"

诸葛又亮从桌子上拿起一支笔，又指指电脑："据我所知，好多老太太都不用手机，用也是接打电话，连短信都懒得看。所以，我们用手写或者用电脑打印，打听到家庭住址，塞到信箱里就可以了。"

按照分工，丁向好给凌仁发短信，刘星给吴萌萌发短信，他们俩把那个公用手机拿过来，开始编发短信。诸葛又亮发现，人有一种劣根性，喜欢破坏远远胜于喜欢建设。每次发这种短信的时候，他就能看见丁向好和刘星都是满脸红光，像是在工资单上签字似的，压抑不住地兴奋。

当天晚上，吴萌萌和梁达然回家吃饭，给妈妈买了不少好吃的。吴萌萌坐在后座，看守着衣物和零食。短信铃一响，吴萌萌拿起来一看，是一张图片，当即吓得心慌意乱，她强作镇定，看一眼梁达然，车正穿过繁华街口，梁达然专心开车，全然没有注意到她的表情。吴萌萌担心，梁达然要是看到这张图片，自己真就说不清了，因为那天自己说是参加婚礼。图片上，吴萌萌正和凌仁笑嘻嘻地从饭店走出来，一副相谈甚欢的样子。尽管事实上，吴萌萌拒绝了凌仁的示爱，但她的心里，已然是渐渐融化的冰，冰凉一般漫过心底，因了心的热烈跳动，终究会变得温暖起来，炽热起来。既然拒绝只是一种姿态，那心虚就是一种真实。更可恶的是，这张图片还附了几句话："冲动是魔鬼，害人又害己。人，不是你身边的这个男人，这个男人，你害不了。你能害了的，只有你自己的男人，自己的家。"

吴萌萌本身很擅长语言攻势，她发现，这话说得够损，也很有力量，几乎是在一瞬间就穿透了她的内心，把她的生活如破麻袋一样在大街上摔打。她盯着这个陌生号码，无法猜测此人的目的。

她匆匆删除这条彩信，假装安静凝神，看着前面的道路，心却安静不下来。

电话这时响了起来，吴萌萌像触电一样，全身抖了一下，然后才从包里摸出电话，一看，是妈妈打来的，这才松了一口气。她非常担心，那个发彩信的人会突然打电话过来警告她。妈妈知道她在回家的路上，就在电话里说：“萌萌，我正好还有事和你说，你回来得正好。”

挂了电话，吴萌萌疑惑：“妈妈能有什么要紧事，还不在电话里说，非要等见面时再说？”

上了楼，安排好杂七杂八的东西，吃过饭，母女俩睡一屋。今天妈妈的表现很异常，吴萌萌一直不敢问原因。等卧室的门一关，吴萌萌就急迫问道：“妈，你到底要和我说什么事？”

吴母拿出一个信封：“喏，你自己看吧。”

吴萌萌接过信封，往外一抽，发现是一张照片，也是在唐韵酒店拍的，还是她和凌仁在一起并肩走着，只不过角度不同，从那个角度拍片，显得二人更亲密。照片背后还有两行字：“大娘您好，如果您不管的话，照片上的这个男人，就有可能替代梁达然，成为你的女婿。”

看着吴萌萌张大嘴的样子，吴母问道：“这到底是怎么回事？”

吴萌萌深呼吸两下，调整了一下情绪，对吴母说：“妈，我不知道这是谁在陷害我，但你要相信你的闺女，这绝对是陷害。”

接着，吴萌萌就把她帮助凌仁、凌雨晨父女俩重归于好，所以凌仁请客感谢的事，细细讲给妈妈听。听着听着，吴母就说："没事就好，你听着，咱们家可不能出这种丑事！"

吴萌萌连连点头，脑子里闪过一系列可怕的情景。

因为彩信几乎是同时发的，这一刻，凌仁却正在办公室发笑，看了彩信，他先就乐了起来，他觉得自己的生活风里来雨里去，死亡威胁也接到过三五起，这种小儿科，他觉得很有趣，唯一担心的就是害怕会伤害吴萌萌。他想给吴萌萌挂个电话，又不知道从何说起，也不知道她是否方便，想了想，就删除了彩信，安静看书。

凌仁收到的彩信是这样的："这是一座充满了小三的城市，而你，是这个城市最老的小三，或许应该叫老三。身为律师，要是破坏别人的家庭，那叫知法犯法，望迷途知返，悬崖勒马。"凌仁觉得好笑，就凭一张两个人走在饭店大厅的照片，怎么被指责为"老三"？

凌仁倒是没怕，反而是充满了疑惑：是什么人在做这种事情？没有后续，没有要求，没有仇恨，没有讹诈……这是要做什么？

静观其变，且看书。翻书的时候，凌仁一拍自己的大腿，暗叫后悔。他不是后悔和吴萌萌吃饭，他是后悔删除了彩信。那张照片虽说是胡乱抓拍的，但效果还不错，尤其是吴萌萌的神情步态，让自己着迷。应该存在手机里，没事的时候翻出来多看看。他把书合上，闭上眼睛，黑暗中，到处都是吴萌萌激情飞扬的样子。

凌仁有些担心吴萌萌，他相信，吴萌萌也收到了类似的信息。但他固执地认为，这个时候，反而不应该联系，如果吴萌萌联系自己，那才能说明一些问题。他带着自己的小诡计，如果吴萌萌联系自己，那才是真正的示好，顺水行舟，成其美好。他又坚守着自己的厚道，哪怕吴萌萌联系自己，也不能乘虚而入，对一个见三面就和自己握手的女子，亲近，已经不是目的。他也怀着自己的迷信，这些信息，或许正好是天意，拦截下过分的亲密。他知道，一旦发生亲密关系，会遮蔽相处的过程，把美妙的渐变过程，变成一场豪赌。

有网站进行过一个调查：谈恋爱期间，到底什么时候该亲近？什么时候该发生实质性关系？

这样的调查，引起了广泛的回应。得到的结果，自然是五花八门，不仅没有一个共同的结论，反而还有许多相反的说法。

有的人说，我和我的恋人，在见面一周内，就发生了男欢女爱，但并没有影响我们越相处越快乐。有的人说，我和我的恋人，确定恋爱关系半年之后，才在一次偶然的机会，发生了男欢女爱，后来发现不合适，我很后悔那一晚上的事。有一个极端的例子，男孩嫌女孩舍不得奉献身体，认为那代表不爱自己，软磨硬泡之下，女孩和男孩发生了亲密关系，然而，无数铁的事实说明，这并不是留住男孩的方式，两个月之后，男孩坚决要离开，女孩几乎跪下求男孩，一切都没有挽回。

还有一对已经快领证的恋人，在两个人商量婚期的快乐时光里，由于一个人租的房正好到期，就想着，反正也要回到老家去办婚礼，再租房子也是浪费，于是就住到了一起。谁知道这一住，住出了问题。自从两个人住在一起，除了上班就分分秒秒腻在一起，洗脸刷牙打呼噜，各种矛盾纷争都涌了出来，原来处得挺好的两个人，不到一个月，由互相看不惯到互相攻击，一对情侣就这样分了手！

什么？原来处得挺好？

这是一种荒唐的说法。

所谓"原来处得挺好"，准确地还原这句话，应该是"原来隐藏得挺好"，相处中的双方，都把自己的缺点隐藏着，每天只展示自己欢乐和健康的一面，这种状态，就像金融危机一样，繁荣背后全是泡沫，泡沫一破，一地鸡毛。

那么，男女相处，什么时候该亲近呢？等双方都一地鸡毛，还相互不厌弃的时候，也就到了该亲近的时候。

凌仁就想，如果吴萌萌是泡沫，自己戳破这个泡沫，泡沫也不高兴啊。他渴望着，看到吴萌萌的真实面目。他更渴望着，他所看到的一切，已经是吴萌萌的真实面目。

十八　合不合适，旅游一次就知道了

　　国庆节过后，渐入深秋。飞驶的车后，树叶儿纷飞，裹着尘土，群鸟一般，映衬在瓦蓝的天空下。整个城市显得清爽，只有城市周围的乡村，依然和几千年前一样，地头的路上，穿越村边的公路上，飞满了各式各样的蚂蚱，绿的、黄的、土灰的，扑扑飞过，飞向生命的终点，听不到任何绝望的呼叫。

　　阳光还算暖和，但有的老人已穿起薄毛衫，在街边老人的皱纹前，依然有个别年轻的生命，穿着单衫，骑着自行车，招摇过市，扰乱着季节的眉眼，引来路人注目。

　　当贾真穿着单衫，还满头大汗地出现时，梁达然有种时光错乱之感。更让梁达然错乱的是，这个贾真，正带着梁达然进入贾真"表妹的世界"。前段时间，贾真说起自己的表妹，自己正在偷偷资助，所以搞得自己营养不良。梁达然一听，你别资助啊，不是就是些生活费，我来支持。

对于他这个叫小西的远房表妹，梁达然刚刚与学校进行了沟通，并把第一笔资助款交给校方。那个学校很远，几乎到了城郊的山边上，那里的学生大部分看起来都比较"刻苦"，发配充军似的，只不过改派到了学校，脸上不是写着"刺配"，而是写着"我要考大学"。整个校园里，除了个别老师意气风发，长得和广告词似的，简约时尚，在众多青春扑面的学生身上，他甚至没有看见太多生动的面孔，更不用谈漂亮的女生。

捐款通过班主任转达，梁达然没有留名，也没有问小西学习好不好，只是说，自己听说那女生家庭不太好，需要帮助，然后再不多言，让班主任觉得怪怪的。班主任留着齐肩短发，圆脸，圆眼，像极了卡通人物。接过捐款，班主任向他投来感激的目光，那种近乎感激涕零般的真诚，让人觉得，仿佛她就是那个贫困生。直到几天后见到贾真，梁达然蓦地回想起那目光，才知道，那目光里面含有更多的内容。

如同置身梦境，还是在梁达然下班后，还是在梁达然公司楼前的停车场，贾真拦住了他的车头，还是那身校服，还是那张妄自得意并略带微笑的面庞。这回梁达然没说话，直接开了车门，请他坐进来。面对这个男孩，梁达然强装伟岸，其实心里没底，毕竟贾真手里的那些照片，并不是什么好事，至少也是双刃剑，一旦扔在空中，掉下来伤了谁，全看风往哪边刮。

想起那些照片，梁达然有一种说不出来的压抑感，他故作轻

十八 合不合适，旅游一次就知道了 | 161

松地说："我怀疑你天天守在这。"

贾真尴尬地笑笑："我要是蹲守着，怎么可能热成这样？我下了公交，一路跑过来的，就害怕你下班走了。我很尊重你，我也不敢给你突然打电话，一来电话里说不清，二来，你女朋友或新女友听见，会不高兴。"

梁达然听着很别扭，"女朋友或新女友"，哪有这么说话的？他觉得这男孩还在上学，真是浪费资源。有的人大学辍学，成了世界首富，这男孩应该高中就辍学，估计也是世界级的人物。他暗含讽刺地说："你思想太复杂，想得真多！直接说，有什么事？"

"我表妹家里出大事了。"

又是"表妹"，梁达然盯着这个嘴唇上有一层绒毛的男孩，火往上冒，就说："我已经把第一笔资助款交给你表妹的班主任了。"

"你别误会，不是钱的事。你不能这么俗，什么事都往钱上头扯。"

"你还嫌我俗？快说，什么事？"

"表妹的妈妈一直生病，昨天在医院里看病，因为钱不够，没有得到正常治疗，并发症挺厉害，药也用得不对，人没了。"

"哦，"要是搁平时，比如在报纸上看到这样一条新闻，诸如"残疾人夫妇病死医院起纠纷"，梁达然一定会看仔细，得了什么病，怎么用错的药，但对贾真表妹家的事，他避之唯恐不及，只好装着糊涂，"要打官司，是吧？"

贾真频频点头："是是，我就知道你能帮我。"

梁达然苦笑一声："我猜到你要打官司，打官司还不是想要钱吗？还说不是钱的事。"

贾真说："钱仅仅是一方面，如果只是要钱，我们就会把死人抬到医院门口和院长办公室。打官司，要的是个说法，是名誉，是正面对抗这种万恶的黑心医疗。"

"好好好，你好正义。"梁达然苦笑着，感觉又一个吴萌萌出现了，这家伙把格调定那么高，显得自己渺小不堪，只好说，"我也想帮你，可是我怎么帮你？我不懂医，也不是律师。哦，对了，你现任女朋友的爸爸不是有名的律师吗？"

贾真点点头："请别提现任好吗？好像她还要离任似的，我们说好了，要一直好下去。哦，不提这个，说正事，正因为雨晨的爸爸是有名的律师，所以你才应该帮助我。"

"这什么道理？驴唇不对马嘴。"

"驴唇要多绕几圈，也可能对上马嘴。我说你应该帮我，是因为我也正在帮你，我们等于是做了个等价交换。'等价交换'这个词，我们的政治经济学书上刚教的。我先问你个事，你知道前天中午，和雨晨的爸爸一起吃饭的人是谁吗？"

"不知道，谁？"

"吴萌萌。"

梁达然一惊，前天中午？吴萌萌确实说在外边有聚会，一向很少在外头应酬的她，只是在电话里说，有个婚礼需要参加一下。原来，是和那个律师吃饭去了。问题是，他们为什么要在一起吃饭？他问道："你怎么知道的？"

"雨晨爸爸的手机充电的时候，雨晨无意中看见了短信，两个人约好第二天吃饭。理由是，吴萌萌帮助他们父女和好，雨晨爸爸表示感谢。第二天中午，我和雨晨一起吃的饭，上学的时候，我们故意路过了一下那家酒店，果然见她爸爸的车停在那儿。然后我们看见，雨晨爸爸把吴萌萌迎了上去。"

梁达然恨恨地想，这男孩简直就是个间谍，而且话里面老带着别扭，让人听着难受。他又问道："你说重点，他们俩吃一顿感谢饭，很正常啊。你怎么就帮助了我？"

"因为……你让我把照片送给吴萌萌，但你又说时机不成熟。我今天才算是突然明白了，时机不成熟，是什么意思。"

听了这话，梁达然对贾真的聪明脑袋瓜表示服气。他无奈地说："咱不说这个，这个是后话。咱说眼前的事，说你表妹小西的事，就算我想帮她，我也帮不了她，因为我不知道怎么帮。"

贾真狡猾地笑笑，他因为自己的狡猾，脸上泛红："其实，我是在想，如果请雨晨的爸爸帮助我表妹家的事，由吴萌萌提出，那一定能成。不管怎么说，吴萌萌是他们家的恩人，雨晨爸爸应该感恩。"

梁达然听了这话，简直想把贾真一脚踹下去，然后开车狂奔，离开这个讨厌的家伙。他实在不明白，这是什么馊主意？这男孩脑子里天天都在想什么？由此可见，一个人的早熟是全面的，怪不得这个臭小子一口一个女朋友，一口一个新女友。但他对贾真实在是硬不得，软不得，只好说："恩人？这也太夸张了，不过是帮人调解了一下心理上的别扭。实际上，他们父女情深，没人调解也能和好。"

"据我所知，没人调解的，不是只有一种情况，父女情深而和好，只是一种可能。另外还有几种可能，一种是离家出走，另一种是自杀……"

贾真还想说，梁达然伸出双手，拍拍方向盘："好了好了，我知道了，有一百种可能，你有理。不过，你既然这么聪明，你一定能想到，我没法和吴萌萌提让她和那个律师说帮助人的事。因为，首先我跟那个律师不熟，其次不认识你表妹小西，而且，如果不是你告诉我，我根本就不知道吴萌萌和律师吃过饭。"

贾真挤眉弄眼，一副欠抽的表情："你别忘了，我有可靠情报哦，凌仁律师买了十六号下午四点的火车，去北京开一个什么研讨会。"

"嗯，然后呢？"梁达然奇怪地看着贾真，不知道他要玩什么花样。

"然后的事，我只想出了一半，由你来完成另一半。"贾真真当自己神机妙算了，梁达然看着一个小孩子胸有成竹的样子，直起鸡皮疙瘩。贾真接着说："我这边的事情应该已经办得差不多了，昨天下午，我已经陪小西去见了我们吴老师，小西说自己要自杀，然后把自己家里的遭遇全部都说了出来，希望能发动班里的学生捐点款。小西确实够苦，一个外来务工人员的孩子，在安置农民工子女的小学长大，也确实有心理问题。最主要的是，她最近不想活了，是因为失去妈妈而悲伤，因为妈妈被冤死而无法申冤而悲痛。"

后面的几句，贾真像是在念作文，而且念得跟悼词似的，梁达然听着很不舒服，终于忍不住生气了，声音猛地提高："这是你替她编的，还是她真的不想活了？你怎么可以拿这种事情去骗一个情感咨询师！"

等说出这话，他自己马上后悔了。贾真似乎也听出这里面的可笑，就说道："一切都出于好意，善意的谎言。"

这句话等于是贾真在替自己开脱，梁达然有点不好意思，问道："可你也不敢确保吴萌萌会和那个律师说这件事。"

"所以我才来求你，你多给她吹吹枕边风。"

原来是这么回事！梁达然觉得好笑，绕了这么一大圈，驴唇果然对上了马嘴。他略一思考，觉得惹不起这个小家伙，于是答应贾真帮这个忙，但也表示，有没有效果，他不知道。他把贾真打发走以后，并没有急着发动车，而是在车里面偷乐。

梁达然想，看来，自己的策划开始有效果了，吴萌萌开始留意别的优秀男人，并且和人约会，还心里有鬼。如果不是这样，吴萌萌和凌仁在一起吃饭，吴萌萌没必要告诉他是有同事结婚，大大方方参加感谢宴请就可以了，又不是什么见不得人的事。一个人为什么撒谎？谎言背后，就是不可告人的真相。既然不可告人，梁达然想，一向下班就回家、很少在外头吃饭、只顾着管教自己的吴萌萌，心里一定有了秘密。看来，贾真这小子，确实有两下子。不过，这种种铺垫，万事俱备，到头来还得依靠东风。难道，这个叫作凌仁的律师，就是自己打赢这场仗的"东风"？

梁达然在家上网浏览着新闻，一条新闻引起了他的注意：国际著名教育心理学家莱斯·卡特在京访问并作学术交流，于十七日举行专题演讲，网上可购票。梁达然心中一惊，回头看一看书架，站起来找了半天，果然有两本莱斯的著作。他灵机一动，把一本书放在电脑桌上，一本书握在手里，不动声色地继续看电脑。正当他手里握着莱斯著作的时候，吴萌萌开门进来，人没见着，声音已经飘了进来："好累！又有一个学生要自杀，现在的孩子，心理也太脆弱了。"进了书房，看看梁达然手里的书，奇怪地问道："你难道也喜欢看这种书？"

梁达然指一指电脑，说："我哪能看懂。我刚才看新闻，说是什么著名教育心理学家在北京，我觉得有点眼熟，找出书来一看，果然是你喜欢的这个人。"

吴萌萌一下子来了精神，趴在电脑边，打开网页，仔细看着。当她看到"网上可购票"时，就说："你看看能不能买到票，如果能行，我一定要去听一听。"

梁达然一阵暗喜，打开购票网页，提示有票。他回头征求了一下吴萌萌的意见，吴萌萌说："买吧，顺便连火车票也买上。"

操作完成，梁达然感觉，自己不是买火车票，而是买了一张彩票，希望能中大奖。

梁达然摸出手机，发现有四个未接来电，全是卓可仪的。今天下午开会，手机调成静音，卓可仪连着打四个电话，难道有什么急事？他告诉过卓可仪，非工作时间他可能和吴萌萌在一起，除非有特别的急事，否则不要打电话。卓可仪一开始还乖乖听话，乖乖女做多了难免有点厌烦，有时心情不好，特别想找个人说话的时候，就忍不住会打电话。

但这次卓可仪一连打了四个电话，纯粹是因为丁向好的那些挑拨短信。这一天，丁向好连着发了三条类似的短信，最后一条是模仿一首著名的诗《致橡树》："如果他爱你，绝对会给你最美好的时光，而不是把别人挑剩下的垃圾时间给你；如果他爱你，绝不学那些无聊的薄情商人，花言巧语只是为了片刻温存……"

谎称下楼去买吃的，梁达然马上回电话，回了三次，被拒接三次。知道卓可仪生气了，没办法，梁达然发了一条短信："乖，求你，接一下电话。"

再打过去，电话接起，梁达然道歉完毕，说："仪，刚才不方便，不是说好，除非有急事，你不打电话吗？"

"我想你！你知道吗？想你，就是急事。"

梁达然无言以对。一个人想另外一个人，现在就想和他待在一起，现在就想和他说话，现在就想和他发生点什么联系，能说不是急事吗？和卓可仪相处的日子里，他渐渐明白，一个女人，她的情感就是她的天空。他只好劝慰道："乖，又不是小孩子了。"

"我本来就是小孩子，相对于你，更是小孩子。"

"可是我目前正在想办法解除情感绑架，总有身不由己的时候。"

"你的意思是说，我也赶紧找个人绑架一下自己，然后咱俩就平等了，我就可以完全理解你的处境了，我就不会再怨天尤人了？"

"我不是那个意思，我是说……"

"别说了，"那边已经哭了起来，"我受不了，受不了当我一个人孤单的时候，却想象着你和吴萌萌卿卿我我。我受不了，我从来没有享受过属于我们的整段时间，哪怕只是四十八小时，哪怕只有二十四小时，我才能感觉，我们确实在一起过……"

说着说着，卓可仪的哽咽变成了呜呜大哭，梁达然安静地等着，电话里，卓可仪足足哭了有五分钟。等卓可仪哭声缓解，梁达然说："我本来想告诉你个好消息，我们可以一起待七十二小时。"

"你骗人！"

"不骗你，是真的。"

"真的？"

"真的。"

"做到了才是真的。"

"好吧，我明天过去取你的身份证，买车票。"

挂了电话，梁达然仰望天空。秋夜的天空，月悬东南，北斗星移。他满脑子里都是卓可仪。爱一个人，就是这样吗？月光漫洒之处，星星点点之映，都会想起她，无论她如何无理取闹，无论她如何埋怨生气，都无碍她的美丽与可爱。她所有的无理取闹，她所有的埋怨生气，也不会太出格，因为，里面都包含着唯一的主题：想你，爱你。

上了楼，想起贾真，梁达然盘算着该怎么样和吴萌萌说起那事。他走过去，发现吴萌萌还在电脑上查阅有关莱斯的资料。他想了想，问道："你刚才说什么，又有一个要自杀的学生？"

"是一个高一学生，我们班学生的表妹。"

"真自杀假自杀？"

"应该是真的吧。那孩子家里太苦了，从小就没过过什么好日子。按道理，她应该变得不再害怕苦难，适应了苦难，后来我一想，那是过去。现在的孩子社会接触面广，学校里就有王公贵族和贫下中农的区别，有人摆阔气耍酷，有人连零食也买不起。这还只是表面，更可怕的是，由于我们家庭教育的问题，由于学校里人文教育的缺失，好多有钱的学生骨子里有优越感，瞧不起穷学生，不尊重穷学生。这一点，让穷学生们更受不了。"

梁达然发现吴萌萌把话题扯得太远了，便问："今天的这个学生，为什么要自杀？"

"因为她妈妈刚死，而且怀疑是医疗事故。她们家既没有关系去讲理，也没有钱去请律师，所以烦恼得要死。"

"你要是能帮她就帮帮她，怪可怜的，哪怕咱们自己出点钱。"

吴萌萌惊讶地看着梁达然："没想到你是这么正直的人。咦，你是不是有什么想法？"

梁达然将计就计，说："学习你，行侠仗义，做个厉害的人。"

不管怎么说，梁达然的目的达到了，去北京的车票和门票都已买好，自己该提醒的也提醒了。至于吴萌萌愿不愿意相信自己，那就是她的事了，无关紧要。现在唯一要想的，就是自己也需要好好策划一下，找个什么理由，能和卓可仪双宿双飞。假如吴萌萌无意中问起，办公室同事必须帮忙抵挡一下，就说研究会突然派自己出差。研究会会长和自己情同兄弟，一起撒个谎应该不是问题，只是这样一来，心中稍稍会有一种负罪感。

第二天中午，梁达然到卓可仪住处取身份证。从挂了电话，卓可仪就像一只猫，一直趴在窗台上朝下看，每见一辆银灰色的轿车靠近，都会小激动一两下。终于，她看到梁达然下了车，便"嗖"一下跑到门口，侧耳听楼道里的声音。未等梁达然敲门，自己便一下子开了门，把梁达然拉进去，紧紧抱住，头深深地埋在梁达然的脖颈处，一动不动。

梁达然就势把卓可仪抱起来，稳稳地放在床上，在耳边问道："想去哪儿？"

头捂在衣服里，卓可仪的声音像感冒声："傻瓜！去哪儿不重要，只是想和你在一起，没有人打扰，享受只有我们两个人的世界。"

"那总得有个去的地方，总不能就在这里吧？"

"嗯……"卓可仪调皮地想了想，突然想起了什么，从床边的书柜上抽出一本书，《中国旅游地图册》，然后又从抽屉里找出一副扑克，将扑克花面朝下，对梁达然说："我们随便抽两张牌，组合成数字，那就是我们要去的地方。比如你第一张是Q，我第二张是六，我们就去一百二十六页显示的地方，如果你第一张是A，我第二张是九，我们就去十九页的地方。"

梁达然看了看扑克牌说，笑道："幸亏是《中国旅游地图册》。"

"就是害怕把你吓死，所以不用世界的，万一抽中南极或北极呢。"

梁达然抽了一张，是六，卓可仪抽了一张，也是六，六六大顺，两个人激动地亲了一下。

打开那本书的第六十六页：泰山。

卓可仪激动地跳了起来："我正好没有去过泰山，一直想去泰山。"然后又说，"其实我想去的地方很多。"

梁达然看着那本旅游图册说："据我所知，差不多随便翻开一页，你都没有去过。"

卓可仪被揭了老底，一脚踹了过来："欺负穷人有意思吗？！"

一直以来，梁达然在研究情感问题的时候，曾看到很多文章说，想知道他（她）是什么样的人，一起旅游一次就知道了。

有的文章的标题还说得很玄乎：对方爱不爱你，一起旅游一次就知道了；是不是命中注定的人，一起旅游一次就知道了。

然而——

事实上，一起旅游一次，轻一点说，就糊涂了；重一点说，就上当了。

弱智的文章必然来源于弱智的观点。这类观点一般包括三点：一，旅途中，会不会懂得照顾你，特别是有突发事件时？二，旅途中，会不会带你去吃好的玩好的，很舍得的那种？三，旅途中，意见不一样时，会不会尊重顺从你的意见？

对于这类观点的评价，引用生活中一句俗话就是：废话真多。

试想，一个男性追求你，必然是有所表现的，最基本的表现应该是努力了解你、关心疼爱你、真诚表白你，这些内容，在日常生活中完全可以察觉到。

为什么非要在旅途中去观察？累不累？

如果，在答应一起旅行看风景的时候，心里还不知道这个人懂不懂照顾自己、舍不舍得为自己付出、是否尊重自己的意见……难道，你要拿自己的身家性命去做一次实验？去陪对方度过他自己的快乐时光？

相处中的男女，一起出去旅游，是不是更能全面观察一个人？我的答案是，千万不要，除非已经是亲密关系。

为什么呢？因为会出现好几种危机时刻。

一出发，就强制性制造了长时间的双人空间。在两个人还没有处到那个分上的时候，无论是自驾、出租，还是坐长途汽车、飞机、火车，必然在较长时间里，两个人处于那种无来由的亲密关系中，特别是自驾游，如果遇到大堵车或其他什么情况，逃无可逃，避无可避……

出发后，确实会遇到一些偶发小情况，比如多变天气，或者陡坡急水，这种时候，就给了对方献殷勤的机会、表演的舞台，而这些内容，本来是应该在日常生活中慢慢观察的，却一下子给拔高了。而且，一个喜欢你的人，本来就特别想和你有一些肢体接触，拉你走山路，扶你过河，是他求之不得的好事，旅途正好给了他这样的机会。

受路线和路况等原因影响，难免有住宿的情况发生。正常情况下，当然是一人一间房。若遇到房源紧张，会制造更多的机会，这个先不谈。就说在一人一间房的情况下，对方夜晚敲门，由于已经是旅伴，总得礼貌开门，开了门之后，会出现两种可能：一种是对方表现出绅士风度，就是问你有什么需要，怕不怕，注意安全，然后撤出，这种绅士风度，必然"迅速提分"。另一种就是别有所图，动手动脚，将你陷入危险和恐惧之中，甚至可能受到非常可怕的伤害！

　　而且，就心情而言，旅途中欣赏美景的心情必然是快乐的，但有相当一部分人，一定会分不清自己的快乐是来自美景，还是来自和对方相处，常常混为一谈，甚至发生误判，越发不利于判断观察。

　　当然，梁达然笑了，期待一场美好的旅行。

十九　不吃醋不成爱，但吃醋也分层次

凌雨晨站在楼道的窗户边上，阳光照进来，长长的影子折在楼道的另一面，构成一幅现代派作品，像春运时期的某种神一般的睡姿。毕加索要是看到春运时的各种睡姿，他可能会早成名十年，因为他拥有了原版素材，更加理解什么是抽象。凌雨晨身后是同学们的嬉闹声，永不知疲倦，一边叫喊着"累死了"，一边欢呼雀跃，主动投进累的怀抱，也许这就是青春。

凌雨晨远望着学校西墙外的那片小树林，再一次告诉自己，不要让爸爸失望，不要让自己失望。复述完毕，她想起了一个问题，为什么不多一句"不要让贾真失望"？

她记得，自打从情感咨询室出来，自己对贾真凶狠地说了一句"以后少烦我"，贾真似乎就真的没有再快乐过。后来爸爸允

许他们俩交往，贾真也没有表现得兴奋异常。她理解为，既然立下了军令状，再三保证谈恋爱不会影响学习，如果影响学习就必须分手，还不如勇敢地压制感情。在这点上，凌雨晨把贾真想得特别高端，特别早熟，她对他的许多行为，都进行了合理的解释，包括逃课，包括沉思。凌雨晨当然不知道，贾真的不快乐，是因为另外一个女孩。她更不知道，是那个和他从小一起长大的名叫小西的女孩。

凌雨晨终于要和贾真谈一谈，因为她看见，最近这两天，贾真越发不快乐。就像刚离开水的鱼，蹦得老高，似乎比在水里还有活力，时间一久，就会侧躺在地上，用一只幽怨的鱼眼看人，贾真最近就是这副模样。

直到上课铃响，凌雨晨的目光才离开那片小树林。想起那片小树林，凌雨晨就觉得，其实大人们非常搞笑，非常无知。小树林的传说，就像不远处的烟囱里冒出来的烟，一直飘扬在城市的上空，落下的烟屑，还悄悄砸在各式各样的阳台上，簌簌作响。

进入二十一世纪，学校和社会的距离几乎为零。在幼儿园和小学阶段，由于学生的个性还处于打屁股的高压下，认知水平和观察能力尚谈不上，家庭教育占据了主要地位。基本上，什么样的父母，便有什么样的孩子。爱打麻将的，孩子识字从东西南北中开始，精通麻将术语；做小买卖的，孩子的加减法无师自通，摆着一百八十件商品，件件知道单价；而老师们的孩子，则在玩命地参加各种早教培训班。

等到进入中学，信息海量涌入，来不及辨别良莠真伪，已经深深地在青春打上烙印，它不管你的痛楚与呻吟，走过青春，就得走过失落与痛苦。至于学校，至于毕业证，就如同不负责任的猪肉检疫员，不管你是好猪肉，还是病死猪肉，一律给你盖一个章：合格。

有好多次，凌雨晨想和爸爸谈一下学校，谈一下小树林，但一看到爸爸那副高高在上的姿态，就失去了兴致。入校的前三天，凌雨晨就接受了学哥学姐们无情的洗礼，明白了大学生活除了好好学习，除了应对就业，还有追女孩和玩世不恭。在这所大学，隔墙不远有个小树林，离学校只有半里之遥，离那条斜穿市区而过的河也只有半里之遥。无数的同学在小树林里谈过恋爱，也有少数同学在公开场所，比如校园或马路上拉手拥抱，但那不是谈恋爱，只是为了吸引大家的眼球，同时博取广告效应，告诉大家，某品牌帅哥或某招牌美女，已经名花有主，各位要想争抢，先撒泡尿照照自己。而进入小树林则不同，有无数个隐藏点，即使路遇惊艳场面，大家也不觉吃惊。

传说中，政教处的老师曾经进去扫荡过一次，结果大败而归。在成功抓住几对恋人之后，该老师正想凯旋，半路上又遇上一对，尺度之大，让他咋舌。他气急，要求那对恋人马上收拾残局，跟他回去接受处罚，谁知那对活宝并不在意，男生还很礼貌地说了一声："老师，要不，你也来一口？"他们三个人就这样僵持着，周围的人早已议论纷纷，说该老师目瞪口呆，流着哈喇子，一定是个色情狂。有的同学甚至拿出手机要照相，该老师落荒而逃。事后，虽然该老师没有被拍下证据，但关于他的故事满天飞，说他和老婆关系不好，又正值壮年，无处发泄，就悄悄跑到小树林偷窥。学生们的证据是，他每次发现学生有亲密动作，从来不在第一时间阻止，而是静静观赏，等看得差不多了，他才大喊一声，表明自己的存在。甚至有学生说，他那声大喊，根本不是因为吓唬学生，而是因为自己兴奋。

直到小树林里发生离奇事件前，所谓色情狂老师的故事，一直被学生们津津乐道，奉为头条。这一年，入学后不久，正是小树林约会的高峰期。假期归来的情侣们，好不容易盼到开学，自然激情难耐。那天，情侣们照样在小树林里幽会，突然从西、南两个方向进来了大批警察，还伴随着警犬低沉的汪汪声。同学们被吓得不知所措，他们一时竟然以为，这回学校动了真格的，请来了特警，要把学生情侣们一网打尽。恐惧的本能指引着他们，带着咚咚跳动的心，出着一身虚汗，瞪着惊恐的眼睛，悄悄从警察和警犬旁边撤退，警察们并未阻拦他们，而是继续搜索着什么。他们逃出小树林之后，才发觉自己的可笑，学生谈恋爱，特警好像管不着，就好像某庄稼地里闹蝗虫，却请来最先进的导弹部队。

第二天才知道，那个小树林发生了罕见的抛尸案。一个外地的打工女孩，被人残忍地肢解，胳膊、大腿被抛在了小树林各个水草茂密之处。罪犯可能是想让野狗、野猫吃掉，但没想到第一天就被人发现并报警。有胆大的同学留下来看热闹，据他们说，那些胳膊、大腿，怎么也想象不出是从人身上剐下来的。贾真还由此增加了一个新的外号，同学们都叫他"哲学家"，因为他看着那些残缺的肢体，来了一句："人，其实是多么丑陋的动物。"

在那之后，小树林便罕有人至。也正是因为罕有人至，又过了大约半个月，小树林又添了一桩离奇事。这一天，晨练的人们路过小树林西侧，看见一条野狗拖着一个东西，呜呜叫着，旁边另有两条野狗在争抢。人们赶走野狗，发现是一块血淋淋的肉，似有人形，拿树枝翻转过来，人们啊呀一声，一个已成形的婴孩展现在面前。而包裹这个婴孩的，竟然是一件校服上衣，校服上印着学校名字，正是凌雨晨曾经就读的高中。弃婴事件本身就不多见，而那件校服更是火上浇油，引起了轩然大波，人们纷纷指责学校管理不善，竟然闹出这么有伤风化的奇闻丑事。学校顶不住社会压力，就由校服开始进行清查，包括在出操时查看着装情况，包括有无女学生最近请了长假，等等，结果不仅什么也没查出来，反而令小树林成为鬼魅横行、暗夜杀人的代名词，大白天路过，都会让人倒吸凉气。

凌雨晨自认是个有思想的女孩，受爸爸的影响，思考问题比同龄人成熟。而且，她还认同爸爸的许多观点，比如，凌仁告诉女儿，不要急着谈男朋友，当提升自己之后，你会发现更美丽的风景，更优秀的男孩会出现在身边。可能在不久之后，你会发现现在的行为很傻，会为自己曾找过那样一个男朋友，而感觉不可思议。凌雨晨觉得爸爸讲得很有道理，但她对爸爸说："任何事情，都不能等你全部都准备好了再开始。我现在对这个男生心动，日思夜想，我觉得这是青春最美丽的梦，没有了这个梦，我的青春就是残缺不全的，我宁愿将来笑话我自己傻，也不愿意能真实拥抱的时候，却故意装得很纯真，然后做上一堆春梦。"

可现在，才一个多月，凌雨晨发现，青春最美丽的梦，似乎已经变得不那么美丽了。她不知道原因，她一定要问清楚，要不然，这件事情压在心上，真的会影响学习。爱情，或者好好谈着，浇灌美丽的青春；或者，当断则断，用一道决然的伤痕，划出青春的禁地，以期未来的美好。

下午活动时间，凌雨晨瞅了个点，把贾真拦在了路上。贾真担心太多人看见，于是两个人绕到了报刊亭后面，假装在那讨论报纸的内容。凌雨晨问贾真："你心里到底还有没有我？"

"我们说好，以学习为主，一般以眉目传情。"

"你眉目传情了吗？"

"我经常看着你的方向。"

"你这叫什么话，我的方向！你当我是空气，还是我已经死了，埋土里了，你看不见我，只能看我存在过的地方，睹物思人。"

贾真回答说："这样挺好的，省得你爸爸操心。"

"我爸爸操心的是我的心情，现在，爸爸不逼我了，你逼我。"

"我逼你什么？"

"你是不是用这种方法逼我分手？"

"没有，我每天都在想你。可是，有时我会想，你是大律师的女儿，我爸爸妈妈是批发雪糕饮料的，穷倒是不穷，但毕竟不一样，我们不是一个阶层。所以，我不敢看你。"

"瞧你说这话，好像我们快要结婚了，你才想起门不当户不对，然后考虑到许多原因，我们不能在一起。你疯啦，考虑这么多，你以为二十好几岁了，我们明天就结婚？"

"难道我们不结婚吗？"

凌雨晨无言以对，她回答结也不对，不结也不对。她很难想象，一个十八岁的同学，会冒出"结婚"这个词，他脑子里怎么想的？

交往一段时间，凌雨晨有一种感觉，好像自己和贾真之间，男女性别对调了一下。她觉得自己也算柔情万种，可这个贾真，偏偏那么会照顾人，那么心思细密，那么善解人意，反而让凌雨晨显得像个男孩子，反过来要照顾他的情绪。可是，凌雨晨就是喜欢这个样子的他，还有他的衣着干净，连指甲和袜子都很干净；他的卷面整洁，每个字都写得和电脑字体似的，别人抄都抄不到那种水平；他在学习上细到不放过试题中任何一个小小的已知条件和隐含的规律，他的成绩那么好。

像"天长地久""一生一世"这种事，一般出现于两种情况。一种是少不更事，以为情感的天空就是人生的天空，全部的时间就是思念的时间，全部的空间就是对方的眼睛，这时候，会由衷说起，我要和你好一辈子，我们要生一堆娃娃。然而现实中，更多的是另外一种情况，女孩问：你会对我好一辈子吗？你会爱我一生一世吗？男孩木然，然后女孩再问一次，男孩答：会的，宝贝。

但很少有人像贾真那样，会想到"结婚"。凌雨晨在心里暗暗算计，结婚，那至少应该是十年之后的事吧，十年之后，照这个时代风云变幻的速度，完全是一幅不可想象的场景。扎着马尾的她还无法想象，完美的婚姻是个什么样。但破碎的婚姻给她造成的伤害，却不用想象，那一刀一刀，都剜在她的心上。妈妈含泪而走时，她不知道该想她还是该恨她。她怀胎十月生下她，又把小不点的她养大成青春少女，怎么能说离开就离开呢？就算是一只猫、一条狗，也不会随意丢弃。她无从解释妈妈的离开，从此以后，对种种以迫不得已为说辞，客观上却对他人造成伤害的行为，凌雨晨会从牙缝里挤出两个字：自私！

凌雨晨愣神时，贾真轻轻拉住她的小指，喃喃道："我不可能不喜欢你，你变心三回，背着我喜欢别人五回，我也不会变。我这两天确实有事，很大很大的烦心事，憋在心里，一直不知道该不该和你说。"

凌雨晨马上不高兴了："你有了烦心事，一定要和我说。如果你和我说的事，和别人也能说，那你要我做什么？我们俩算什么关系？"

"关于另一个女生的，你不会生气吧？"

"你不告诉我，我才会生气。另外一个女生，大不了是你的初恋。我不要求你是我的初恋，我只要求你是真的喜欢我。"

"别胡扯，她是我的表妹，她和我一起长大，她家里很穷。"

"废话，搁古代这叫青梅竹马。"

贾真指一指下面两个人拉着的手："现在不是古代，我们也没有任何亲情之外的感情，你能不多想吗？"

"你抱过她吗？"

"抱过。"

"几次？"

"一次。"

"就一次？"

"就一次！"

凌雨晨笑了："那还好，我们才认识一个多月，就四次了，平均每周一次。"

贾真说："那次，她特别特别伤心，我安慰她。"

"你安慰人的方式，挺特别啊。"

"但确实管用。"

"呀，你还得了理了？"

贾真依然苦着脸："她妈妈遭遇意外事故，去世了！她不是一般地伤心，从小就没过过好日子，你是富人家的孩子，你想象不到穷人的穷法。小的时候，她家一家三口挤在十二平方米的房间里，那个房间，既是客厅又是卧室，既是厨房也是餐厅，在她十岁以前，她家只有一张高低床，比单人床大比双人床小，特制的那种，她睡上铺，她爹妈睡下铺。"

贾真知道，天天看着那个只能收三个台的小电视是什么感觉，没有冰箱、吃半馊不馊的饭菜是什么感觉，早晨起来倒尿盆却踢倒别人家的尿盆是什么感觉……

凌雨晨皱着眉头，眼前出现了一幅幅场景，她心软了，感慨道："对不起！十二平方米，我的天！她家，她妈出什么事了？"

"她学习很好，但她家是外来务工人员，挣的钱少，上学还比别人多掏钱，她妈妈生病也花了不少钱，你现在肯定相信，她从小过的是什么日子……"说到这儿，贾真哭了，"大前天，她妈妈在医院，由于没给足押金，治疗不及时，而且，好像还用错了一种药，没抢救过来。"

失去妈妈的痛苦，如暂时断流的泉眼又打开，如休眠的火山又喷发，再一次在凌雨晨心里沸腾。她知道，自己与小西不同，两个人的妈妈，一个到了地下，一个到了大洋彼岸，但她真的不知道，哪一种距离更远，哪一种更令人痛苦。凌雨晨咬着嘴唇，也差点掉泪，又想，不合适，这个时候掉泪，贾真会误以为是感动。她四处看看，没人注意到他们俩，她帮贾真抹去泪水，问道："那该怎么办？"

"不知道。她爸爸什么都不懂，只是一次一次地跑医院，希望他们承认是医疗事故。她爸爸叫了几个老乡，守着尸体不让火化。"

"原来这种事情还真有啊！能有结果吧？"

"我听说，医院被烦得不行，就会给一笔钱，但肯定不会承认是医疗事故，有可能就是说，看他可怜，给一部分补助。但小西的爸爸坚持让他们承认是医疗事故。"

上课铃响了，凌雨晨缩回了自己的小手指，说："上课了。"

"嗯。你记住啊，我的状态，与想不想你无关。"

"你也记住，下回我在你怀里哭，你也得安慰我，还要吻我，好吗？"

"好。"

凌雨晨向教室的方向跑去，马尾甩来甩去，修长的腿，一步迈出去很远，贾真在后面痴痴地看着，在心里默念着：晨，你好美！你的醋很酸，但很通情达理！嗯，没错，这才是爱情。

一个女人，如果面对自己的男人与别的女人恋爱，而且不哭不闹不吃醋，只有三种情况：一，心死，不再爱，将就着过；二，隐忍，有其他利益；三，找到更合适的安慰剂，比如，灵魂伴侣，一生真爱，其他人只是过客。属于第一种的，是为数众多的将就婚姻。属于第二种的，一方是豪商巨贾，另一方有点依附的感觉。

凌雨晨想到吃醋的时候，贾真也想到了吃醋，他觉得，不吃醋就没有爱，任由别的人舔，就不是自己的雪糕。只是贾真不怎么严肃，想着想着就笑了。他想到可以把"吃醋"分为吃干醋和吃湿醋。吃干醋是可怕的，甚至是可恶的，捕风捉影，疑神疑鬼，看见一根头发就想到秀发飘飘，看见回复一个"嗯啊"就想到浪声浪语，女人在外边吃个晚饭就被认为不守妇道，同事开车捎一下就觉得可能有故事……这叫吃干醋，常常让人很折磨、抓狂，有理不能讲，有拳不能挥，绑架的束缚，窒息的压抑。

吃湿醋则是温湿的、柔和的、润滑的，它的特别是，只停留在口头上，没有行动伤害，而且来得快，去得快，五分钟以后就没事了，它只需要对方哄一下，解释一下，示好一下，留下的是情趣，勾勒的是回忆。经典语言如"哼，你再在街上看美女，我就戳瞎你的眼"，又如"真讨厌，你们单位那女的，她为啥要给你一块蛋糕？"再如"你坐你们老总的车，能不能坐在后排，不要坐在副驾驶位上？"

贾真开心地想，凌雨晨的吃醋，就属于吃湿醋。她这次，是吃表妹的醋，下一步，会不会连哥们儿的醋也吃？

二十　爱必心软，有软肋者必被击中

　　梁达然把吴萌萌送到火车站，吴萌萌的行李不重，他没有进站，放下吴萌萌，绕着站前广场转了一圈，赶着上班去了。梁达然站在火车站的入站口，想起了那个故事：有一对夫妻，妻子每次出差，丈夫都要坚持亲自送到站台上，妻子大为感动。丈夫的朋友问起，丈夫回答，亲眼看着她坐上火车走了，我就放心了。

　　凌仁也在火车站。

　　凌仁的车厢是七，吴萌萌的车厢是十一。两个人从进站口进入的时候，前后隔着三十米，三十米是一个有趣的距离，对于不是特别熟悉的人，它让你能看到一个人的背影，但绝对看不清是谁。凌仁只背了一个公文包，候车室人很多，凌仁喜欢独自思考，一般坐在人少的地方。出差次数越多，他对一个现象越是百思不得其解：在明确知道不会误点的情况下，为什么人们还是用劲往前挤？坐了片刻，凌仁去了一趟卫生间，这时候，吴萌萌慢悠悠地走进来，只是三天的行程，却拖了一个小型的旅行箱，就像出远差一样。她坐在了凌仁的位置上。凌仁却没有回原来的座位，而是直接走到了另一个侧面，坐下来，看看表，下意识地回头看一眼刚才坐的地方，这是许多人的习惯，总觉得会落下什么东西在那里。他发现有人坐了自己的位置，看到了吴萌萌的背影，又是三十米的距离，什么也没有看出来。

凌仁没意识到，自己落下的东西，是体温。吴萌萌已经接受了，吴萌萌想，这是一把温暖的椅子，刚才，是谁的体温给焐热的？

检票上车，通过检票口，凌仁个子高，步伐快，虽然挤在人群中，还是比别人快一程。上了车厢，靠窗坐下，开始安静思考。这是他多年的习惯，每次出门，从不观察周围坐了什么人，甚至和自己旁边的人，也始终不说一句话。他看着窗外，人流还在涌动，匆匆又匆匆，大包小包，有一多半人，神色不似旅行，倒像逃难。

蓦地，他看见一个熟悉的身影，吴萌萌拖着行李，正路过七车厢，小跑着向那边去。凌仁大感意外，一阵激动，他知道车窗推不开，但情急之下，还是上下打量车窗，浪费了一点时间。凌仁站起身来，向车门走去，过道里都是刚上车的人，有的瞅座位号，有的往行李架上放行李，凌仁心急，却走不快。好不容易到了车厢门口，下了车，朝吴萌萌走去的方向看，却不见吴萌萌的身影。

他安静笑一下，心想，总算，我们上了同一趟车。

火车启动，十分钟之后，乘务员开始查票。一查完票，凌仁就霍地站起，朝八车厢走去。人们都坐定，过道已经畅通，进入八车厢，凌仁反而走得缓慢。他一个一个地找过去，不放过任何一个披着长发、发尾微卷的女子。他手里拿着手机，终究还是不愿意打通吴萌萌的电话。他觉得，如果吴萌萌正在那里发呆，自己走过去，轻轻拍一拍吴萌萌的秀发，然后吴萌萌抬头，瞪着一双美丽的眼睛，惊喜地看着自己，会是一件非常有趣而美好的事。

一节一节穿过，凌仁到了十一车厢。在左边的中间位置，他看见一个披着长发、发尾微卷的女子。他快步走过去，轻轻拍一拍她的头发，女子抬头看他，把凌仁吓一跳，这是一张完全陌生的脸。他赶忙道歉："对不起，对不起，认错人了。"女子显得很不高兴，白了凌仁一眼，继续低下头玩手机。

有人在凌仁肩膀上拍了拍，凌仁一回头，却看见吴萌萌的笑脸，微笑，夹杂着嘲笑和坏笑。他用惊喜的目光看着吴萌萌。吴萌萌指一指不远处的座位："我坐那儿。"

凌仁点点头，指一指远处："我坐七车厢。"

"那你怎么跑到十一车厢了？"

周围的人都在看凌仁，凌仁握握拳头，在吴萌萌胳膊上轻轻杵一下："还不是因为你。"

吴萌萌笑而不语。凌仁开始观察坐在吴萌萌周围的人。这是他第一次在火车上观察人，他和算命的人一样，算命的判断哪一个人可能落魄，期望改运，他则判断哪一个人面容和善，可能换座。换座的人得符合三个特点：单身一人、不怕麻烦、乐于助人。他看中了一个小伙子，微笑着对小伙子说："你好，这位是我朋友，我坐七车厢，方便的话，咱俩换一下座位好吗？"

小伙子看看凌仁，再看看吴萌萌，吴萌萌不说话，只向小伙子投去求助的目光。小伙子略微考虑了一下，点点头，从行李架上拿下一个小旅行包。凌仁连声道谢。他甚至很俗气地想过，哪怕给那小伙子倒贴点钱，他也觉得很值。

坐在吴萌萌身边的时候，他把倒贴钱的想法告诉了吴萌萌，吴萌萌诧异地说："这个座位还争，你以为这是王位啊？"

"和你待四小时，多少钱也买不来。"

"这还当律师呢？以后有的是时间。"

"时间又不能倒流，我指的是现在的四小时。"

吴萌萌就笑："搞得自己和古希腊圣贤似的，人不能两次踏进同一条河流。"

"对，"凌仁压低声音说，"我这一辈子就没坐过这么快乐的火车。"

吴萌萌一直微笑着，凌仁却一直严肃着。吴萌萌有些不高兴了，收起了笑容。她很奇怪，这个凌仁，到底是高兴还是不高兴？连调点情都这么认真，跟法庭辩论一样，那这一路就了无生趣了。她有些不高兴，开始沉默不语。只是有时假装看窗外，偷眼看一下凌仁，啊，她在心里说，这确实是一张俊朗的、成熟的男人的脸。

当一个人不高兴时，气场就不对了。凌仁不知道该说什么好，就像两个正常关系的人那样，彼此问起到北京做什么，待几天，回程的票买下了没有。几个回合下来，不动声色之间，他们俩都已探知，双方都在第二天有大半天的空当。对于这个发现，就跟两个有心计的人发现了第三人的罪证一样，异常兴奋，但期望由对方告发，自己坐收渔利。

凌仁悄悄地看着吴萌萌的手，他想，也许，执子之手的日子，就在北京。他想夸一夸这双手，但没有夸出来。这是一双非常白净的手，一看就不怎么劳动，其实，夸人手好看，就等于骂人好逸恶劳。古人常说，胳膊像莲藕，手像葱管，照这种说法，搁在一起，上点调料，泼点花生油，就是一道菜。又一想，葱管好像不对，是绿的，应该是葱白，要不，绿油油的，成了树精的爪子。古人的文字很美，但经不起推敲，比如那句肤如凝脂，凝脂，多好听的词，翻译成现代文却是：冷却后的猪油。如果写情书说，"你那冷猪油一般的皮肤"，估计回报过来的，不是爱情，是高跟鞋的鞋尖。

一路竟然只是寒暄客气。时间再一次证明，它可以在某种心理上实现倒流。凌仁和吴萌萌的接触，恰恰是少了这样一个正常的认识过程，对中国人来讲，这个认识过程很重要。它的区别类似于相亲和自由恋爱。相亲的时候，因为直奔是否恋爱而去，优点被膨胀，缺点被掩埋。自由恋爱，会在某场合偶然相识，心内会感谢机缘，眼睛会暗暗观察对方。如果不是一见钟情，这个被观察的对方，并不介意你的观察，我行我素，大大咧咧，全然表现一个完整自我。

车厢里，凌仁和吴萌萌给了彼此这样一个机会，待人接物、处世涵养，都一目了然。这些东西能装，好多人也会装，但还真不好装。比如刚才凌仁认错了人，对方白他一眼，目光中有仇恨，有怀疑，有不屑，坐在另一侧的吴萌萌都看在眼里。她试图观察凌仁表情上的些微变化，但让她惊喜的是，她什么也没有发现。凌仁表情严肃，却充满和善，认真地表示歉意。如果在春天，小草尚未吐尖，树枝还没发绿，可耳目所染，会感觉像躺在春的怀抱里，在凌仁这里，吴萌萌便是找到了这样的感觉。吴萌萌像一个怀春的少女，悄悄祈祷，这一切都不是错觉。

车到站，凌仁背起公文包，轻轻把吴萌萌的旅行箱拿下来，示意吴萌萌先走。吴萌萌很想问一句，你怎么知道我的旅行箱是哪个？又想，这种傻问题不像一个大学辅导员该问的，这种问题，无非是有两个答案，表面的答案，这个男人心细如丝，往深一点，这个男人关心自己，体贴入微。她不能现在问，这等于是拍别人的马屁也拍自己的马屁。她突然想起，自己为什么老和梁达然发脾气？以前也总反思，却不得要领，现在，她找到另外一个原因，梁达然对自己并不是不好，但所谓的好，好像都是自己要来的，自打恋爱那时候起，梁达然就从来没有这样主动体贴过，都像地主家的长工，只是在完成任务。

吴萌萌像一个乖小孩子，在前面慢慢走着，凌仁在后面跟着，他暗自得意。他不是要有意表现绅士，这是一个善意的小诡计，他喜欢看吴萌萌的身姿，曼妙，娇柔，又不失舒展的力量。没有行李负担，她穿着深蓝牛仔裤，乳白上衣，衣襟长长，大步走去，头发飘起，尤其是，感觉凌仁落下了距离，回眸一笑，凌仁便有一种巨大的眩晕感，在偌大的火车站，在人来人往的站前广场，其他的背景都渐渐模糊、虚化、淡去，像放在锅里的积雪，一点一点地化掉，唯剩下吴萌萌，在一片昏黄的背景下，演绎着神奇的独舞，勾勒着水墨与工笔，水墨似云低，工笔衣袂飞。

等吴萌萌第三次回头时，她看见凌仁正痴看自己的背影，突然明白了凌仁的用意，她心内娇羞，恨恨地骂着凌仁，真是老奸巨猾，她告诉自己，绝不能承认，又不能点破。她放慢脚步，等上了凌仁。她轻轻对凌仁说："你这个讨厌的老江湖！"

凌仁佯装不懂，也不反问，一脸坏笑。吴萌萌和凌仁并排走着，心中藏满甜蜜的"仇恨"，这回自己又吃了一亏，如何才能扳回一局？这种情趣，让她有着从未有过的兴奋和喜悦。这种斗智斗勇，与商场暗战和官场恶拆不同，它没有胜负，也不可能分出胜负，双方都是赢家，无论是内心的快乐，还是巧妙的机趣，两个人都赚得满满的，金秋十月，他们实现了一次真正的秋收。

到了能打上车的地方，吴萌萌问道："你不是去北大开会吗？"

"是啊。"

"你走错方向了。"

"没有走错，第一站是你，第二站才是北大。"

自己又一次落了下风，吴萌萌心想，这个可恶的律师！干吗不懂得让着女人一点？她再一次想起梁达然，他倒是处处让着自己，自己却没有这么丰富的心动，这么厉害的喜欢，这到底是为什么？娇惯、纵容、畏怯、低姿态，不可能成就了爱。如果一个人的态度和取乐，和一条宠物狗的态度和取乐，几乎是一样的，甚至还有不及宠物狗的地方，那么，必然地，就会有更好的替代品出现。即使没有出现，那也会成为面对宠物的感情，出门会操心，病了会担心，走丢会悲痛欲绝，

但毕竟，人狗殊途啊。

传说中，有相当多的女人，并不是你对她好、让着她就可以，她会感激但不会喜欢，她需要的是，一个能征服她的男人，让她折服于心，让她心仪于眼，让她敬佩甚至崇拜，她便一切都心甘。作为研究教育心理学的吴萌萌，第一次自己咨询自己：吴萌萌啊，难道，在骨子里，你正是这样的女人？太不可思议了。

吴萌萌坐上出租车，站前的出租车，开得很慢。吴萌萌一直扭头看着凌仁，这个立在风中的男人，穿着衬衣，外套搭在胳膊上，直到出租车消失在视野中，才转身离去，匆匆走向另一个出站口。

吴萌萌远去了，在这个男人眼里，人来人往，车来车往，眼前的世界，又恢复了一贯的虚无。

吴萌萌突然想起一些故事，有软肋者必被击中。

她不知道这次的被击中，是不是好事。

她担心自己成为阮玲玉或者张爱玲。

阮玲玉不可谓没有见识，而且她还吃过亏，经验教训一大堆，

旁边还有姐妹们相劝，终究还是没有逃过自杀的悲惨命运。在当时的大上海，在女性个性解放的大上海，在女性已经不再依附男人的大上海，阮玲玉究竟遭受了什么？阮玲玉的第一段感情完败，因为她遇到了公子哥张达民。十六岁那年，她的母亲被女主人诬陷偷钱，被赶出门流落街头，正是这家的少爷张达民帮助了她们，并被阮玲玉的美貌吸引，开始追求阮玲玉。单纯善良的阮玲玉被张达民迷惑了，两个人很快走在了一起。同居后的张达民，少爷习气流露无遗，没有再拿出一分钱供养阮玲玉母女，还得阮玲玉自己接了电影来养活他，他拿了阮玲玉的钱，用于赌博和玩女人，甚至几次卷款出走。

有了这么大个教训，阮玲玉长记性了吗？没有！她遇到了一个比她大十几岁的男人唐季珊。起初，阮玲玉对唐季珊并没有好感，然而，唐季珊太知道怎么追求女性了，他精于此道，是一个懂得投其所好的情场老手，一个老花花公子。女孩都喜欢花，他就在门口等着阮玲玉，手捧鲜花，彬彬有礼，风度翩翩，女孩喜欢浪漫，他就请阮玲玉跳舞，越跳越接近。后来，阮玲玉以为遇到了良人，不顾另一个已经被抛弃的演员张织云的劝告，选择了和唐季珊同居。

同居后的唐季珊原形毕露，露出了自己浪荡公子的本相，还当街殴打阮玲玉，把拍完戏的阮玲玉关在门外，公然把一名舞女带到家里。

这时候，阮玲玉已经失望至极，她决定离开唐季珊。

没想到，张达民又回来了，纠缠不休，看似争风吃醋，实则无理取闹，上海的大街小巷里充满了关于阮玲玉的流言蜚语，使她渐渐崩溃。一九三五年三月八日凌晨两点，年仅二十五岁的阮玲玉吞下了三瓶安眠药，随后被唐季珊和阮母送到日本人开的医院，凌晨没有值班医生，阮玲玉的母亲要求转院，唐季珊露出可恶的嘴脸：这里没有人认得阮玲玉，换地方就会认出，一旦认出，我名誉尽毁。结果耽搁了最为关键的两三个小时，一代影后在华美的年龄，消失在人间。

如果说阮玲玉只是优秀的电影演员，那才女张爱玲呢？她和胡兰成的恋情尽人皆知。胡兰成的感情履历，可以拍成一部渣男电影：和原配唐玉凤结婚时，胡兰成穷得揭不开锅，但他既瞧不上唐玉凤的长相，还笑话她不懂诗词。唐玉凤早逝后，他娶了第二任妻子全慧文，跟着他吃苦，颠沛流离，然而，胡兰成在所谓飞黄腾达后，把全慧文休了。胡兰成很快又有了第三任老婆应英娣，是个舞女，两人好了不到两年，张爱玲出现了，可就在和张爱玲婚后才两个月，胡兰成又看上了护士周训德，那时的周训德，还是十七岁的小姑娘。胡兰成事迹还包括：在温州娶了范秀美，跟张爱玲的闺密苏青相好，与房东太太约会，调戏死去朋友的妻子……但就是这样一个渣男，一代大才女张爱玲是怎么做的？当张爱玲当场看见胡兰成和苏青约会，忍着不说。当范秀美打胎，胡兰成没钱，张爱玲买单；胡兰成生活过不下去，张爱玲就把刚到的三十万稿费奉上。

说这么多，难道阮玲玉缺钱吗？难道张爱玲缺心眼吗？

不是！

　　是因为她们都有各自的软肋。阮玲玉虽为一代影后，但生活中缺少温暖，未遇真情，张爱玲芳华绝代，曲高和寡，难得知音。有软肋，则易被击中。所以，无论男女，并不是要做到没有软肋，事实上也不可能，而是要清楚知道自己的软肋，自己的软肋容易遇到什么样的套路，然后才能防止别人瞄准自己的软肋放迷药，防止被击中。

二十一　终于说清楚了什么是幸福

　　直到目前，凌仁一共经历了两次"夜不能寐"，两次都在北京，第一次是大学毕业，虽说在北京上了四年大学，但这个城市对他来说依然生硬而陌生。从骨子里，他不惧怕这个城市，他甚至可以瞧不起这个城市，只要他不伤害别人，这都是他的自由。但是另外一些东西却伤害了他，而这另外一些东西，就是所谓的户籍制度、买房制度、买车制度、高考制度……

　　凌仁毕业那年，家底子薄，穷孩子又倔，为了面子，有三个多月的时间，凌仁一直住在地下室，却告诉家里人，公司很好，管吃管住。潮湿、阴冷、蟑螂、蚊子、噪声……地下室应有尽有，物产丰富。身躯经过一天的疲乏，到晚上还得忍受地下室的一切。第一天，他夜不能寐的时候，甚至想过，是不是住在地铁过道里面，比这里要舒服？而且还不用花钱。

第二次夜不能寐，就是这次，四星级宾馆，大床，大浴室，赠送肉卷鸡蛋牛奶的早餐。吃饭的时候，他想，她这会儿也在吃饭吧？洗浴的时候，他想，她这会儿也在洗浴吧？看电视的时候，他想，她这会也在看电视吧？

他体会着煎熬与焦虑，大半个晚上都在盘算，怎么样把吴萌萌约出来？约出来到哪里去？看个歌剧，看个话剧，会不会是装高雅？喝个茶或咖啡，是不是有点太过于情调？他担心，一旦她拒绝，就没有了下文。更重要的是，在尺度的把握上，怎么样才算合适？

这是典型的中国式思维。凌仁学了西方的法律，却拥有东方的爱情思维。爱情的含义也许有很多，比如有眼缘、心动、共同语言、浪漫、温情、呵护……像一节一节的车厢，但火车头，一定是一个叫作"欲望"的家伙，带着整列火车呼啸前行。东方式的爱情，会从车尾一节一节车厢走过来，直到走上火车头，有中途走不下去的，卡在某一节车厢上，无奈下车，也有走上火车头才下车的，情况复杂多变，却百变不离其宗。如果用西方思维处理东方爱情，见面就把欲望抬出来，很有可能被人怀疑人品上。这种思维，甚至连借钱都不例外，朋友之间借钱，到了家里，先不谈钱，会从天气情况、居室装潢，一直谈到国计民生，有时还要谈一谈国际热点问题，特别是边界纠纷和捍卫主权，强调一下中华民族团结如一人，同仇敌忾，中华民族都团结如一人了，你还不能借给我点钱？

第二天，研讨会上午结束。凌仁买的是第三天的回程票。午饭后，凌仁下了决心，还是先走在阳光下为妙，这是一种最易于接受的方式，也是一种最惬意的心境。他给吴萌萌发了个信息："在北京，有没去过的地方吗？"

"北京有多少平方公里？"信息回得很快，看来，吴萌萌也在饭后休息着。凌仁不知道，吴萌萌等这条信息，已经等了十几个小时。连听演讲的时候，她都是每隔一刻钟看一次短信，生怕落下一分一秒。

凌仁只好回复："我是说景点。"

"景点都去过，有一个地方没去过，我不认为是景点。"

"什么地方？"

"圆明园。"

"我也没去过，如果方便，我们下午去转一转吧。"

吴萌萌故意停顿了两分钟，才回复："好吧，三点，园子门口见。"

凌仁哑然失笑，吴萌萌这口吻，这用词，怎么听怎么像清朝的格格。而圆明园，仿佛就是她们家的私家园林。

凌仁住得近，不到两点四十，他就兴冲冲到地铁口等吴萌萌。三点十分，吴萌萌挎着个小包，从地铁口晃出来。离出口不远就是大门和售票窗口。票分两种，一种是普通票，在里面赏景，加五块，可以看真正的残垣断壁，那些大火烧剩下的、烧不掉的伤心物。

进了大门，凌仁就说："票很便宜，不算什么，但我觉得，这地方不应该卖票。"

吴萌萌点点头："对，应该向所有中国人免费开放。让大家都看一看，这个国家、这个民族遭受过什么样的屈辱和灾难！"

凌仁感觉遇到了知音："更有意思的是，要看被烧毁的西洋楼的遗址，居然还要加钱。我实在想不通，这是中国人在看中国人的历史啊……"

吴萌萌说："我对历史只是好读，缺少研究，你说，那个时代的世界就是那个样子的吗？那些厉害的国家，想打谁就打谁？坐上船，从那么远的欧洲绕过来烧了我们的园子？"

"嗯，和现在不一样，当时，确实是那个样子的。西方的世界，也是经历了两次世界大战才变得老实起来。"

吴萌萌呵呵一笑："你有没有发现，我在故意谈你熟悉的领域？"

凌仁说："发现了，你熟悉的领域是心理学，而我熟悉的是心理学之外的所有领域，谢谢你。"

吴萌萌在家霸道惯了，就对凌仁佯怒："你就不能让着我点？"

凌仁拿出手机，晃了晃："其实我什么也不知道，我刚刚想起雨果写过关于火烧圆明园的事，但我除了那句'有两个强盗'之外，其他的都忘记了。我上网搜给你看。"

吴萌萌就得意地说："这就对了，其实我比你强，我还知道里面提到过拿破仑和维多利亚。"

凌仁已经搜到雨果写给巴特勒上尉的那封信，信写于一八六一年。凌仁和吴萌萌找到条椅上坐下，开始读那封信：

　　在世界的某一角落，曾有着一个人间奇迹，这个奇迹叫圆明园……艺术家、诗人和哲学家们，都知道圆明园；伏尔泰就曾提到过它。人们常说：希腊有巴特农神庙、埃及有金字塔、罗马有竞技场、巴黎有圣母院，而东方有圆明园。不曾见过圆明园，梦中也会想象它。这堪为无可比拟、令人震撼的皇苑代表作；它远远呈现在神秘的暮色中，宛如欧洲文明地平线上那隐约可见的亚洲文明之轮廓。

　　而有一天，两个强盗闯进了圆明园。一个抢，一个烧。得胜原来可成盗贼。赢者把圆明园洗劫一空，对半分赃。而这一切所作所为，无不与额尔金相牵连，这个名字不免使人联想起抢巴特农神庙的情形。当年在巴特农神庙干的，如今又在圆明园重演，而且干得更彻底，一扫而光，什么也不拉下。我们所有教堂的全部宝物加起来，都比不上这座巍峨壮丽的东方大博物馆。那里不仅藏有众多艺术珍品，而且堆积着无数金银器……可谓战功赫赫，且又大发横财！一个得胜者把腰包塞得鼓鼓囊囊，另一个也把箱子装得满满当当。而两个人，手挽着手，笑逐颜开，返回欧洲。这就是两个强盗的故事。

　　在历史面前，两个强盗，一个叫法兰西，一个叫英吉利……

　　看完这封信，两个人唏嘘不已。凌仁指着手机说："应该树立一块巨大的黑色石碑，把这段文字刻上去，立在大门口。"

　　吴萌萌站起来，边走边说："相信你明白，我为什么说，这确实不是一个景点。"

　　"这不是一个景点，这是一座历史纪念馆。"

　　两个人沿着小路慢慢前行，绕过一弯，前面有一座石桥，据说实在烧不掉，就比较完整地被保存了下来。两人沉默着、感慨着，从小路上走过来两位记者，胖胖的男子扛着摄像机，戴眼镜的瘦高女子拿着话筒，看来是某电视台的，女子不由分说，开门见山："打搅一下，请问，您幸福吗？"

　　闻听此言，凌仁马上想起前段时间的"幸福采访"，看来，各家电视台都受了传染。凌仁没顾上看话筒上是哪个电视台的台标，马上做了一个令吴萌萌非常惊讶的动作。他用手指指自己的嘴，咿咿呀呀了几句，那意思是说，我不会说话，我是个哑巴。大概电视台的记者也是第一次遇到这种情况，一时竟然呆住，转头看着吴萌萌。吴萌萌一时没反应过来，受环境感染，木然地点点头，等于承认凌仁是哑巴。

　　场面甚是无聊，电视台的两名记者知趣地离开，又开始寻找下一个可以进行"幸福采访"的当事人。

　　等记者们走远后，吴萌萌终于憋不住，呵呵呵笑了出来："你这人真损，你怎么可以装哑巴来对付好心的记者？"

　　凌仁看了看吴萌萌："唉，你还学什么教育心理学呢，我发现，你其实就是个没心没肺的小女孩。我问你，假如我接受了采访，这没准是家大电视台，全国各地都能收看到。"

"那怎么了？"

"你说那怎么了？"

吴萌萌一下子明白了，脸上泛起红晕。她想象着电视上播放的镜头，镜头里面，凌仁大谈什么是幸福，而吴萌萌站在身边微笑着。这个镜头一出现，会有无数的亲戚、朋友、同学、邻居看到这一幕。到时候，幸福的是观众，可怜的是他俩。

两个人又走了一程，感慨了残存的西洋楼，又循湖边小路返回，走到半路，吴萌萌有些累，坐在湖边休息，看戏水的鸭子和不知名的水鸟。

凌仁说："受刚才的启发，我很想讨论一下什么是幸福。"

"很多高人都说不清，你敢有什么新论？"

"我认为，"凌仁故意提高了一点音调，"我认为，咱俩抱在一起，就是幸福。"

吴萌萌不屑地捶一下凌仁："滚，我就知道你会借题发挥。"

"我就知道你的心不纯，肯定会误会。"

"你才心不纯。"

凌仁想起一个故事，自己先哈哈乐了起来，然后又讲给吴萌萌听：有一对正在相处的青年男女，女孩娇羞地问男孩，你想什么呢？男孩回答，你想什么，我就想什么。女孩一听就生了气，打了男孩一个耳光，臭流氓。

等吴萌萌笑过，凌仁问，"请问，咱俩的专业和职业是什么？"

"你是法律，我是教育心理学。"

凌仁说："只有这两个专业都做好了，抱在一起，还不是简单地抱在一起，而是深情地、和谐、坦然面对地抱在一起，才能有真正的幸福。吴萌萌，你回忆一下，在回答关于什么是幸福的时候，得到的最多的答案是什么？"

吴萌萌看着平静的湖面，若有所思："应该有两种吧，第一种，家里人，更准确地说，老公、孩子和父母亲，健健康康，和和美美，就是幸福。另外一种，能找到合适的工作、挣到满意的工资就是幸福，能老有所养就是幸福。这是最多的两种。"

凌仁看着吴萌萌："有没有发现这里头的问题？"

"问题？没有吧，在当前这个形势下，能做到刚才所说的，也确实是幸福。从我的专业角度讲，人不能贪心，知足才会幸福，不知足就不会幸福。"

凌仁听完，就呵呵呵地笑："说这句话的人，都被人骗了，同时也在欺骗着别人。包括你这么聪明的人，也被骗了，还在欺骗别人。"

吴萌萌有时听不惯凌仁的说话习惯，就反问："我们怎么就被骗了？这么说，我还成了骗子了，就你聪明！"

凌仁说："你别急，听我慢慢说。我也被世俗的幸福观念骗过，今天，或者准确地说，就在刚才，全靠和你走在一起，我才有了真正的幸福观念。你听听，看我分析得对不对。中国人的幸福，总的来说，其实是一种自私的行为，表现为自己的那一亩三分地，各人自扫门前雪，哪管他人瓦上霜。家人健康和美，左边的邻居病得死去活来，右边的邻居遭受坏人欺侮，也不影响自己的幸福，这种幸福，肯定是有问题的。但这又不能怪每一个中国人，要怪，只能怪形成这种幸福观念的背景和原因。"

"怪什么？"

"就像你刚才说的，知足才会幸福，不知足就不会幸福。这是一个心理学上的问题，特别抽象，也没有任何的标准。把一种没有标准的东西拿出来作为幸福的标准，是一种骗子的行为。我给你举个例子，一个资产千万的企业家，每天忙忙碌碌，而且想扩大经营，偏又遭遇经济困境，所以他会说，他不幸福；一个年轻的打工小伙子，每月工资一千五，租住潮湿的小房子，钱刚够花，没有房子，但有个女朋友，也是个随时可能失业的打工族，死心塌地跟着他，要饭也愿意，他乐天知命，整天乐呵呵，傻乎乎，很知足自己的生活，所以他会说，自己很幸福。你觉得这个例子荒唐吗？"

吴萌萌听完这个例子，警惕地看着凌仁："这个例子确实很荒唐，天啊，难道你要说，我们心理学是很荒唐的一门学问吗？"

凌仁摇摇头："不，心理学是一门伟大的学问，中国人应该懂得点心理学，主动接近心理医生，进行情感咨询。问题在于，许多人歪曲和扭曲了'知足常乐'这四个字，报纸杂志上还经常发表一些感悟文章，说，门口那对蹬三轮卖小吃的老两口，大概有七十多岁了吧，那么和美，那么深情，那个眼神，那个拉手的动作，那互相搀扶的画面……让人感觉到了浓浓的爱，浓浓的幸福。这是多么不负责任的文章啊。作者是否知道，这对老夫妻是由于没人养老才这样？作者是否知道，这对老夫妻也想安享晚年，天天在温暖的家里看电视？"

吴萌萌点点头："经你这么一说，我明白了。知足常乐，是一种心态，是一种修养，而不是没有底线地知足常乐。如果知足没有底线也能常乐，那还要社会发展做什么？"

凌仁有点小兴奋，趁机拍拍吴萌萌的脑袋："孺子可教，是个好学生。所以说，我们一直在上当受骗。那些一辈子都在经营自己企业的企业家，特别是那些白手起家的人，他们从零做起，直到做到全球五百强，他们一辈子都不知足，难道他们一辈子都不幸福？或者说，他们难道那么笨，明明知道知足可以常乐，却偏偏不想知足，明明可以做到很幸福，却偏偏做不幸福的事？他们的智商，还不如你家门口那对摆小摊的老夫妻？"

吴萌萌说："我完全懂了，所谓知足常乐，是一种进可攻，退可守的人生现状和人生态度。比如一个企业家，到了一定规模，到了一定年龄，他既可以把企业交给自己的儿孙们经营，自己当安乐翁，也可以自己亲自经营，继续奋进。这时，他很知足，应该是幸福的。而如果大多数人，进不能攻，退不能守，被迫过着现在的生活，被迫培养了'知足'的心态，他就是不幸福的，他在自欺欺人，他是真正的阿Q。"

凌仁突然来了更多的话题："你说得真好，进不能攻，退不能守，我扯开说一句就是，进，看不到未来，不知道发展前途在哪里。而一旦退，比如家里有什么事业上或健康上的变故，就会累得喘不过气来。他每天都在担惊受怕，怎么可能幸福呢？进不能攻，退不能守，一旦退一下，就有可能内无粮草，外无救兵，陷入危险的境地。"

吴萌萌拿起一个石子，沉沉地扔进湖里，水波微动，湖里美丽的倒影一下散乱："所以，仅仅依靠心理学来安慰自己，就是镜花水月，经不起考验，等于一直用梦幻般的东西来欺骗自己。"

凌仁也学着吴萌萌，抓起一个稍大的石子投入湖中："至于有人回答的另一种幸福，比如找一个好工作挣钱，老有所养等，肯定不是心理学的问题，那是整个社会管理要承担的责任，比如社会保障体制如何建设？医疗改革怎么改？大学培养什么人？技术学院是否应该多建？都是需要通过法律法规和实现公平正义来解决的问题，需要通过社会治理才能解决的问题，个人在那里谈论幸福，基本上只是表达了一种良好的愿望。"

吴萌萌说："那你刚才说，咱俩抱在一起，才会有真正的幸福。呀，瞧你用这词，难听死了。我听了半天，全是你那法律法规和公平正义的事，哪有我心理学的？"

"当然有了，比如实现公平正义了，大家都不愁吃穿了，某人一个月挣三千多块，应该说已经实现小康，但他还要玩命加班，为了挣五千多块，这就需要用心理学来感觉一下，让他知足常乐；再比如某人有一个女朋友，综合条件不错，但他因为她的缺点而烦恼，这也需要你的心理学，让他懂得人无完人，学会宽容理解；还有就是，心理学还有一个重要的任务，叫作'认识你自己'，让每个人都找到适合自己的人生，并不是每个人都能成为大人物，成为某种所谓的成功人士。心理学有非常艰巨的任务，祖国和人民需要你们啊！"

"少贫嘴！"吴萌萌说，"和你说个现实中的实在事吧，希望你能帮帮忙，刚才说到压力，我来北京之前，遇到一件事。对，就是那个贾真，她表妹实在撑不住了，活得没有任何意义，想自杀。我告诉贾真，一定要等我回来，我会帮助她。"

"她多大了？"

"她叫小西，十五岁，才高一。"

"我能帮什么忙吗？"

"你试着想想办法吧。她是穷人家的孩子，父亲卖点苦力，母亲常年病着，前几天病死了，可能医院有责任。正在和医院闹腾，具体什么事，她只是一个孩子，也说不清楚，但如果你一个名律师能介入，我想应该能查清楚。"

"想达到什么目的？"

"讨回公道，得到赔偿。这样的话，一来，她爸爸和她的气也顺了，二来，经济补偿毕竟对她家也很重要。可怜的孩子，再也没有妈妈了。"

吴萌萌脸上掠过无法遮掩的伤感。作为一名大学教师，往往经历过残酷的职业训练，并不能像演员一样，动不动就进入角色，而是要学会置身事外，保持最高的理性，这样才能为所有学生服务。情感介入虽然难免，但情绪不可过于波动，否则会影响咨询效果。从这点上讲，吴萌萌做得不太好，经常在处理学生的某些事件时，或泪流满面，或义愤填膺，还经常大嘴巴许诺，尽最大可能去帮助他们，感动别人也感动自己，往往给自己带来了许多额外的工作，几乎无一例外，这些都不会带来什么金钱上的好处，反倒添了不少麻烦。不过，吴萌萌心想，好人自有好报，这不，为凌雨晨提供额外的帮助，让她认识了凌仁，这个让自己服气的男人。

当想到好人有好报，这个好报竟然是上帝给自己派了一个男人，吴萌萌咯咯咯地笑了起来。从伤感到笑容，凌仁如读风景，正所谓一颦一笑，自有风情，可是这风景，只在此山中，云深不知处，景色宜人，欣然相望，他却有些看不懂。

凌仁问："你笑什么？"

"我是提前笑的。"

"提前笑？什么意思？"

"因为我知道你会答应我，帮助那个小女孩，是吗？"说完，吴萌萌斜睨着他，夕阳西下，头发和睫毛上泛着一层金晕，这个三十五岁的女人，长了一副少女般的容颜。眼睛里反射出来的光，犀利之后裹着善良的心。吴萌萌就像冬泳的水，刚一入水，觉得冷得受不了，但一旦真正进入，舒展身心，乐在其中，反倒有无尽的温存。只是可惜了梁达然，他是无论如何也享受不到这种温存。

凌仁答："我一定尽力帮助她！我能不答应吗？我已经被你的眼睛催眠了。"

吴萌萌站起来，拍拍屁股底下的土，说："我不是小女孩了，这么好听的话，听起来就像今天中午吃啥饭——米还是面？一点都不会打动我。天不早了，我们该回了。"

在凌仁的说服下，他们俩没有按原路返回，而是打车直奔凌仁所在的酒店。一路上，吴萌萌心里不安，但一句话也没说。她想，如果这个男人把自己诱到房间，按在墙上，她也就认了。怀着这种紧张的心情，她只好一路矜持。没有想到，回到凌仁所住的酒店，凌仁并未让吴萌萌上去，而是让她在前台等着，自己上去，不过十分钟，已收拾完行李下来，他匆匆退了房，又和吴萌萌打车，去吴萌萌所在的酒店。

看凌仁拉着拉杆箱走向自己的酒店，吴萌萌心想，难道自己刚才猜错了？他要来我的房间，把自己按到墙上？这不是侵略吗？

吴萌萌问："你什么意思？"

这句话有很多层含义，全看凌仁怎么理解，怎么回答。吴萌萌知道，有许多无良男人，把对方勾到春情涌动时，却无动于衷，类似于看笑话。吴萌萌这么问，也暗含了这个意思。当然，也可以最表面地回答这个问题。

凌仁就是从最表面回答的："这边就我一个人，其他人都回去了，觉得闷，干脆搬到你住的那个酒店去，回家的时候，还能一起走。"

吴萌萌"嗯"了一声，心里却暗骂，原来是想在路上有个伴，就是这么简单！

到了吴萌萌所住的酒店，凌仁果然又开了一间房，吴萌萌住五层，凌仁住六层，正好楼上楼下。凌仁拖着行李，目送吴萌萌在五层下了电梯，微笑着和吴萌萌说了再见。电梯门合上，吴萌萌回到自己房间，看看天花板，吴萌萌觉得非常别扭，这个让自己心潮起伏的男人，直线距离不过三米，她真想冲上去把凌仁痛骂半天。

这个时候，来自千里之外的一条短信，淹没了这三米的距离，使这三米的长度，变成十万八千里的距离。这条短信，因为有夸奖的内容，吴萌萌倒是深深记下了："一个妇人，一个端庄娴雅的知识分子，一个风华绝代的古典佳人，若是离开你生活的城市，就变成暗夜妖娆的精怪，你将面对什么？"

这个短信，足以让一夜无事。

第二天，吴萌萌发现凌仁红着眼睛，就问道："你的眼睛怎么了？"

"我一般出门睡不好，看了大半夜书。"

两个人下了火车，各自打车回家。出租车刚启动，吴萌萌就收到凌仁的短信："其实我大半夜没有看书，一直看着地板。"

吴萌萌没好气，心中闪过那条可恶的短信，她只好用言语调情："你以为你的眼睛是切割机？"

凌仁其实也收到一条短信："人在做，天在看，别说你在北京，就算你在天边，也逃脱不了罪责。"这条短信挺吓人的，丁向好知道凌仁的律师身份，逃脱罪责什么的，应该是凌仁的口头语。凌仁这次没笑，他甚至警觉地推开门，看看楼道，然后返回来看看窗外，华灯初上，人们行色匆匆。凌仁又读了一次短信，暗想：我是杀人了还是放火了？罪责，这词用在这，真别扭！

收到短信的事，凌仁不敢告诉吴萌萌，他和盘托出自己真实的心情："嗯，还真是，但我没敢使用，我害怕我做坏事，我害怕我是一个极度自私的人，我害怕把你和你男朋友切开。"

原来是因为这个！凌仁是一个离婚男子，而吴萌萌有处了一年多的男朋友，他担心一旦发生什么事情，不利于吴萌萌。人常言，最大的爱是为对方考虑，所言极是。

这句话，其本身温度极高，却给吴萌萌热腾腾的心降了点温，处在热雾中的吴萌萌，终于找到了镜子，这条短信吹过镜子，镜子上的雾气散去，吴萌萌看到了现实中的自己。她责问自己：为什么变了？从什么时候开始，自己有了撒野的心情？一个能擒得住自己、让自己服气的男人，竟然复活了自己隐秘的、连自己都不知道的、悄然生长的欲望？

这一路，暧昧丛生，终未错乱。吴萌萌感叹，自己正在坠入深渊。吴萌萌深知，这是一个有责任的男子，他比那些玩激情的男人，不知道高明多少倍，也不知道危险多少倍。

二十二 实现不了双修，说爱就是行骗

对于许许多多有女人相伴的男人，女人出差后的家可以用"猪圈"来形容。单身生活突至，再度纪念青春，重温那些被子不叠、袜子不洗、不扫地、不做饭的日子。思维也变成一个猪圈，纷纷杂杂，蠢蠢欲动，那些不讲究卫生的，就会肮脏下作，污水横流。女人们不怕这些，家里乱就乱吧，回来收拾就是，正好连男人一起收拾。

许多女人自有乐趣，连男人带家里一起收拾，是一件享受的事。处于优势地位，享受指手画脚，不仅自得其乐，而且还可人前显摆，在单位不一定是领导，回到自己的势力范围，一旦把男人搞成殖民地，就可以当日不落帝国。她们不管男人的思想，思想坏就坏吧，思想坏又不犯罪，谁敢保证自己的男人洁白如玉，见了美女连想法都没有？最让女人担心的结果是，两个猪圈之外，外加一个猪圈，

三个猪圈合体，绝对无可救药。那第三个猪圈叫作身体的猪圈。

梁达然就是拥有这三个猪圈的人。

经过这几年的调教，家的猪圈状态好转。剩下的饭菜也不会变馊，知道啥东西该冷冻，啥东西该冷藏。思维的猪圈一团糟，如果有一种机器，把梁达然的感情思维扫描一遍，然后打印成饼形图，就会发现，他百分之九十五都在想卓可仪，百分之五在想其他人，比如某路过的诱人女孩，里面居然没有吴萌萌。吴萌萌要是见了那张图，一定把梁达然的脑袋踩成一张饼。

身体的猪圈，梁达然还自鸣得意，他不觉得是猪圈，因为好些同事倚红偎翠，游走于声色，那才叫真正的猪圈，自己只中意卓可仪一个人，似可嘉奖。至于是什么奖，一时没想出来，反正总不能叫作"最佳三角恋奖"。

梁达然把吴萌萌放在火车站，说了几句"一路小心"之类的话，慢吞吞调头离去，表面平静，心里压抑不住地兴奋。他迫不及待地打了两个电话，一个打给卓可仪，让她收拾行装，说自己正在去接她的路上。另一个打给研究会会长，说请两天半假，有个特殊事情要处理，万一吴萌萌问起，就说是研究会派往山东出差。会长说，你这个浑球！你给我发个短信吧，把出差的时间、地点、做什么都发过来，咱们口径一致。另外，回来的时候，必须带点礼物，当地的烟酒，否则有你的好果子吃。挂了电话，梁达然骂了一句会长，还趁机敲诈一笔，真是可恶。然后给会长发短信，发短信的时候，呵呵笑了，他有一种错觉，究竟自己是领导，还是会长是领导？到底是谁给谁安排工作？

发完短信，梁达然连家都没回，就近买了个旅行箱，直奔卓可仪的住处。

等梁达然赶到，卓可仪已收拾妥当。梁达然帮卓可仪把东西装进旅行箱，想想没啥遗漏，一把拉卓可仪到床上，两个人偎在一起，卓可仪说："真的一起出去啊，感觉像演戏。"

梁达然嘿嘿一笑："让你看出来了？说明我演技拙劣。"

"哼，这件事吧，估计是真的，不会骗我。至于其他事，我就说不清了，如果你敢骗我，我就死给你看……哦，不对，你就死给我看。"

"如果是发誓，咱俩到泰山上去发。在这，还是干点正经事吧。"

"什么是正经事？"

梁达然盯着卓可仪，轻轻地刮了下她长长的睫毛，卓可林微闭上眼睛，梁达然慢慢地吻过来。快吻上的时候，卓可仪一下子躲开，笑道："这么正经的事，还是到泰山顶上去做吧，圣人说，食色性也，多崇高的事。"

梁达然要抱紧卓可仪，卓可仪一缩身子躲开，咯咯咯地笑着。她有时候，会温柔倍加，有时候，却喜欢看男人猴急的样子，觉得有趣。这次，梁达然却没有追上来，有一霎，他竟然想到那个叫贾真的男孩，他不知道，贾真手里的照片，究竟还有没有人看到？他也不知道，那些照片，什么时候让吴萌萌看到比较合适？他知道的是，这一切，并不取决于他和卓可仪有多甜蜜有多渴望，而是取决于吴萌萌什么时候有了出轨的心，有了出轨的动作。这时，生活就显得"别具特色"了。外遇的舒服度，取决于原配的松绑程度，有多少人的生活，就被这样活生生地绑架着，回家绑痕累累，外面掐痕累累。

梁达然也想起那些奇怪、可恶的短信，他很想问一问，卓可仪是不是也收到过那些短信？有好几次，话冲到嘴边又被咽下。毕竟心中有架道德天平，怎么问也不合适。

真正让梁达然不敢面对的，还不止这些。他想，假若有一天，吴萌萌确确实实出轨了，照片也送到了吴萌萌的手里，吴萌萌将如何面对？自己的生活将如何继续？

梁达然拉着卓可仪去了单位，让卓可仪在一个报刊亭旁边等着，自己把车开到单位停车场，既然说是出差，一切就得做得像那么回事。他返回报刊亭，卓可仪正买了一份报纸看，两个人打上车，卓可仪紧紧地靠在梁达然身上，悄声说："你说，在这个城市里，我有几次能这样和你亲密地靠在一起？"

梁达然想了想说："好像，就是两三次吧？"

"哪有！"卓可仪嘟着嘴，"也就是敢吃顿饭喝点咖啡，一起买衣服，有吗？逛公园，有吗？轧马路，有吗？"

"没有，没有。"梁达然只能这样回答，每次提起这个问题，梁达然就满心愧疚。别的女孩子谈恋爱，情爱正炽，风月无边，搂着抱着逛公园，手拉着手轧马路。有好多次，卓可仪坐在他的车上，去一些不太容易遇到熟人的地方去吃饭，每当有情侣从街上亲密走过，或者在饭店坐下，卓可仪就有一股酸劲，就有一种非要坐在梁达然怀里的冲动。但一看到梁达然神色慌张的样子，就于心不忍，不想那样欺负他。而且，坐在一个"贼"的怀里，那种感觉，比做贼还难受。对于这种感觉，梁达然也心知肚明，但毫无办法。他伏在卓可仪耳边说："这次旅游，你可以做你想做的一切。"

"然后呢？然后又得回到这个城市了。"

"然后，也许有一天，就成为咱们的城市了。"

梁达然不知道，就在他和卓可仪情话绵绵的同时，在开往北京的火车上，一个叫凌仁的男人，穿过三节车厢，用讨好的眼神，终于和吴萌萌坐在了一起。他们的坐姿尚有距离，他们没有说一句情话，但他们的心，或许比梁达然和卓可仪的贴得更近。

飞机在七点抵达济南机场，从下飞机开始，卓可仪一直依偎着梁达然，特别贪婪，感受着前所未有的小甜蜜。下了飞机，已是饥肠辘辘，卓可仪都快走不动了。两个人一路问询，找到一家餐厅，餐厅里人不多，有一多半的空位。匆匆坐下，请服务员上两碗西红柿鸡蛋面，两听可乐。面端得挺快，让人怀疑早就煮好在那泡着，但是找鸡蛋费了好大劲，面将尽，蛋方现，两小块蛋白蛋黄羞涩地掩埋在面条下面，很是可怜。吃饱了，卓可仪还借题发挥："你瞧这黄白之物，很像咱俩，见不得人。"

梁达然和卓可仪要连夜赶去泰安，走出机场，他们发现，在这样一个完全陌生的城市，终于找到了心仪已久的二人世界。他们回忆起在扬州，梁达然一路追过去，采摘到了这一生最甜蜜的一个吻。在华灯初上的大街，卓可仪跳起来，在梁达然的脸上响响地亲了一下："今天，我们找到了最甜蜜的一间房。"

　　春宵苦短，第二天凌晨四点，酒店介绍的车把十余客人送到了泰山脚下。卓可仪仰望泰山，犹豫着坐车去中天门还是步行去中天门。那十余乘客，只有两个人步行，还竟然是五十多岁的一对老人。卓可仪感慨道："那么高，这两位前辈真厉害！"梁达然以为，卓可仪会不服气，也选择步行，没想到，她夸了那两位老人一句，拉着梁达然上了中巴，周围的人不禁哄笑了一声。秋日的山上，寒意渐浓，路上竟然看到有老人在池中游泳，卓可仪再次表示敬佩，声音中透着天真，这次大家没有哄笑，都用羡慕的目光看着梁达然。

　　一路上有导游介绍，作为五岳之首的泰山，是历代皇帝封禅的圣地。又说，欲登泰山，就该览山下岱庙。岱庙是祭祀泰山神的地方，历代君王临登泰山，必先到岱庙祭祀瞻拜。其主殿天祝殿与北京故宫太和殿、孔子故里曲阜大成殿并称中国古代三大宫殿建筑。

　　从中天门而上，山路如云梯倒挂，一路怪石嶙峋，诗文碑刻四处可见，南天门、日观峰、岱顶都一一览过。日出时刻，云海翻动，金光灿灿，波光粼粼，橘红初探，亮红飞天，红日如红豆，相思写满天。他们租了大衣，卓可仪像猫一样，蜷缩在梁达然的身边，仿佛要将身子融化进去。她并不看日出，只是闭着眼睛，不言不语，安静得可怕。梁达然摇摇她，轻声问道："你怎么不看日出？"

　　卓可仪眯着眼睛："我不看日出，你就是我的太阳。"

　　红日跃海而出，梁达然泪眼模糊。他紧紧搂住卓可仪，一次一次警告自己："这样的女孩，自己可不能对不起她！"

梁达然说："孟子说过，孔子登泰山而小天下。"

卓可仪说："我估计他登山的时候，肯定没这么多人。要不然他肯定崩溃了。"

梁达然看着初升的红日："孔夫子这个人厉害啊！具有理想主义的童话色彩敢小天下，反正我是没这种感觉，只觉得泰山厉害，我不厉害。一个普通人，怎么可以小天下？我吧，吹牛可以，写写豪言壮语也可以，弄弄诗词也行，但就是不敢小天小。"

"我要你改一改。"

"改成什么好呢？"

梁达然呵呵一笑，没往下说。

卓可仪使劲往他怀里钻了钻："快说嘛。"

梁达然在趴在卓可仪耳朵边说："登泰山而爱可仪。"

"这才是人话。"

"人话，人话。"梁达然紧紧抱着卓可仪，回味着这个词。

在这样一个文化多元主义的伟大时代，把一个人抬高，把一种文化抬高，把一种景点抬高，这是一种典型的虚火上浮的表现，虚火上浮到一定程度，神志不清，说出来的，就不一定是人话。孔子何辜！痛哉，孔子！

所以说，人无完人，文化也没有完美的文化，中华文化是伟大的，也是有缺点的。文化有缺点，民族有劣根，我们却不让人指出、不让人批评、不让人治疗，任其发展，任其壮大，任其贻害后人……这才是真正的——居心不良！才是真正的不爱国！

鲁迅，肯定是一个爱国者。

谁不爱自己的孩子呢？在教育孩子上，我们都知道要塑造，要纠正，否则长大不成器。谁不爱自己的父母呢？在孝敬父母上，我们都知道老人如小孩子，同样要教给他怎么饮食，逼着他吃药，因为他们太倔了。不管小孩子，会害了他；不管老人，也同样会害了他。这么浅显的道理，为何一挪到民族、祖国这里，就都变味了？

要将这种亲情之爱，也以同样的浓厚，同样的态度，用以爱我们的祖国。祖国有个小伤小痛，或者脸上起个痘，我们该不该关注并为她治疗？答案显然很肯定。

什么是爱国？这才是真正的爱国。

所以，爱，不是觉得自己以及自己拥有的，是多么完美多么好。而是，知道他不那么完美不那么好，还依然去爱。相信爱，能成就更好的彼此。

真正的爱，不能觉得自己拥有的就是最好的，如果这么认为，后来一旦发现了缺点，你该怎么对待这些缺点？如果，双方都觉得对方是最好的，时间推移，新鲜过后，看到问题怎么办？把批评当成挑刺眼？一批评就火冒三丈，坏毛病一定会越积累越多。

爱，就是双修，变成更好的彼此。

二十三　身心，哪一种出轨更可怕

　　在北京和泰山发生的事，确实没有被熟人看到，可是在火车站和机场的情景，诸葛又亮和夏芊却亲眼看见了。他们俩商量了一下，只由他们四个人暗箱操作，暂时不告诉徐青山。诸葛又亮担心，怕徐青山一时冲动，做出破坏计划的事。对于凌仁和吴萌萌，诸葛又亮认为，这两个人只要吹点凉风，一时还热不起来，毕竟年龄大了，身份也不一样，考虑问题应该比较理性，只需在汤快煮开的时候，加一勺冰水就可。事实也正如诸葛又亮所料，凌仁和吴萌萌除了心更贴近，身体还比较老实。

　　夏芊有点不乐意地问："照你的意思，身体出轨才叫出轨，精神出轨不叫出轨。关于这事，我可做过调研。许多女人认为，精神出轨比身体出轨更严重。比如，好些男人，可能喝上酒做个傻事，或者在陌生的城市弄个艳遇，等回到老婆身边，连那女的长啥样都忘了，更不用提姓名和联系方式，女人会忍气吞声，认了，比较能接受这个。但要是心里有一个人，日思夜想的，那才叫麻烦，貌合神离，同床异梦。"

"貌合神离，同床异梦，女人怎么就知道了？"

"那种状态，迟早要发生身体出轨，而且还是大出轨，一发就不可收，而不是天亮说再见。"

"哦，"诸葛又亮点点头，"看来你也是只能接受前一种。"夏芊大叫："我哪种也不接受！"

徐青山走了进来，问道："你们俩又争论什么？"

诸葛又亮说："我们俩在争论，当你知道了这件让人很不高兴的事之后，会有什么反应？是像一个男子汉那样冷静分析、沉着应对、以能打胜仗为目的呢，还是像一个傻小子那样冲动，把事情弄得一团糟，前功尽弃？"

徐青山被气笑了："诸葛又亮，你少给我挖坑，激将法用多了就不管用了，我一定非常冷静，发生什么事了？"

诸葛又亮只把吴萌萌和凌仁去了北京的事，一样不落还添油加醋讲了出来。快讲完的时候，他发现徐青山坐在椅子上，不动了，上牙咬着下嘴唇，活像一个呆子。

夏芊叫道："这还叫冷静呢！赶紧拍拍他的脸，嘴唇都快流血了。"

诸葛又亮走过去拍拍徐青山的脸："醒醒，醒醒，什么毛病啊，别想象了！一万次想象，也不如实实在在做事，如何阻止他们。"

徐青山恍若从梦中醒来，骂了一句："你他妈别以为自己什么都知道！"

夏芊说："这样下去，他们四个人就会凑成两对，这可怎么办？"

徐青山这才缓缓地说："诸葛又亮，对不起，我刚才说粗话。不过你真的没有说对。我刚才痛苦，不是因为想象卓可仪和那个浑蛋在一起，那种想象，那种痛入骨髓的恨，你根本无法想象！我刚才想到了最可怕的事，我感觉要彻底失去可仪了，就像夏芊说的，如果没法阻止，他们就会变成两对情侣。"

诸葛又亮一听，就把徐青山往外轰："回你的老总办公室去吧，你不冷静，什么好主意也想不出来。"

徐青山这次倒是很乖，真的回到了自己的办公室，望着屋外发呆。

刘星问："诸葛先生，事情快完蛋了，你有什么办法吗？"

听了这话，诸葛又亮却不以为然，他轻轻地摇摇头："不，你们只看到了事情的表象，没看到事情的真理。我的看法和你们正好相反，这不是我们的暗夜，而是我们的曙光。"

夏芊说："你能别这么故意装酷吗？有啥话直说。"

诸葛又亮白了夏芊一眼："大家想一想，卓可仪为什么要和梁达然去外地旅游？因为外地……哦，徐总，我这么说，你要有心理承受力。因为外地可以完全享受二人世界，尽享美好时光。这说明什么？说明卓可仪对现在这种见不得阳光的状态不满意，很不满意。既然很不满意，为什么要去外地？因为在本地实现不了自己的愿望。所以，他们俩的这次出游，至少反映了两件事情，一件，我们的功课没有白做，丁向好的短信没有白发，那些刺激卓可仪孤独、寂寞、没人陪的短信，绝对触动了卓可仪的心灵，让她对梁达然有了意见，才提出要拥有自己的二人世界。另一件，他们选择出游，是对现实的逃避与无奈，他们很想在一起，想成为夫妻，但现实条件不允许。这两件事情，对我们来讲，都是好消息。"

听了诸葛又亮的分析，几个人都大眼瞪小眼，一时没有理清其中的逻辑。这回是丁向好先琢磨通了，拿起自己的水杯，又"咣"一声放在桌子上："诸葛又亮讲得很有道理。如果甘心做那种角色，一手拿钱，一手交人，很明显，他们不是那种关系。但要想发展进一步的关系还不可能，所以才选择去外地。"

诸葛又亮一听就拍手："你瞧，我们男性就是这么沉着冷静！"

刘星呵呵一乐："得，真是恬不知耻。"

诸葛又亮说："不过，让我担心的倒不是卓可仪和梁达然，而是吴萌萌和凌仁。一旦吴萌萌和凌仁真的有了感情，也有了事情，我们就完全被动了。现在可以确认的是，吴萌萌和凌仁，并不是相约去北京的，而是偶然相遇的。"

夏芊问："证据呢？"

丁向好说："证据就是，他们回来以后，我跟踪了好几天，他们之间，绝对没有发展任何突破性的关系，都在老老实实地工作，没有任何不轨行为。按常理，如果两个人在北京好上，回来之后，干柴烈火一般的新鲜感，根本不会表现得这么平静。"

徐青山又激动起来："对，我有一种不祥的感觉，似乎吴萌萌是上了梁达然的当，吴萌萌和凌仁同时去北京，正好给梁达然挪出三天时间，让他有充足的时间到外地游玩。"

诸葛又亮又摆出一副神算子的样子："这也是我唯一没有弄明白的地方。看情况吧，如果吴萌萌和凌仁真有什么，就下一味稍微猛点的药。"

哪一种出轨更可怕？

这个问题如果有答案，那真叫见鬼了。

因为这个问题的前提设置就不是"1+1＝？"，而是有无数个数字，有无数种符号。

世人可以为出轨辩护，"梁达然"们以及在其他"情感绑架"中挣扎的男男女女，他们应该出轨吗？面对"分手我就跳楼""离婚就杀死你全家""敢离婚孩子就会受罪"……他们在婚姻中苦苦煎熬，在苦水中泡着的人，稍微有一点甜，他能不温暖吗？他能不心动吗？这种情况，必然是精神出轨在先，一旦时机成熟，环境合适，身体出轨一定也不会太远。如果时机不成熟，环境不合适，比如远隔千山万水，比如受到全角度监视，就会长期处于精神出轨之中，随时处于身体出轨的预备期。

以上这种情形，怎么能分得清是精神出轨还是身体出轨？

人皆唾弃的，是另外一种出轨。情侣生活中，并没有什么本质的矛盾，磕磕碰碰、锅碗瓢盆而已，然而天性难违，于男而言，花心太保，下半身思考，处处留情，见一个爱一个；于女而言，水性杨花，追逐享受，时时媚眼，勾一个算一个。思想里想乱着，身体上性乱着，每时每刻心乱如麻，日日夜夜渴望新鲜。暂且没有目标的时候，寂寞难耐，一旦有了目标的时候，一拍即合。

这种出轨，又哪里分什么精神和身体？

若说单纯的精神出轨或身体出轨，还真有一些。单纯的身体出轨，无非两种：一种是风月场所作乐，一种是酒吧等场所寻欢。（所谓"一夜情"，根本就是个错误的名词，一夜无情只有性）这种除了道德低下，还应该贴上"放荡""堕落"的字样；另一种观点也愈叫愈欢：性是自然赐予的天性和欢乐，单纯享受，也许并不会影响什么。

殊不知，无论男性还是女性，得知另一方放荡堕落，明明是身体上的问题，却打心眼里要骂一声"恶心"！然后闹到山崩地裂、鸡犬不宁。为什么身体的事情，要让心灵来遭罪呢？因为心灵太空，见到实体才会痛苦，所谓"捉奸在床"才有效果。

而精神出轨呢？虽然五花八门，但几乎都可以被原谅。无论是爱某个明星、爱班上的老师、爱单位的杰出同事……怦然的心、炽热的目光、哪怕跑过去给一个拥抱，另一方，大多数时候是可以选择原谅的。

于是乎，对于精神出轨和身体出轨，我们无法确定哪一种出轨更可怕、更严重，我们只需要确认，无论是单纯欲望导致的身体出轨，还是先有爱慕再有身体出轨，都是不可能被原谅的！

二十四　说下一代人糟糕，其实是打自己的嘴

凌仁回到家的时候，已经晚上九点。凌雨晨一个人不敢住，这两天住在奶奶家，今天知道他回来，特意在家里等着他。她故意把这次综合考评的成绩单放在茶几上，凌仁一进门，挂好衣服，一扭脸就看见成绩单，拿起一看，笑容满面。

凌雨晨在一边讽刺道："势利鬼！"

凌仁说："谁不喜欢这么漂亮的成绩单？！"

凌雨晨没说话，只是埋头看书，烦恼写在小小的脸上。凌仁问道："考试成绩挺好的呀，我看你怎么一点也不高兴？"

"哎呀，爸爸，你以为我们就只是为考试成绩活着呢？"

凌仁瞅着自己的女儿，调侃道："难道，青春还有更多的忧伤？"

"有时还想自杀呢，忧伤算什么。"

"你们为什么想自杀？"

"因为过得不快乐。"

"爸爸不是都答应，不干涉你正常的、有节制的谈恋爱了吗？你还会想要自杀？"

"爸爸，我当然不会自杀啦！"凌雨晨放下手中的书，"但每一个不快乐的人，并不都是因为他爸爸不让他谈恋爱。"

"到底怎么了啊？丫头你愁眉苦脸的。"

"因为贾真不快乐。"

凌仁马上严肃起来："你看，这不正是谈恋爱的烦恼吗？"

"但是谈恋爱带来多少快乐，你知道吗？只是偶然有点烦恼而已。"

"好吧，算你有理。"凌仁说，"告诉爸爸，是什么事？"

"贾真有一个表妹，家里出了事，要打官司，好像是医院治疗上有问题，把她妈妈给治死了，她家没钱请律师，请你出面给帮帮忙，好吗？"

"那孩子叫什么？"

"叫小西。"

凌仁一听就明白了，这和吴萌萌说的是一件事。他想都没想，一句话也没多问，马上就痛快答应："好，没问题，按法律援助的程序走，一分钱也不用花。"

"啊，爸爸真好。"凌雨晨一下子扑上来，搂住凌仁的脖子，"爸爸，你怎么一下子就答应了？有什么喜事吗？"

凌仁将计就计，指一指成绩单："当然有喜事了。喜事就是你的考试成绩越来越好，这是我给你的奖励！"

凌雨晨调皮地笑笑："你好歹是一位大律师，也这么俗气的。不过，俗气就俗气吧，好像也不由你们，全社会都这样。"

自从有了考研甚至考博的想法，凌雨晨变得越来越不喜欢出门，变成了名副其实的宅女。她不是不喜欢玩，不喜欢快乐，她只是觉得，外面的世界充满了乱七八糟的事情，充满了各种不确定的东西，让自己厌烦甚至害怕。

她知道学点真本事肯定有用，但先得把基础打好。她不担心自己的未来，任何人都会成长，青春终会夭亡。但是，必须分清楚，成长的代价，到底应该是青春的迷惘与觉醒，还是成人世界里，上一辈人犯下的罪恶、设下的圈套？千万不要让刚刚步入社会的见面礼，是脚下写满了"恶人当道"的字样，而通往成功的路上，却标注着"好人绕行！"

青春永远没有过错。任何说下一代人如何如何糟糕的成年人，都在打自己的嘴巴，他们没有资格说下一代人，每一个人都应该从下一代人的缺陷上，看到自己的影子。正是那千千万万个上一代人，把下一代人捏成了可恶的模样。

他们被称为"草莓"，外表光鲜甜美，还拥有自己的装备和标识，以前沿的电子产品为代表，表层还疙疙瘩瘩，在发型和衣着上，力求与众不同，害怕被人无视，看起来挺有个性。内里苍白绵软，总是充满了不快乐，稍一施压就成一团稀泥。由于大多数是独生子女，都以自我为中心，自卑又不愿意承认，懒惰还不想被指责，缺少朋友却在网上疯狂。他们宅出了自己的历史，讨厌人群与喧闹。

无论在生活中还是工作中，他们难以忍受拒绝和挫折。

于是他们成为一只只鸵鸟，把头钻进沙子里逃避，是戴着耳机听着音乐的鸵鸟。他们听着伤感、阴郁、颓废的歌曲。他们强烈地想在歌声和网络中寻找共鸣，却在现实中什么也没有捕获，除了肢体狂欢。他们不被理解，不被同龄人也不被上一代人理解，他们孤单于自己的孤单，找不到突围的方向。他们在无数的歌声和极少数的影视剧中，找到了属于自己的感受，浸泡在一个潮湿的世界中，希望被慢慢融化，不承想却慢慢发霉。

但他们终归要成长，如果他们不想气死或饿死，如果他们还想勇敢活下去，就必须承受真正的阵痛，他们的成长是第二次分娩，第一次是从母体中，带着哭声来到这个世界；第二次是从自己过去的沉睡中痛醒并分娩，经常是难产，更多时候是被一个叫"社会"的外科医生剖腹产，这一次的哭声，比上一次更惨烈。上一次还有鲜花和掌声，还有无数的祝福与希望，这一次，除了泪水，什么也没有。

第二天课程安排得很满，凌雨晨课间给贾真发了条短信："我爸同意帮忙。"然后，下一个课间的时候，隔着无数个人头，贾真向凌雨晨投来美妙的微笑。这个微笑，让凌雨晨恨得牙痒痒，因为她知道，这个微笑，是替小西而笑。

晚上下了自习，凌雨晨从宿舍里拎了暖壶，发了短信，和贾真在宿舍间的走廊里约好。两个人挑了一处路灯坏了的地方，相视而笑。凌雨晨心里有气，故意说："我帮了你忙，你说，要怎么感谢我？"

贾真不说话，一张双臂，把凌雨晨紧紧地抱住。

凌雨晨被抱得有些气紧，略略挣扎着："死贾真，你这叫感谢我吗？这叫我感谢你，你就趁机占便宜。"

"我主要是想靠近点，想让你抱住我。我也不是想抱你，我这样抱住你，是想让你抱我时方便点，不至于摔倒。"

凌雨晨伸出手也抱住了贾真，嘴上却说："我不听，什么狗屁理论！"

"那你凭什么说，男女抱在一起，就是女的奉献，女的吃亏，男的逮便宜？"

"……"

"这是落后的封建思想，咱们现在推翻它！"说着，贾真把嘴撮过来，"现在，我不亲你，改由你来亲我，你占便宜，就代表我感谢你了，好不好？"

凌雨晨二话没说，一下子吻了过去，陶醉了一会，发现嘴里有点咸，二人分开，凌雨晨拿手机照了照贾真嘴里，有泛红的血，问道："冒充初吻？"

贾真一下子没反应过来，然后憋着笑："你这个坏小孩！什么呀，这两天上火，牙龈有点发炎。"

凌雨晨突然转过身去，恨恨地说："我一想起你一直操心别的女孩，就来气。"

"哲人说，我们不为不可改变的事情而烦恼，因为没用。比如，我们不为地球是圆的而烦恼，不为脑袋是圆的而烦恼。"

"少废话，地球是圆的很科学，脑袋是圆的很好看。"

"那就不要为时光不能倒流而烦恼。"

凌雨晨不再说话，贾真无奈，只好做心理按摩，身体挠痒，这样哄了十几分钟，直到……月亮也笑了。

二十五 超级珍惜的表现就是美好加疑虑

　　有女儿和红颜知己的双重命令，凌仁不敢怠慢。次日，一到了律师楼，他就请吴萌萌通知小西的爸爸来见面，他强调了一句，要免费代理这个案件。半个多小时后，一个中年男人到了他的办公室，穿着一件极旧的深棕色的夹克，拉链半拉着，露出里面的手织毛衣，面容凄苦，向凌仁微笑的时候，脸上的皱纹如放了十天发皱的苹果，密得可怕，汗水不断地分支着。他手里提着一个超市购物袋子，自我介绍叫林建国，然后就憋不出话来，只是从袋子里掏出一大堆复印件，放到了凌仁的办公桌上，然后挤出一点笑，说："我不太会说话，你问什么我说什么吧。"

　　凌仁一页一页地看那些复印件，有急诊记录、用药记录和山寨律师写的申诉状，还有一次医调委进行调解的调解意见书。凌仁心想，看来动作够快，估计尸体没有火化，掌握在家属手里，这是一个有力的证据，也是一个天然的证据。他问："尸体的情况怎么样？"

"没事，有好几个亲戚守着呢，他们都带着家伙。"

凌仁一听就皱了眉头，守着尸体，怎么还带着武器？他赶紧提醒了一句，可别因为守着一具尸体，再制造出其他的尸体。现在的信息很发达，抢夺尸体的事件时有发生，什么稀奇古怪的事情都有，受欺负受得多了，人们都学精了。

半小时后，凌仁大概知道是个什么案件了。小西的妈妈从小就有轻症哮喘，快四十岁时，随着过敏源越来越多，哮喘病有加重的倾向，而且血压也逐年升高。有大夫说，如果引起高血压病合并哮喘，就比较危险。这个秋天，她出现了过敏性哮喘的合并症状，危险性大大增加。发病那天，是半夜十一点半，她正在熟睡中，突然发生呼吸困难，胸闷气憋而惊醒。林建国扶起她，她开始不停地喘气、咳嗽，咯出的痰呈粉红色，还有泡沫。林建国吓坏了，赶忙把她送到附近一家较好的医院。送到医院后，急诊检查结果是"突发哮喘，造成肺部瘀血，气体交换障碍，左心衰竭……"。

从用药记录上看，因为太专业了，凌仁一时看不出什么问题。不过他有很多医生朋友，经过咨询，他基本上有了答案，也发现了本案的关键所在。林建国手里拿着那天用药完毕后的药品包装，和医调委及医院打印出的用药单，有不一致的地方。林建国手里的药物包装，上面写着是什么普奥，而医调委及医院打印的用药单上，则是舒利迭、酮替酚。再向医生朋友打听才知道，这两种用药方法的效果，有很大不同，林建国手里拿的药，针对普通的症状，效果比较一般，但价格非常便宜，医院证据中的药，效果好，可以用于急救，价格也贵很多。

还有一个细节，由于林建国交不起那么多押金，所以无法办理入院手续，他妻子只能在急诊室一张简易的床上接受治疗。当有其他急诊病人到来之后，急诊室里乱成一团，医生建议林建国先到楼道里，等急诊室空出来之后，再推进来。当时，病人已出现昏迷证状，任凭林建国怎么哀求，医生们全然不顾，正全力抢救另一名病人。半个多小时后，在寒冷的楼道里，突然响起一声长哭，像无数条长蛇，钻入每一个房间。医生们闻哭而至，只见林建国半趴在病床上，泪水啪嗒啪嗒打在棉被的红十字上，病人已经逝去。

医院对这个细节，倒是没有异议，所以在医调委的调解中，医院承认在这方面有过失，但决不承认在用药上有问题。至于病人死在医院里，医院声称，医院本来就是一个随时可能发生死亡的地方，尤其是急诊室里，每天都可能发生死亡，不足为奇。关于死在了楼道里，调解意见是，确实不应该那么不人道，由于死者家庭困难，出于人道主义，最高可补偿一万元生活费，其他的要求不同意。

再看林建国的要求，要求赔偿各种损失十八万元。凌仁仔细看过，从法律角度讲，如果确实是医生用药不当，这个要求虽然有点高，但可以争取一下。

　　凌仁在打完电话的第一时间，已经想好了应对的办法。他只问了林建国一个问题："尸体保存完好吧？"

　　"很好，我们进行了防腐处理。"

　　"好，我们这就和医院谈判去。"

　　在去医院的路上，凌仁还是做好了充分的打算。医疗事故这种事情，是一场完全不对等的战争，作为个人，一辈子遇上一次医疗事故，就会被折腾得死去活来，而且，没有谁会积累这种经验，更不会主动争取经验。而对于医院，可谓身经百战，兵法战术无所不精，他们什么都可能遇到，有真出了事故的，也有没啥事故意诈钱的，所以，脸皮也逐渐被磨得厚了起来。尤其是那个经常出面协调事故的分管副院长，对付这种事情，更是得心应手。有时，就算是患者一方请了律师，胜算也不一定大。因为律师面对这种案件，也会遭受到方方面面的压力，不如纯粹的经济纠纷省心，往往也成为和稀泥的角色。比如，患者要十万元，医院只赔了三万元，看起来是赢了，实际上还是输了。

　　这次凌仁感觉胸有成竹。中国文化有许多好东西，比如美食、中医、各种艺术，以及兵法，兵法上有一招叫作"不战而屈人之兵"，凌仁这次想用一用这招。

　　医院规模不小，以前是一家企业医院，后来改制，收归到市里，叫市第五人民医院，从门面、住院大楼到一路上的标语口号、医生护士的精神状态，都给人不错的感觉，仿佛这是一个真把患者当亲人的医院。

　　来的路上，凌仁就告诉林建国，不要找副院长，直接找院长。

三番五次，林建国对这家医院非常熟悉。上了三楼，转两个弯，路过医政科和副院长室，林建国也不敲门，直接推开院长的门。办公室不小，林建国坐在沙发上，两眼直愣愣地看着院长。凌仁坐到办公桌对面的椅子上，桌子上有一个工作牌，院长叫罗宁。凌仁也不答话，把名片递了过去。罗宁一看名片，马上站起身和凌仁握手，口称"幸会"。话音未落，他已打通电话："刘院长，你叫上医政科的小王过来。"

罗宁对凌仁说："这个纠纷，我不是十分清楚，我们分管的刘院长和医政科的王科长比较熟悉，一直是他们和林建国在谈。"

凌仁说："但他们每次都向你请示。"

这时，刘院长和王科长走了进来，坐在另一边的沙发上，等待罗宁发话。罗宁说："这位是律师事务所的凌主任，很有名的资深律师啊。今天是过来了解一下林建国说的这个医疗事件，看看有什么处理意见。"

凌仁一听，知道这个罗宁不简单，明明是一个医疗纠纷，到了他嘴里，就被说成是"林建国说的医疗事件。"凌仁想快速了解这个案子，便单刀直入，"我不是过来了解情况，是受林建国先生委托，参与调解。林建国先生，就属于我们国家经常提到的弱势群体，我们法律界对他有进行法律援助的义务和责任。"

罗宁说："好，我先请刘院长给你介绍一下情况吧。"

凌仁说："要不这样吧，其实这个纠纷比较简单，我能不能问几个关键的问题，你们也都很忙，不要浪费你们太多时间。"

罗宁看一下刘院长，刘院长点点头。罗宁说："凌律师，请问。"

凌仁说："我不对医院的做法，比如医护人员的态度、病人为何在楼道，等等，有任何的评论。这些对本纠纷都不太重要。我们只考虑一件事情就可以，对病人采取的急救措施是否合适？用药是否恰当？所以，我问的问题是，究竟给病人用的是什么药？"

刘院长说："我们有当天的处方和用药记录。"

凌仁说："我看过所有材料，当然也看过你们的处方和用药记录，但我同时也看过林建国手里的药品包装。我的意见是，这里头没有人撒谎，但肯定有人记错了，记错事情是可以被原谅的。至于是谁记错了，现在回忆一下，或许有可能想起来。"

林建国一听这话，马上激动地说："我当时一直在，就是这个药。"

刘院长说："我们也详细询问了当时的主治医师和护士，确实是开的这两种药。"

凌仁微笑着说："如果是这样，那问题就简单多了。现在尸体还由林建国的好几个亲戚守着，我找个权威部门化验一下胃液和血液就可以了，如果有需要，也可以拿林建国手里的包装袋残留物对比一下。而且，对于这种案件，我那些媒体朋友们也一定非常感兴趣。但是，就我个人感觉还是回忆一下比较好，毕竟谁也不是故意记错的，大家那么忙，都不容易。"

这一番话，有理有节，有软有硬，有人情有法律，甚至连医院下坡的台阶都想好了。尽管凌仁说得客客气气，面带微笑，却让罗宁等人脊背流汗，手心发凉。话说到这个份儿上，刘院长和王科长都不吱声，统一把目光投向罗宁。罗宁也掂量出凌仁话语中的分量，他想了想，就对刘院长和王科长说："我认为凌律师说得很有道理，这样吧，刘院长，你和小王再和当天的主治医师聊一聊，回忆一下，是不是记错了什么。"

刘院长和小王点头答应，离开了院长室。

凌仁见好就收，他起身和罗宁握了握手："罗院长，我们等你们的消息。"

出了医院大门，时近中午，林建国要请凌仁吃饭。凌仁说要陪女儿吃饭，就把林建国捎到一个公交车站，自己回家。刚走了不远，就接到罗宁的电话："凌律师，您好，我们中午一起坐坐吧。"

"罗院长，不好意思，我中午有个应酬。不过，我这儿有一个态度，也有一个建议。态度是，由于这个案子是由一个特别好的朋友和上级委托的，我不可能有什么退让，这个人，我不能说，总之，比你的官大。一个建议就是，这个纠纷私下里和解，要比闹大了好。具体为什么，你心里比我清楚，媒体最近正愁没有好新闻呢。"

手机那边传来一声干笑："凌律师不愧是名律师，果然厉害。我明白你的意思，这个事情，我下午专门开个会，研究一下，然后给您答复。"

凌仁客气地说："谢谢罗院长对弱势群体的重视。"

挂了电话，凌仁心中一阵舒畅。他知道，医院服软了，不是因为自己厉害，而是因为林建国维权意识强烈，保存了铁证，不由得对方不服软。他估计下午，最迟明天，医院就会有一个比较满意的答复，到时候，他就可以向女儿和吴萌萌交代了。

　　过了中午，凌仁都有点魂不守舍，焦急地等待着医院开会的结果。此前，等待刑事案件宣判的时候，家属着急，凌仁却从未着急过，总是表现得从容淡定。这次，凌仁的逻辑没错，他知道，自己等待的并不是医院的答复，而是答复之后，就可以名正言顺地约见吴萌萌，大功告成，自然可以邀功请赏。她能赏什么呢？他盼望着，吴萌萌能让他近距离看那张灵秀的面庞，如精灵一般思索的眼神。

　　一个半小时内，凌仁接了六个电话，没有一个是医院的。他明显焦躁不安，于是打开网页，看看热点新闻，看一些稀奇万分的社会新闻，他发现，再好的小说，也写不出那么好的故事，足以叫人拍案惊奇，铺垫、巧合、悬念、畸恋、变态……应有尽有。正当他看到一个很好的开头时，罗宁的电话打了进来，二人寒暄几句，罗宁便说："凌律师，我们讨论了一个小时，终于做出了一个决定，这个决定在我们医院的历史上是史无前例的，以前的纠纷，就算人命案，最多赔过十三万多，这次，我们最高可以出到十五万，还请凌律师从中沟通一下，如果行，下午就签订协议，如果不行，那我也没办法了。"

　　凌仁飞快地算了一下，其实关于赔偿额，凌仁已经盘算过好多次。他的预期目标是十二万，既然医院能给到十五万，也就心满意足了。同时这个数字，也说明了一个问题，医院在用药方面确实有错，不言自明。他在电话里应道："罗院长，我觉得你们的决定比较合理，但我毕竟只是个代理人，我马上和当事人商量，随后给你回话。"

挂了电话，他马上给林建国通报了这个消息。他用的是通报的口吻，而不是征求意见，就是防止林建国见好不收，得寸进尺。林建国没有提任何意见，表示接受，胜利的感觉溢于言表。双方约好下午就去办手续领钱。下午三点，林建国办了手续，把二十万存进银行，剩下三万现金，揣在怀里，敲开了凌仁办公室的门。进门还是不知道该如何说话，挤半天挤出一句"谢谢"，皱纹如抖动的棕绸子，看得凌仁心里难受。林建国掏出钱，放在凌仁的桌子上，转身就想走。凌仁急忙站起来，叫住了他。

林建国眼一红，哭了，拿脏乎乎的袖子抹眼泪，凌仁递给林建国纸巾，林建国反而擦得一塌糊涂。凌仁把钱塞进林建国的口袋，林建国这才说："其实我也不该拿这么多钱，我也是穷疯了。"

在凌仁追问下，林建国才断断续续说了好多。原来他们所在的那个村，是远近知名的癌症村，村民们接二连三地倒下，不仅老年人，连有些中年甚至青年人都逃不过。村民们为此和周边的排污企业打过架，到市里省里上过访，都没有得到很好解决。无奈之下，林建国一家痛下决心，模仿逃荒的做法，逃到了城里，林建国把这叫作"逃命"。

但他老婆还是没有逃过去。让林建国最感到愧疚的是，自己不像个好人，像个无赖，所以他几次都无法和凌仁开口。听了二十分钟，凌仁才算听明白，林建国愧疚，是因为他老婆即使不因哮喘而死，也活不了几个月了——原来，他老婆查出得了癌症，只是瞒着医院和凌仁。林建国说："凌律师，我不该骗你，反正她要死了，还拿人家医院这么多钱。"

凌仁听了，心里特别不是滋味。反反复复劝慰林建国，告诉他得了癌症和医院出了医疗事故，是"两码事"，好不容易才把林建国劝走了。临走时，林建国给凌仁放了一张报纸，报纸上有个醒目的标题：《先住院，后交费》。

凌仁紧紧地握着林建国的手："你没赶上，但是，会越来越好！"

林建国这一仗打得漂亮，前后八小时，行程二十里，是凌仁所办案件中速度最快、效果最好的一个，也是经济效益最差的一个，一分钱没挣，还贴了路费，但凌仁依然有一种说不出来的快乐。他没有想到，意中人的一个请求，却让他有了一个意外的收获。他一直在帮助别人，也一直明白帮助别人是快乐的，尤其是帮助那些需要帮助的人，奇怪的是，一直以来，他收获的只有胜利的喜悦，没有心底的快乐。一桩一桩的案件，一次一次的胜利，有时，连成就感都麻木模糊了，更妄谈快乐。这一次的快乐，确实是一个称心的收获。他发现，其中的最大区别，不是由于林建国是弱势群体，而是因为这次，他没有收费，案件与金钱无关。如果案件与金钱关联，则心底的快乐就会大打折扣，降低为简单的喜悦。

这一发现让凌仁有点兴奋，兴奋过后，左拐右拐，又把荣誉归到吴萌萌那儿。他制造了无数个理由要见吴萌萌，终于又增加了一个。

能给自己真正带来快乐的那个人，就值得思念，如果还是全方位的快乐，有的人就甘愿拜倒裙下。他约吴萌萌的冲动越来越强烈，这是个阳光明媚的下午，适合喝茶谈心。但又一想，刚刚从北京回来，这么心急火燎的，显得自己不够成熟。再一想，正因为感觉很好，才会心急火燎，如果只是装模作样，却也不是自己的风格。翻来覆去，就这两种想法，在脑海中如龙舟竞赛，直到把车停在自己家楼下，这才安下心来，叹一声，唉，还是别去惊扰她吧！

用逻辑思维来解释爱情，是这个世界上看似最精明、最理智，实则最糊涂的事情之一。爱一个人，向来有理由，基于对方的品质和气质，但没有逻辑可讲。因为你有一套大房子，所以我爱你，绝对是胡扯。爱之成为爱，就在于那一霎的心动或感动，如果加上一大堆附着物，便不是爱情，而是相亲。相亲的人，才会罗列出自己的爱情食谱，如果碰巧彼此都是对方的菜，色香味俱全，就一拍而合。但爱情不是这样，爱情没有菜谱，只讲心动。曾有一位教授夫人，对自己的老公爱上家里的保姆，百思不得其解。她一度以为，老公只是喜欢保姆的年轻与活力，没有精神层面的沟通，没有对社会生活的理解，老公度过了新鲜期，就会离开保姆。保姆毕竟生活困难，给一笔补偿，自己表示原谅，家庭定能重归和好。她万万没有想到，老公居然动了真心，和她提出离婚，要和那个保姆结婚。她非常震惊，但从不觉得自己的丈夫会对保姆有什么爱情，而是觉得丈夫中了邪。

这位教授夫人只是不明白，所谓爱情，其实就是中了邪。

当凌仁一再思考该不该惊扰吴萌萌的时候，凌仁便犯了一个错误。因为他太注重逻辑了，反而犯了一个逻辑上的错误。他对吴萌萌的思念，他拥有知己的冲动，他对吴萌萌的珍视，他生怕哪句话说不对惹了吴萌萌，担心自己的举动让吴萌萌反感，这一切，使他偏偏没有想到，自己和吴萌萌的关系如何，并不取决于他是否小心翼翼，而是取决于吴萌萌是否喜欢他，是否也想他、爱他。对于同样的事情，后者的心情不同，反应就截然不同。如果她喜欢，且无顾虑，她会在没有短信的夜晚，埋怨道：这个讨厌鬼，也不懂得给我来个信息。如果她不喜欢，或者有其他顾虑，收到他的信息，会轻蔑地一笑，心里说一声：烦死了。然后删除，从不回复。

爱情这东西有个规律，第一眼是美好，然后就是疑虑，接着再试探、再美好，中间还充满折磨与抱怨，如胶似漆的同时，也会想到分手的恐忧。这就是爱情的特点，这么多复杂的情感和思绪，皆因珍视、珍惜。盗墓者半夜挖宝的时候，就差不多是这种心情。荷尔蒙和贪欲，本质上没有区别。

二十六　试按有爱情的模式推演所有婚姻

太阳晒得车内暖烘烘，凌仁半躺在座位上，眯着眼睛，假寐片刻，忆涌念生，心阔潮起，他不明白，为什么这个自称脾气不好、学不来温柔的女人，自己怎么看都千娇百媚、柔情万种？古语道，"情人眼里出西施"。可试想，西施被河东狮上身，还会招人待见吗？答案显而易见，可谓求之不得，侠骨柔情不但是男性的理想人格，也是女性的理想风貌。那于芸芸众生中识得才俊之慧眼，那月黑风高夜绝尘而去的义无反顾，那不要大千世界只要意中郎的执意情真，那孤身一人育子成才面对百折从未叫苦的母亲，若只有柔情，没有侠骨，则一切都将东流，人世间的故事，将留下多少清汤寡味。

他给吴萌萌发了一条短信："事情办结，皆大欢喜，三百多医护人员，相当于每个人出了五百元，并无大碍。"

　　吴萌萌短信马上到："可喜可贺，如何感谢？"

　　"天气转冷，下午温暖，一起喝杯热茶，暖身暖心。"

　　"语无伦次，到底是暖还是冷？"

　　"你我冷热不均，需要见面勾兑。我物理不行，能传电的叫导体，能传热的叫什么？"

　　吴萌萌没有马上回短信，她在气恼他的用词，喜欢着这个有点坏坏的男人。四平八稳，不着一字，却欲念潜流，不输香艳。她不知道回什么好，她就气恼这个，每一次，凌仁都会把她带入绝境，四面皆坑，无处可逃。

　　正在这又喜又气，凌仁的电话打了过来，二人岔开话题，选了一家合适的茶社。所谓合适，其实就是离吴萌萌距离较近。这一路，凌仁已然压抑不住冲动，他下定决心要越一点界，虽不致鲁莽，但足见力量。一路上，凌仁都在策划如何让吴萌萌感觉到力量。思来想去，人的习惯会战胜一切，他本来想要一进包间就握住吴萌萌的手，然后给她传递温度，但最终的想法是，他还须探探吴萌萌的底，招惹良家妻，既超越了自己的生活红线，也有违自己一直以来的道德底线，一下子崩断两条线，疼痛会在何处生？如果疼痛在己处，还好承受，如果疼痛在吴萌萌，岂不是爱了谁便害了谁？这么想着的时候，他发现，这种喜欢，这种爱，潜意识中的心疼与不舍，不知在何时，已悄然萌生成长，枝叶繁茂。爱是什么？爱其实就是三个字，不是"我爱你"，而是"为了你"。

　　这回是吴萌萌先到，坐在一楼窗边的藤椅上晒太阳，乳白色的旗袍款风衣散落在藤椅上，手里轻举着一本书，像极了一幅广告画。凌仁走了进来，轻轻敲一下藤椅，吴萌萌浅笑，收起杂志。服务员走了过来说："二楼有个包间，很安静。"

二人一前一后往楼上走，木质楼梯咯吱咯吱响。服务员说错了，安静是一方面，有些时候，情调还需要一点古旧的声音。入了包间，起壶泡茶，服务员欠身退去。吴萌萌把风衣挂起，木质窗格，木质桌椅，吴萌萌宛若古之女子，配了茶韵，衬着清香，凌仁一路上想好的招数，全然忘却，全然失效。

凌仁说："但愿我们之间的感谢，永远都是这种方式。与我之前在社会上的感谢，完全不同。"

"社会上怎么感谢？"

"基本上就是送一笔钱财，或者送一份标价很高的礼物。"

"哦，说明咱们这里盛产散财童子，哦，散财先生。"

凌仁目不转睛地看着吴萌萌："我发现，有些东西，确实与钱无关，今天我就发现两种，第一种，做了好事的快乐，与钱无关。林建国吵着要给我钱，我坚决不要。这个老林，差点破坏了我的好心情。"

吴萌萌问："那另一种呢？"

"前一种是快乐，另一种应该叫作美丽，分为外表和心情，现在我看着你，你这种外表，我这种心情，这两种美丽，恐怕多少钱也买不到。"

吴萌萌又不知如何对答，常听女为悦己者容，她一直以为，女子为男子倾心打扮而美丽，为了讨得他的欢心而漂亮风情，今天才知，女子的美丽，也是因为心仪之人在侧，韵味自生，风情疯长，无妆胜有妆，并非刻意可比。

吴萌萌笑道："取笑一个三十多岁的妇女，会遭妇联批评的。"

凌仁终于逮着了话头："我哪敢取笑，只是实话实说。难道别人不这么认为吗？比如……你的男朋友，据说是一位优秀的心灵导师。"

"只是一个咨询师，谈不上优秀。"

"在那个行业，不优秀不可能有口碑。"

吴萌萌不由神伤，虽极力掩饰而秋毫毕现。她自知逃不过凌仁的眼睛，就对凌仁说："你总是用你的强势欺负我的弱势。但同时，你也逃不脱我对你的心理判断，我知道你想听什么，如果你真想听，那我就说给你听。"

这番话反倒说得凌仁不好意思，解释着："我想听两种相反的消息，虽然相反，但对我来讲，都是好消息。所以，我也不知道我想听什么。"

"哪两种相反的消息？"

"一种是你们相处得非常和美，和美到那种针扎不进水泼不进的程度，你只需要和我以朋友相处，而不是任何其他。你过得这么好，我为你而高兴，这是一个好消息。另外一种就是，你过得不那么和美，你需要一个亲密知己或者其他，你遇到了我，这对你对我都是一个好消息。"

听完凌仁的话，吴萌萌淡然一笑，冲淡了些微苦涩。她想起一个故事，有一个鞋厂想把鞋推销到非洲，就派两个推销员出去考察。甲推销员回来说，那地方卖不了鞋，所有的人都不穿鞋；

乙推销员回来说，那地方的市场大得很，所有的人都需要买鞋。凌仁就像这个乙推销员，任何事情都能看到乐观的一面。而这次的快乐，全为围绕吴萌萌而生灭，每一句话，都触动着吴萌萌久违的心情。

吴萌萌说："那意思就是说，无论我怎么说，你都不会失望？"

凌仁马上纠正道："应该是这样，无论你怎么说，我的做法，都不会让你失望。至于我是不是失望，那是我的心情，保证不会对你的生活产生一丁点儿的影响。"

"你的做法？"

"对，我的做法。如果你是和美的，我就是安静的，一个非常安静的特别的朋友，就像现在这样，飘在朋友之上。"

"那如果我是不和美的呢？你怎么个不安静法？"

凌仁突然起身，坐到吴萌萌的那一侧，紧靠吴萌萌坐下，一只手抓住吴萌萌的手，另一只轻轻按吴萌萌的头，让吴萌萌倚靠在自己的肩膀上，笑道："就这么个不安静法，就这样依偎着听你说话，我做了很多次这样的梦。"

吴萌萌挣扎着想起来，想抽出被凌仁握住的手，但凌仁握得紧紧的，她的头始终没有离开凌仁的肩膀，凌仁便知道，抽手，只是一种可爱的姿态。吴萌萌不想就这么轻易被俘虏了，不甘心地说："我还没说我不和美。"

凌仁叹一声气："说了，只不过你没有用嘴说。"

吴萌萌果然沉默。她的一切都在说话，唯独嘴是安静的。她倚在凌仁的肩上，闭着眼睛，眼泪濡湿了凌仁的衣襟；她的身体在抽动，她使劲往凌仁的方向挪了挪，仿佛在要进行一次化学反应，融化进去；她的手紧紧地握着凌仁的手，一下一下在用力；她的另一只手环过凌仁的腰，凌仁也搂住她的肩，两个人终于紧紧地抱在一起。

幸福感冲了上来，吴萌萌止住了眼泪，停止了抽泣。她突然感觉到一种异样，让她意外的是，凌仁抱着她的身体竟然在发抖。这个发现让她惊喜非常，这个世界上，最经不起考验的，就是人那张嘴，但最容易获得利益、换取信任、取得成功的，往往还是那张嘴。连情感咨询师和咨询者之间，也只能靠两张嘴进行交流。也正如此，吴萌萌深知，嘴是可以伪装的。话语的重要功能之一，就是用来骗人。但身体却很少能欺骗别人，当身体产生反应的时候，最常见的是通过面部表情来进行掩饰与遮挡，比如眼泪，比如笑脸或严肃，让自己成为伪君子，伪装快乐或伪悲伤。而全身性的反应从不骗人，比如发抖，比如血脉贲张，比如面颈泛红……

两个人就这样拥抱着，沉默着。深秋静冷，时间如叶，纷纷掉落，不知不觉，一个小时竟然缓缓滑过。

吴萌萌喃喃道："我是学教育心理学的，做的也是教育工作。我想，我这一生，最大的成功就是，抓住了你的心。"

凌仁抚着吴萌萌的长发："我需要模仿你造句吗？我是学法律的，做的也是法律工作。我想，我这一生，最大的成功就是，此刻，我还告诉自己，我不是在做违法的事。"

吴萌萌忍不住笑出声来，抬头看凌仁："我们这样不违法吗？"

凌仁点点头："但违反传统文化和传统道德。"

吴萌萌坐了起来："不好意思，我想到了他。"

"萌，"凌仁已经开始这样称呼吴萌萌，"他过得很痛苦吗？"

"我只是突然感觉到一种痛苦，和你在一起，映衬出来的痛苦。要不然，我还活在执念中。也许，他更痛苦。"

"为什么痛苦？"

"其实也并不一定都是痛苦这么严重，也有欢声笑语时，但更多时候是难受、别扭，说不出来的压抑与苦闷。"

凌仁心疼地抓着吴萌萌的手："我有同感，但这谁也不能怪。一直以来，我们的婚姻，总是有太多的附着物。对不起，我用了一个法律名词，而且是关于物权的名词。也许我无意却碰对了，我们的婚姻形态，有点太物权了，物权非常具体，职业和收入，房子和居住地，这些非常具体的东西，把抽象的爱情挤得无路可逃。简单点说就是，我们并不是和想过的人一起过日子，尤其不是和怦然心动的人在一起生活过日子，而是和拥有'物权'的那个人在过日子。"

"这好像是说我们女的吧？我们最常听见的话就是，男方条件还行。按你的话来分析，这些还行的'条件'里头，有多少是物权？有多少是这个人本身？"

"女孩子们在挑男朋友的时候，这么个挑法，本身没错。谁都希望自己过上好日子，但女孩子们不愿意等，不愿意相信一个人将来的成功，只愿意挑现成的。"

吴萌萌想起自己当初的选择，马上反驳："这点我可不同意。

许多女孩确实都在挑现成的，但不是她们不愿意等，也不是她们看不到男孩子的品质和才华，而是因为，有品质和才华的人不一定能成功，押那个宝太危险了，许多人能够成功，与品质和才华没有什么关系。而挑现成，至少抓住了现在的实惠。"

"抓住现在的实惠能说明什么呢？既然成功和品质、才华无关，那么抓住的现在，也和品质与才华无关，可以这么理解吗？"

"嗯，"吴萌萌点点头，"现在的实惠，有可能只是他的父母给的，也可能是他撞了大运，当然，也不排除他确实具备品质与才华。"

"那么，"凌仁小心地问，"你呢？"

吴萌萌陷入了回忆中。其时，她和梁达然还互不相识，但有个交叉的圈子。每每参加同学、朋友聚会，别人都是成双，就是他们俩单着，总是被问起婚姻大事。大家看他们俩条件相当，就都起哄，说不用再找星星找月亮了，他们俩就挺合适。在这种事情上，吴萌萌要比梁达然着急，三十多岁的女人，再嫁不出去就成了"库存产品"，"新产品"不断问世，自己只能"便宜大甩卖"，想一想，心挺寒。再看看梁达然，人比较顺眼，温文尔雅，喜欢读书，相处之下，也没大毛病，还挺有上进心，就走在了一起。当时，由于各种条件所限，他们俩并没有挑现成。

问题出在其他方面，吴萌萌精明强干，家底非常好，但脾气不好，心思比谁都多，她希望拥有一个大男人，让她服服帖帖，甘于做小女人。梁达然虽然温文尔雅，爱学习，多才艺，但工作劳累,渴望温柔如水的女人,可惜,吴萌萌虽有女性最常有的心态,越处越进入状态,但是,在他面前,无论如何,也展现不了柔情,只有丫头时代的脾气如故,常常让梁达然喘不过气来,压抑非常。这辈子,吴萌萌成不了梁达然渴望的女人,梁达然也成不了吴萌萌渴望的男人。吴萌萌既然已经委身于梁达然,心情呈现"变态"的特征,一方面瞧不顺眼,另一方面还特别渴望爱,特别有控制欲。

人们常说安全隐患很可怕,其实情感隐患更可怕,两个人心中都装着一个汽油桶,晃来晃去,欲满欲溢,只要遇到合适的火星就会引爆。

说完这些,吴萌萌再一次流出眼泪,朦胧中,她问凌仁:"你说,我们俩,算是因'条件'走到一起的人吗?"

"算是吧。"

"可是,除了'条件',我们还能选什么?心动的感觉?爱情的疯狂?如果没有心动,没有爱情,难道我们等到四十岁也不结婚吗?"

"你问得非常好。"凌仁为吴萌萌拭去眼泪,"当年,我还是个年轻律师的时候,大案子轮不上我,经常办理离婚案件。当时我还没结婚,办理离婚案件,在我心里留下了许多阴影,我觉得婚姻是非常可怕的东西,它有许多先天设定的东西,比如忠贞不贰,比如白头到老,但实际上,那些东西,都是相对完美的爱情而言的,当大多数的婚姻没有爱情,还被按照爱情的模式提出要求,能不痛苦吗?正像你刚才说的,我们常常受到一种责问:你不爱她,你早干吗去了?你不爱她,为什么要娶她？你刚才已经回答了这个问题，男大当婚，女大当嫁，人们不想等到四十岁也结不了婚，这就产生了没有爱情的婚姻。这种婚姻，能正常走下去，也不失为美好。最可怕的就是，他或者她，在婚后的某一天，遇到了自己真正心动的人，于是，这颗心，是交给家庭，交给责任，还是交给心动的人，就成了一个大问题。"

"一般人的做法是，既交给家庭交给责任，也交给心动的人。"

"那就叫偷情，说好听点叫婚外情、婚外恋。"

吴萌萌又一次抱紧了凌仁："我喜欢这些不道德的词语，至少有情，有恋。"

凌仁也抱紧了吴萌萌："你是我所见过的，最不寻常的女子。"

"我们怎么办？"

凌仁摇摇头："不知道。"

"你不敢担当？"

"我来去自由身，女儿也大了，没什么不敢担当的。我是不想让你担当。"

本来已然安静的吴萌萌，泪水汹涌而至。她确定，她拥着的这个男人，终于让她知道，什么是爱情。

此情此景，他们忘记谈起婚姻的另外一种可能。它的名字叫作"变心"，男男女女，一方贪看貌美如花，一方痴于有钱能花，变心其实就是交易，无论是交易给一个人，还是交易给许多人，生意就是生意，不会变成情谊，更与爱情无关。真正的爱恋，缘于灵魂，发自心底，却不能叫作"变心"，而是应该叫作"等心""遇心"，因为心一直就在那儿悬着，等着另外一颗心承接。至于婚姻中的一切，无限亲情和无边责任，床笫之欢和锅碗瓢盆，雨中接孩子，雪中送伴侣，欢声笑语，打情骂俏，心急火燎，焦躁彷徨，固然美好，却无关爱情。

二十七　坏脾气分为可爱和可恶两种

在诸葛又亮的安排下，吴萌萌和凌仁成为坏感情破坏部的重点监控对象。徐青山也下了死命令，这个月可以没有新业务，但吴萌萌和凌仁必须盯紧。吴萌萌和凌仁"茶社暖心"，自然逃不过丁向好的眼睛和镜头。丁向好从未在茶社喝过茶，也不知道茶社内部结构，但从玻璃窗上，看见二人走上二楼，一转身，消失在视线中。

徐青山一听"茶社"就急了，他对里头的结构，熟悉如自家的厨房，不同的是，灯光昏暗，沙发暖暖，纵然有茶提神，也让人懒懒欲睡，若是一男一女进了里面，无由便会亲近许多。这就好比把两个互不喜欢的陌生男女放在与世隔绝的岛上，数百年后，岛上就会造就一个民族。何况，把两个互相喜欢的人放在相对封闭的包间，完全具备造就一个民族的可能。

看着徐青山糟心，诸葛又亮赶忙答话："徐总，你也不必过分害怕他们俩有什么，他们俩离真正的出轨和想走在一起，还有很长的距离。依现在的情形，在这段很长的距离里，卓可仪那边根本熬不过来，我敢肯定，先崩溃的是卓可仪，然后是吴萌萌和凌仁，至于那个浑蛋梁达然，咱不提他。"

徐青山皱着眉头摇着头："我有个疑问，凭什么断定吴萌萌和凌仁还有很长的距离要走？"

夏芊说："我也有个疑问，凭什么说先崩溃的是卓可仪？"

丁向好说："我先回答芊姐的疑问，因为诸葛要把最后的猛药留给梁达然和卓可仪，撒手锏！"

夏芊说："哦，那么厉害，说出来让大家讨论一下。"

丁向好说："诸葛也没告诉我。"

夏芊怒道："那你不是说瞎话嘛！"

诸葛又亮对徐青山说："我说吴萌萌和凌仁还有很长的路要走，是根据他们俩的性格，装模作样，思前想后，都是那种一件事要想上十八种可能的高智商人才，活该他们尝不到人生的激情。再加上咱们的搅和，让他们疑神疑鬼，没法全身心地投入乱情中。另外，根据我的情报，我重点想掌握他们二人的缺点，虽然暂时没发现凌仁的弱项，但发现了吴萌萌的弱项：脾气大，情绪化，容易以自我为中心。我决定，让凌仁发现这一缺点，让他们在彼此的心目中降降分，凉凉心。"

徐青山问道："怎么个凉法？"

诸葛又亮转头看一眼坐在夏芊后边的刘星："又该刘星出场了，不过，这一次的角色可不太好演，也不知道刘星有没有经验。"

刘星扬起头问："什么角色？我发现，过一阵子，我就不用在这里工作了，我直接找影视公司当演员去，没准一年半载以后，我就是大明星。"

诸葛又亮说："这次，你演一个和男人随便上床又被抛弃的女孩。"

刘星一下子蹦了起来："啊！你这个死诸葛，让我演这个，你才有这方面的经验呢！"

几个人又互相损了半天，抬了半天扛，最后还是决定，由刘星完成这一任务，因为大家一致认为，刘星虽然生得活泼俏丽，善装傻，但又属于百变女神的类型，想象力也很到位，演什么像什么。

机会永远属于有准备的人，尤其属于有准备的阴暗的人。前两天，刘星做其他业务。第三天，刘星开始蹲守吴萌萌，果然不出诸葛又亮所言，经历了茶社暖心，两个人第三天必然相见。因为两个人性格矜持，必然不好意思两天之内就再次相约，一般等到第三天，心里的思念，就像被雨淋了两天的泥房子，不想塌也得塌。

下班时，凌仁的车停在吴萌萌单位楼下。刘星早在角落里埋伏，进入一级战备状态，时间要卡好，晚一秒，凌仁就可能开车一溜烟跑了。等了大约七八分钟，吴萌萌从楼里面出来，刚刚坐上凌仁的车，刘星一下子从角落里跑出来，跑到凌仁的车侧，拍打车窗。

凌仁觉得奇怪，慢慢按下车窗，还没等凌仁说话，刘星就嗲声叫了起来："呀，这不是凌律师凌主任嘛，几天不见，已有新欢了？你答应我的事情，可一件都没办哪！"

凌仁不动声色，问道："你是谁啊？我不认识你。"

刘星又换一种口气："律师哥哥，你见的人多了，当然就不认识我了！"

说罢，也不容凌仁辩解，转身走到街的另一面，打车而去。

凌仁不禁嘀咕："这哪来的疯丫头，认错人了吧。"

吴萌萌却在一边大叫："你骗谁呢！认错人还能叫你凌律师？没想到啊，你还有这本事！"说着话，吴萌萌已经跳下车，又往楼上跑去。吴萌萌此时已顾不上优雅，上台阶时，三步并作两步，跑到了楼内。

凌仁在车内干着急没办法，张着嘴，挥着手，却一句话也说不出来。站在路边假装等人的诸葛又亮，心里乐开了花。

凌仁头一次见识吴萌萌的坏脾气，不知水有多深，张皇失措。早年办离婚案件，凌仁曾经总结过，女人的坏脾气分为两种，一种是可爱的，一种是可恶的。可爱的坏脾气，一时兴起，过嘴即忘，有时甚至是使使性子撒撒娇，并没有往心里去，无非是要男人给个好态度；可恶的坏脾气，不依不饶，有理没理都是一副得了理的样子，非把你逼入死角不可。

交往尚浅，他摸不透吴萌萌的脾气，一直在车内坐着，不知道该怎么办。思来想去，就试探性地发了一条短信："萌，这肯定是恶作剧，我真的没有做过那种事。"

"以后别这么叫我！恶心！恶作剧？那为什么没人找我恶作剧？"

吴萌萌的这条短信一下子提醒了凌仁，凌仁想起那些骚扰短信，似乎找到了某种关联，他马上回信："我一直不好意思和你说一件事，这段时间，自从认识你以后，我一直收到许多奇怪的短信，有时是警告，有时是讽刺，比如，讽刺我是这个城市最老的小三。"

这条短信出去，吴萌萌好一阵才回过来："那也是你干律师这行得罪了人，肯定不是我家那口子干的，我敢保证。反正都是你的错。"

凌仁看到这条短信，脸上微微有了一点笑意："好，我的错，我的错，你原谅我好吗？"

吴萌萌马上回复短信："不可能，我得弄清那个女孩怎么回事！你刚才还骗我，明明叫你凌律师，你还说是认错了人，一个大律师就是这种水平？"

凌仁被噎得说不出话来。

二十八　识别校园爱情中的渣与不渣

　　官司得到圆满解决，林建国长舒了一口气，把钱分五份，把凌仁拒绝的那三万也存在银行里。在银行的时候，林建国又发现一件让自己悲伤的事情，屁股般大小的银行，对自己竟然成了刘姥姥的大观园。他不知道自动排队机，不知道该到哪个柜台，还差点被跑保险的给诱导着买了保险，好在林建国认一个死理，我就相信银行，我就待见存折。其实，他这辈子，还没见过存折长什么样。存折到手，他左看右看，心想，那么多钱，好几斤重，一下子换成薄薄的几张硬纸，走出银行的时候，回过头看一眼，觉得这银行真厉害。

　　回到家，林建国告诉小西，她上高中的钱有了，上大学的钱也有了，小西想了想大学，又想了想妈妈，眼泪吧嗒吧嗒掉了下来，她想，一个人的命，只是值一点学费吗？大学有无数个，这个不行上那个，贵的不行上便宜的，妈妈只有一个，永远也没有了，她越想越伤心，趴在那张二手市场上淘来的铁架子床上，流了大半夜的泪。

事实再一次证明，情绪具有传染性。小西的心渐渐平缓，她给贾真打电话道谢。小西的事解决，贾真眉目舒展。贾真面目舒展，凌雨晨也看着舒坦。

隔了两日，凌雨晨突然回过味来，她想，事情好像有不对头的地方，这个小西，她一辈子总会再遇到些心烦事，如果她一心烦，就跟贾真说，贾真就跟着心烦，贾真一心烦，自己也跟着心烦。自己心烦不说，还得求爹求叔，这叫什么事？如果让这种事情成为规律，自己不就陷入无边的痛苦了？凌雨晨是个藏不住话的女孩，瞅个机会就埋怨贾真。下了晚自习，她在开水房看见了贾真，就在半路上拦住他，问道："小西的事会不会没完没了？讨两个老婆的感觉，爽不爽？"

贾真刚刚打上开水，他拎着一壶水，被逼得一头大汗，只好说："我保证，就这一次。她也答应我，再也不会麻烦我了。"

"第二个问题还没回答呢？"

"什么第二个问题？"

"自己想！"

"哦，哪有那么多老婆，你这一个我都不敢保证。"话一出口，知道说错，正待解释，凌雨晨已扔过一堆话来："看把你遗憾的，现在不能和表妹结婚了吧？没能力也没法子娶那么多老婆吧？连我一个都不敢保证？你前几天不是还说过要和我结婚吗，怎么就变了？"

贾真哭丧着脸说："雨晨，你想冤死我呀！我是怕你不敢保证，不是怕我不敢保证。"

凌雨晨也不说话，气哼哼地走在前面，贾真不敢怠慢，跟在后面，二人一前一后，走到了僻静处，放下暖壶，凌雨晨一下子扑到贾真怀里，嘤嘤地哭。贾真慢慢弯腰，把暖壶放在地上，机械地抱着凌雨晨。

凌雨晨拍拍贾真的肩膀："我恨你！"

贾真说："我也恨。"

"我恨你，恨你把这个表妹当女朋友对待！你恨什么？"

"我恨该死的医院，没钱就不让看病，没钱就不让病人住院，没钱就不给病人用好药，还让病人死在楼道里。"

刚刚说完，贾真感觉到胸脯上的肉生疼，凌雨晨的指甲暗暗用力，贾真疼得想叫，却不敢叫，不远处有同学说说笑笑走过，容易误会这里有惨案发生。他痛楚着说："你干吗掐我呀？疼死了。"

凌雨晨恶狠狠地说："你还要操她的心？"

贾真说："不是的，你听我说，这种远亲，我们本来就不怎么联系，以前也没什么，所以渐渐就淡了。如果不是这次医院里的事，小西压根不会向我诉苦。所以，我恨医院！以后，我和小西的关系，就是普通朋友关系。救急不救穷，我只帮她一次，你放心好了。我只对你好！"

凌雨晨掐着的手慢慢松开："你这都什么乱七八糟的，我不管你前面那些屁话，只听懂了最后一句。你记住了，你只能对我好！"她暗暗用劲，换了一个部位继续掐着，伤心的潮刚退，感动的河水又注入，她眼泪掉了下来。贾真感觉到胸口渐有湿凉，刚才嘤嘤地哭，似乎没有眼泪，现在默不作声，却泪如泉涌。湿冷加上掐疼，贾真实在不解，问道："连哭带掐，你什么意思啊？"

"自己想，你答应过什么。"

在痛苦难堪的状态中，贾真的思维快速地旋转着。凌雨晨掐得越来越用劲，贾真一直在想，自己到底答应过她什么？一阵钻心的疼痛来临，贾真突然想起，还真答应过一件事：如果凌雨晨伤心，如果凌雨晨在他怀里哭，自己要好好吻她。一想起这个，他的疼痛感马上消失，他在心里偷乐一下，用劲抱了抱凌雨晨，腾出一只手来，轻轻扳起凌雨晨的下巴，慢慢地吻了上去。刚刚触唇，凌雨晨马上松软，掐他的手放下，慢慢地绕到贾真身后，紧紧地抱着他。一边吻着，换姿势的间隙，凌雨晨还说："你这个傻瓜，这么慢才想起来。"

"平时倒是老想，刚才被你掐得，就想掰断你的指头。"

一晃快到熄灯时间，分开的时候，凌雨晨说："你说奇怪不奇怪，刚才那样的时候，我一直在悄悄告诉自己，激动归激动，学习好了才能这样，要不我爸爸就会干涉，亲也亲不到心里去。"

贾真提起暖壶："大人们就那样。他们喜欢成绩好，就考好一点哄他们高兴呗。"

在回宿舍的路上，两个人又咒骂了半天成人世界。他们偶然上网，各种新闻层出不穷，大千世界无奇不有，他们发现，在大人们的世界里，什么肮脏的事都可能发生。

在孩子们眼里，他们对成人世界的拒绝，已成为最活跃的心灵风景。但他们的拒绝，就如同运动场上的那一道红绳，当运动员跑到终点，什么也拦不住，反而会成为比赛名次的象征。当青春跑到终点，连象征性的红绳都没有，冲过去，也不知道那边是什么东西，没人要求停下来，也没法停下来。无论那边是大学课堂、流水线的车间、饭店大堂、桥洞还是传销黑窝，都会一脚踏进去。

现实的世界里，没有真空。外面的世界，通过血脉亲情，一丝一毫，都在连接着学校，都在牵动着孩童，每一次大大的变故，每一点小小的伤痛，都会扯着一个家庭，触动着一个学生的神经。可恨的是，每一次的成长，都朝向畸形的方向。每一颗受到伤害的心灵，都会在将来伤害更多的心灵。

贾真和凌雨晨各自回了宿舍。

贾真给凌雨晨发了一个信息："我们都是孤独的孩子，所以需要两个人互相支撑着，才能活下去。"

凌雨晨想了一想，回复道："也许，有人不是，但，我们，真的是。"

贾真突然想起自己枕头下边也压着一些东西，那是几张照片，照片上，梁达然和卓可仪笑语盈盈。贾真想起了梁达然，那个戴眼镜的儒雅男人，他不像玩弄感情的坏人，也许，他们真的是爱情，互相支撑着生活；也许他真是个好人，没有要回去照片，还资助学生。

　　几乎同时，他们俩回头看这个美丽的校园。在校园的各个地方，许多角落，都装有两种东西，一种是励志的版面，积极向上的格言警句，催人奋进的名人故事；另外一种是摄像头，号称没有死角，安全第一。可这两种东西，都与"心"无关，它们仅仅是记录者，照不进人心，也激励不了人心，学生的心情和生活，都远离着这两样东西。

　　所以，哀伤与颓废的歌曲乘虚而入，释放压力的东西到处流行，各种玩花玩火的杂志四下萌生，这一切，能怪谁呢？

　　学校的男女宿舍分列校园南北，中间隔着一个小花园，椭圆形，花园中心有一个小亭子，一到夏天，长满了爬山虎，亭子两边各有一条小路，弯弯曲曲，通向男女生宿舍门口，小路上方架了水泥横梁，但爬山虎没有爬满，好些地方裸露着，白天阳光明媚，照在路上，一格一格的，有如斑马线。从男女生宿舍俯瞰小花园，两条小路有如两条胳膊，而亭子的样子，有如两只手握在一起，女同学们戏称亭子叫"握手亭"，男同学则想象力丰富一点，称之为"交欢亭"。实际上，宿舍建起六七年，从来没有男女生在亭子里握过手，更别提什么交欢，楼上有几百双眼睛看着，当亭展示，相当于才艺表演，无名无利，似乎没这个必要。

　　于是，这个小花园就成为美好的小花园，学生们所见，老师们所闻，都是纯纯的友谊模样，琅琅读书声。学校在总结校园文化建设的时候，还可以写上一笔，说这个小亭子有助陶冶情操，丰富心灵，让学生们拥有一个美好的课余环境。实则，真正的感情总是暗流涌动，走廊里的眉目传情、亭子里的乔装尾随，才是

　　同学们津津乐道的话题，老师们也不会傻到视而不见。曾有同学匿名投稿，描述小亭子里的种种美好情愫，校刊不仅不给发表，还批评该同学不务正业，专攻淫邪。

　　学生们虽挂名校刊主编、副主编，但校刊终审另有其人。校刊终审是个三十多岁还没结婚的女老师，她有撤稿的权力。那个投稿的同学到处扬言，她一个老女人，连男朋友也都没交过，她连淫邪的机会都没有，她知道什么叫邪淫？别的同学一听，好有道理的感觉。

　　凌雨晨班上有个思想开放的男老师，姓刘，中等个子，尖尖的脑袋，短发，粗眉，长得跟巡洋舰似的，看起来颇具攻击性。他大学毕业三年，年龄不大，思想不小。上课时自述，学生时代曾经想学贯中西，经世济国，做一代名流、永世英雄。结果，一出大学校门就入了中学校门，叱咤风云、万人拥护的理想渐渐萎缩，聊可安慰之处，就是还领导着五十二名同学，也算一个团队。学贯中西的理想也没有实现，倒是实现了"恋贯东西"，第一任女友和他恋爱两年之后，秉承中国传统，与门当户对之人结婚，还告诉他，"你这人不错，适合谈恋爱，不适合结婚"；第二任女友去美国求学，崇拜西方生活方式，自此身居海外，不知所踪。

二十九　小渣往死骂，大渣往死打

从泰山回来，卓可仪开始了找工作的漫漫征途。和其他毕业生一样，卓可仪掂量着自己：会写论文，语言功底不错，英语能说能写，拥有多种证件——计算机等级证、驾照、教师资格证。所以，她也像许多自以为是的毕业生一样，同样要求在空调房里，穿着职业套装，一尘不染，有五险一金，不用经常加班，同事素质很高，领导和蔼可亲，同样不想干各种体力活：被客人训斥的服务行业、在尘土中奔波的推销行业、在车间像机器人一样的产业工人……她坚决不干。

卓可仪除了秉承了各种"优良"传统，比如劳心者治人，劳力者治于人，瞧不起干体力活的，还有些附加条件：待遇低的，不干；老板色眯眯的，不干；直接上司或同事不顺眼的，不干；

周边环境不好的，不干……所以，她接连找了一个月工作，依旧保持不胜的纪录——失业。除了找工作，也有同学朋友给她介绍对象，参加聚会时，各式各样的男孩子追她，可她心里装满了梁达然，自然都拒绝了。有时候为了减少同学们的怀疑，她也去相亲，作为一种姿态和表演。尽管如此，有的同学还是和她开玩笑说，可仪，你这也不要，那也不行，我怀疑你有男朋友。卓可仪就和她们调笑，调笑过后，难以安静，果然让同学们说对了，难言之隐，心内深处传来隐隐的痛。

老找不着工作，梁达然就劝她："找工作和找对象一样，人年纪大了，就会犯一种毛病，挑得眼花，求全责备，面面俱到。"卓可仪就反问："那我现在和你在一起，是因为年纪大了，还是因为年轻不懂事？"

梁达然知道自己说错话了，不敢回答，也不能回答。如果回答年纪大，等于是说卓可仪老了，基本上属于撞枪口的答案。如果回答年轻不懂事，说明卓可仪爱错人了，这个答案就不是撞枪口，而是踩地雷。

卓可仪曾经在公交车上偶然认识了一个年轻人，彬彬有礼，平常也不联系，偶然问候交流一下，发发自己的工作动态。恰好，这几天，他知道卓可仪找工作，就和卓可仪说，自己的公司需要一个文秘，工资还挺高。

这次找工作居然还挺顺利，头一天求职登记，第二天面试，第三天就上岗。这是一家房地产公司总部，她的职位是文员，工资还不低，其实就是起草简单的材料，外带打杂，包括文印、接

待初访客户、与政府机关跑跑外联手续等。老板挺好，风度翩翩
一男子，年龄也不大，三十出头的样子，更让她放心的是，在同
事们的八卦传说中，老板是个地道的同性恋者，对女性一点兴趣
也没有。果然，在与老板的接触中，从他的眼神中，看不出一丝
一毫的杂质，除了工作，还是工作。

　　卓可仪会写材料，能吃苦，细心，又会照顾同事们的情绪，
同事们都夸卓可仪是个好姑娘。第一个月工资发下来，数字真的
不小，卓可仪心想，自食其力的感觉真好。她主动回家，给爸爸
妈妈各买了一件礼物，爸爸是刮胡刀，妈妈是一套化妆品。爸爸
妈妈高兴得直夸卓可仪："女儿这是觉得咱俩老了，难看了。"

　　生活给许多人的教训之一就是，好多时候，高兴的事只是一
个诱惑。鲜花满地，你才可能陷入沼泽；污水一片，早早就会绕行。
卓可仪早就知道这个道理，处处审慎，事事小心，所以才这个公
司也不去，那个总部也回绝，最后选了这家公司。

　　好多事情是有征兆的，只不过是在事情发生之后，才想起那
是征兆。记得有一次，卓可仪路过一个办公室时，那个办公室被
称为"美女办公室"，清一色的年轻女孩，门牌上写着"策划公
关部"，但既不见她们策划，也不见她们公关。她路过的时候，
听见她们在聊，一听便是男男女女的话题，连说带骂，大意是在
谈一头"死猪"，这死猪别有爱好，另有情趣。据说，主动上门，
投怀送抱，娇媚谄笑的，他不要；花容月貌、杨柳细腰、前凸后
翘，只是标本一样的美女，他不要；才华横溢，会写诗哼曲的，
他也不要。难道……难道……屋子里传来放浪的笑声：他要一头

母猪吗？

卓可仪听着恶心，她后悔听见这些。

每次公司有饭局，女孩们有说有笑，卓可仪安静如水。场面上的酒，总是少不了。卓可仪有个优势，喝一点酒就脸红心跳，头晕想吐，总是在略饮几杯、非常清醒的时候，假装喝高，人们便不再劝酒，还纷纷夸她实在。

他们把吃饭叫饮食文化，把喝酒叫酒文化，随便做个什么，总有人能总结出个文化来，也不管那是糟粕还是精华，所以，被人强行劝酒的卓可仪，当她假装喝醉、拒绝再喝的时候，就显得特别没有文化。

这次的饭局设在一家完全陌生的酒店，位于市中心，据说是省国土资源厅的办公大楼的门面，出租做了综合酒店，非常气派，卓可仪从来没去过，只是听说过这里价格奇高，万元左右的酒席，显得很平常。有时候，菜钱不说，只是各类酒水，就可能超过五万元。

同行的有公司老总、副总、办公室的一个男孩子，加上卓可仪一共四个人。对方是三个人，一个领导模样的人，加上司机和秘书。吃饭的规矩，卓可仪已完全懂得，酒席上啥也不谈，只是恭敬，让领导享受高高在上的乐趣。然后，饭局一散，再送给司机秘书一份礼品，他们先下去开车等候，只剩下领导的时候，才掏出另一份大礼相送。司机秘书的礼物，通常都是一套高档衣服，或者是某限量版工艺品，要不然就是消费卡。至于领导的礼物，他们一般都在下属走后才开始，卓可仪没见过，不得而知。每一次，程序都一模一样，几乎可以复制。但有一点可以肯定，在卓可仪看来，饭局，就是沟通感情，从未谈过具体的事。这次的领导，卓可仪吃饭时知道，是某个集团的老总。

这天，当程序走到一多半的时候，卓可仪脸已红红，她开始假装，先是把筷子掉了，然后又把酒洒了，直叫唤头晕。这个时候，领导的秘书提议：上主食吧，最后满饮一杯，代表圆满结束。大家都满上酒，卓可仪也加酒，她的手颤抖着，好不容易才加满。

最后一杯酒下肚，卓可仪真的头晕起来。这次上的酒后劲大，散席时，卓可仪站起来，顺势竟靠在了墙上，包也差点掉在地上。她心想，坏了，从来没喝到这种程度啊，真丢人。这时有人过来扶她，她也不知道是谁扶着她，只觉得那人温文尔雅，像个标准的服务员。晕晕乎乎地，她被搀到了楼上，一挨床，强烈的困意袭来，很快进入半梦半醒之间。

隐隐约约间，卓可仪听到卫生间有冲澡的声音。她猛地警觉，想坐起来，想大喊一声，但没有力气。冲澡声渐息，她甚至听到了一两声咳嗽声，听那声音，竟然像那个领导的。她脑海中马上闪过无数网络新闻，力气还是没有，但被吓得清醒许多。她从包里掏出手机，眯着眼睛，调到录音状态，又悄悄塞进包里，没拉拉链。

卫生间的门开了，卓可仪心一惊，再看自己身上，衣裳完好，但已零乱，难道被人非礼过？恍惚中，只见一个白晃晃的身影走过来，果然如一头移动的死猪，紧接着，床往下深深一陷，来人已坐在床上，卓可仪吓得往后一挪身子，身子沉重，只挪动了一点点。一双咸猪手伸了过来，准确地伸进她的内衣，她左躲右闪，叫道："不要摸我！"

那双手开始解她的衣服："不过瘾吧，马上就会很爽了！"

卓可仪抓住他的手，身子继续扭动："你们给我下药了？"

"下药多不好玩，死人似的。我就喜欢你这样，自命清高的女孩，我早就看上你了，我一定会待你特别特别好的。"

卓可仪继续挣扎，那人还未得手，但身上已被咸猪手滚过一次，这双手太老练了，居然能凭感觉解开了卓可仪的胸罩搭扣。卓可仪气得哭了起来："下药是强奸，不下药，你这样也是强奸，你想当罪犯吗？"

听到这话，咸猪手马上离开，卓可仪以为他怕了，没想到，咸猪手从他的公文包里，拿过来一沓人民币，放在卓可仪的手边："这是三万，你们老总还会给你七万，而且还会提拔你，我也会照顾你。你这辈子就有着落了，等着过好日子吧。"

卓可仪一把甩开那些钱，从牙缝里挤出一句话："你要敢做，我就敢告。你知道吗，你这是犯罪，你是有身份的人，不值得为了一个普通女孩犯罪，自毁前程。"

咸猪手一听这话，双手马上停止了游动，但还在卓可仪身上放着。卓可仪又添了一句："把你的爪子从我的身上拿开！"

咸猪手乖乖地拿开了。卓可仪此时已完全清醒，她知道是"犯罪"两个字眼吓住了咸猪手。她坐起身来，整理衣服，嫌不解气，又故意说了一句："你在我身上乱摸，这算什么？"

咸猪手显然已经害怕了，就说："你可以把那钱拿走。"

卓可仪说一声"我不稀罕"，跳下床，穿好鞋，拎起包，看看手机，她最后一句话是专门说给手机听的。穿戴好了，卓可仪摔门而去。

卓可仪听惯了传说中的死猪，传说中的人渣，直到今天，卓可仪才明白，那些伪装成真爱骗取爱情和金钱，至少还是用了心的——有鲜花、美食和温暖，虽然是渣，但套路还离不开"情感"二字。相比起来，这才是人渣中的顶级渣：他们把人视为物品，没有任何珍惜，不谈任何感情，连追都不待追，连装都不用装，省去一切程序，用暴力、金钱或权力开道，直接摧毁猎物！

前面的小渣遇到了，还能当吃个教训，长点记性，而后面的大渣，遇到一个，就一切都完了。

卓可仪冲出酒店，终于重见天日。午后阳光刺眼，城市繁华如初，男人光鲜，少女妩媚，一切都显得生机勃勃，彬彬有礼。卓可仪站在酒店门口，仰头看一下酒店六层，那是自己受欺负的地方，离这里的垂直距离，只有二十多米，干净的浮华和肮脏的罪恶，就隔了这么一点点可怕的距离。她又突然想起，这个距离，也是好些女孩不甘受辱，从房间跳下来的距离。

走到大街上，卓可仪的气越涌越高。她的气，她的羞，她的屈辱，已经像恶性肿瘤，扩散到了她所认识的人，扩散到了生活和思维的每一个角落。她突然想起那天办公室女孩们的谈话，突然明白，她们大概谈的就是这头死猪，这个可恶、肮脏到极点的人，这也不要，那也不要，原来他要的是最清纯的女孩，他有着这个世界上最低级的征服欲，用的还是最低级的征服手段。

让卓可仪无限悲哀的是，就算那个死猪喜欢自己这种类型的，可为什么敢强迫自己？难道在别人眼中，自己就是那种可以拉出去陪客户和领导做交易的女孩？这不是在侮辱自己吗？

不，这次，他看走眼了！

想到这一点的时候，卓可仪的眼泪哗地流出，怎么抹也抹不掉，怎么止也止不住。

十五米外的路边，丁向好正向徐青山呼救："徐总，我没有夸张，卓可仪在街上泪奔，整个人都变形了，你赶紧开车过来吧！"

卓可仪思维陷入了黑暗，任雨打风吹而不知。她想，幸好，自己没有遭受更大的侵害，如果遭受侵害，她一定会选择死。有三个女孩从身边走过，欢笑声呼啸在耳边，她们的天真与快乐，让卓可仪感觉一阵钻心的疼痛。她没有赴死的决心，但又一次有了想死的心。她又想起了吴萌萌，她觉得自己有点厚颜无耻，为了爱情而厚颜，为了真情而无耻，但不会因为世俗之欲而受一点屈辱。

等徐青山和诸葛又亮开车赶过来时，风已吹干了卓可仪的眼泪，她僵立在路边，犹豫万分。长久以来，她已经形成一个习惯：有任何事情，喜怒哀乐，细小心情，都会在第一时间和梁达然分享。然而这次，她想到，深爱的人如果听说了这样的事，有可能做出不理智的事。如果事事理智，又怎么能叫深爱呢？

终于想好了要去的地方，她想起梁达然给她讲过一个叫凌仁的律师的故事。她叫了一辆出租车。

凌仁只问了两个细节：关于手机录音和如何猥亵，然后就让卓可仪做两件事，一是把手机录音转存到电脑上，然后发到自己邮箱里；二是马上去法医鉴定中心，提取卓可仪身上的皮肤组织，以做对照。

卓可仪说，自己不知道怎么去提取皮肤组织，她连门也找不着。凌仁已经怒不可遏，他叫上助理，迅速下楼，开车带卓可仪去。

这情景，这一幕又一幕，让守候在车内的徐青山和诸葛又亮目瞪口呆。诸葛又亮盯着轿车顶子沉思。徐青山一边驱车跟在凌仁的车后头，一边对诸葛又亮说："显露你真本事的时候到了，你给分析一下，到底发生了什么事？"

"想明白了一半。"

"哪一半？"

诸葛又亮："我每次说实话，都害怕你急。你这开着车呢，我不敢说，我的小命在你手上。"

"说你的吧，这些日子，我早被你锻炼得水火不侵，就横着一条心向着目标走，中间的折磨我都变成享受。"

"好，"诸葛又亮说，"那我就说了啊。我敢肯定的是，卓可仪遇到了法律上的问题，从她的表情来看，她应该受了很大的委屈或冤屈，所以才会请凌仁出面。"

徐青山紧盯着前方的车："可仪要是喜欢一个人，会死心塌地，也会很专一。顺着这种思路，也受了你又亮先生的启发，你看这属不属于梁达然阴谋的一部分？"

诸葛又亮使劲摇头："不可能，一点可能也没有。第一，梁达然虽然有缺点，但他绝不可能以卓可仪受伤害为代价，完成什么阴谋。第二，卓可仪在受了冤屈之后，我们一直盯着，并没有给梁达然打电话，我猜是不知道该不该打，因为这种冤屈，可能比较敏感。"

徐青山开车的手抖了一下，马上问："你说什么？比较敏感是什么意思？"

诸葛又亮说："徐总，你好好开车，我就知道你要激动，我只是猜测。"

在车上，强烈的屈辱感再度袭来，卓可仪主动打破了沉默："谢谢你们为我的事操心。"

助理说："凌主任是全国知名维权律师，他一听说这种事，就特别气愤。"

凌仁说："如果一个人送财物，一个人收财物，那叫贿赂，财物肯定没有意见。但现在的礼物，好多时候，都变成了大活人。活人同意，也就成了物，完全可以买卖。但活人不同意，那就是强奸、耍流氓。有时还把活人整成死人，那就叫丧尽天良，禽兽不如！"

助理跟着叹一口气："送钱多好，何必要残害别人。"

凌仁说："他们不缺钱。"

卓可仪说："他们也不缺女人，风月场所多的是。"

凌仁说："我曾经和一个非常有钱的男人吃饭，我当时也很傻地提出了这个问题。那个男人回答说，凌律师，你从你包里拿出钱来看看，有什么感想？"

助理问："有什么感想？"

"每一张钱都是一样的，但每一个女人，都是不一样的。"

卓可仪气得脸都在发抖，恨恨地说："恶心！"骂完，卓可仪已在悄悄流泪。

　　凌仁感慨道："是啊，恶心人做事，总有恶心理论，这才是真正可怕的。毁灭人类的政治狂人和科学家，都说自己是拯救人类。杀人抢劫的，都说是被社会逼的。当街打架的，都说是对方该打。"

　　在凌仁的带领下，轻车熟路，他们很快到了鉴定中心。这里有全市最先进的仪器，两个月前刚刚从欧洲进口，广泛应用于刑事侦查、亲子鉴定，以及公共密集场合的性骚扰案件。取样、检验，一切都非常顺利，甚至连钱都是由凌仁代交。卓可仪掏了掏自己的钱，还真不够，她表示愧疚。凌仁安慰说，这钱，也不是自己出，到时候，由为非作歹的人出。

三十　考虑世俗得失的绝不是真情

看着凌仁一行进了鉴定中心，诸葛又亮说："我的猜测没错，凌仁带卓可仪来这里，是为了提取罪证。"

徐青山猛回头，目光逼着诸葛又亮："你是说，卓可仪受了坏人的欺负？"

诸葛又亮为难地说："我只是告诉你一个事实，你别冲我这样，就算我是坏人，我也没有对你做坏事，你这么凶，属于方向性的错误。"

徐青山一把推开车门，准备下车。诸葛又亮死死扯住徐青山的胳膊："你别下去，你干吗去？"

"我要下车去问清楚。"

诸葛又亮大声喊了起来，想惊醒徐青山："你能问清楚吗？

卓可仪会告诉你吗？你一激动就会叫起来，这是我的前女友，卓可仪正在气头上，说不定说出什么伤害你的话，到时候怎么收场？你这样一折腾，于事无补，还连累我们，这么多日子都白忙活了！"

徐青山怔了半天，复又关住车门，用拳头砸着方向盘："那我们该怎么办？"

诸葛又亮却说："别弄坏方向盘，注意安全。你不想活，我还想活呢。我必须让卓可仪快快乐乐地回到你身边，好报答你的知遇之恩。"

徐青山想憋出一点笑，但没笑出来，懒懒地靠在座位上，有气无力地说："我是问你，现在该怎么办？"

诸葛又亮说："静观其变。我想，卓可仪受的应该不是什么大的伤害，否则就会直接报警，而不是来鉴定中心。现在，事情越来越热闹了，他们都搅和在一起，我们应该可以趁乱取胜。"

"别讲虚的，怎么取胜？"

诸葛又亮微微一笑："时机接近成熟，最后一招快能用上了。具体怎么取胜，暂不泄露，你到时候直接吃胜利果实就成。"

大约半个小时后，卓可仪三人从鉴定中心出来，上了凌仁的车。在返回的路上，凌仁提议，证据有了，就占据了完全的主动权，接下来的事，须好好筹划一番。他问卓可仪，对这件事，她想达到什么样的目的？

卓可仪反问："他最害怕的是什么？"

凌仁答："他们最害怕的是成为罪犯。他们不缺钱，赔你个十万八万，甚至一百万，对他们来说也只是九牛一毛，而且，自然有人会出钱，说不定出钱的还是你们公司那个老总。他们被捧得那么高，有人送钱送物送女人，都是因为手中的资源。成了罪犯，就会丢了职位，没有了资源，就一切都完了。"

卓可仪看着窗外，幽然道："那就让他成为罪犯！"

凌仁停了一下，然后才说："这是最复杂的一种要求，他的行为性质，应该是强奸未遂。对方势力强大，他们会想尽办法拼死顽抗，我们要做好最复杂的准备。"

卓可仪疑惑地问："他们？不就是那死猪吗？"

凌仁说："你以为那死猪是一个人？他的朋友、他的马仔、他的势力范围，会形成一个团队，而且是一个强大的团队，我们要与这个团队进行一场战争。"

卓可仪有些担心了："那我们能胜利吗？"

"能，"凌仁说："我有经验，我们也有团队。"

凌仁没送卓可仪回家，而是直接把她拉到自己的办公室。穿过走道，卓可仪隐约听到有人窃窃私语，大约都是一片惊叹之声，男人艳羡，凌仁从哪认识这么漂亮的女人；女人嫉妒，这个女人为什么可以都漂亮到一流？如挠在脖子上的一根头发，这些话和那根头发一样，它的效果叫"痒"。

进了办公室，卓可仪没有一点心情，只低头看着茶几，盯着茶杯，接待员走了进来，给他们沏好了茶。凌仁把门关上，从抽屉里拿出几张纸，握好笔，对卓可仪说："复杂的办法其实也很简单，就是分两种方案，第一种，拿上证据去公安局报案，因为那个人就是单位的一把手，所以，去单位举报，只是一个程序，代表我们这样做了，就可以了。应该不是问题。"

卓可仪问："那如果成了问题呢？"

凌仁说："那我们同时启动第二种方案了，如果启动第二种方案，我希望你不要有所顾忌，大胆地站出来。到时候，第一种方案并非没用，而会成为一种伏笔，有利于更快地解决问题。"

卓可仪小声问："需要我怎么做？"

凌仁说："在各大网站注册一个名字，然后把我们取得的证据传到网上。真正的战争就在这里，一般人的帖子，可能很快沉下去，但我们的帖子，肯定不会沉下去。我们有一个团队，包括全国知名律师和知名传媒人，我通知他们，他们就会转载。他们的微博知名度很高。我们说的是真事，我们不是造谣，所以，我相信，不出三天，这种丑闻就会天下皆知。不过……"

助理问："不过什么？"

凌仁看一眼卓可仪："不过，由于网民们强大的人肉搜索功能，卓可仪的名字和那个死猪一样，会尽人皆知，可能有比较大的心理压力。"

助理说："是啊，可仪，支持你讨回公道的，肯定是主流，但也会出现种种恶毒的猜测，有的猜测，你想都想不到，可能会对你的名声有很大影响。我怕你承受不住那么大的压力。"

卓可仪抬起头，竟然以笑容作答："没事，我想好了，只要他认罪，受到应得的惩罚，我就没有压力。"

凌仁和助理相视点头，凌仁说："你有这样的决心，我们就不会半途而废。"

卓可仪接着说："必须让他付出代价！我甚至都想直接用第二种方案，通过网民淹死他，让全天下人都看清他们的嘴脸，看看谁还敢再欺负我们这些女孩子！"

凌仁说："你放心，第一种方案要是取得进展，同样会有无数媒体找过来。"

凌仁发现，如果说，卓可仪刚才的感觉还是像在泄私愤，那么，现在这句话，已经有一种"大女子""大情怀"的感觉。

凌仁接触案件很多，他发现，如果当事人为女性，一般情绪化比较严重，眼睛盯在一件事上，不依不饶。往开来说，对待工作，对待情感，都如此执着，这般投入，是一种可贵的品质。同样，唯因执着与投入，瞄准的范围就小，有时也呈一叶障目不见森林之态。

而且，在绝大多数时候，这种情绪还是故意的、得意的、乐此不疲的，她们以沉浸在小世界中为人生最大的快乐。职业千差万别，态度始终如一。曾有无数的女性作者，接受不了对于她们作品"小我"的批评，她们只喜欢那种丛林般密集的个人体验，却从不管什么大时代与大背景。她们冷峻如刀，切割着个体的伤害与病痛，却从不明白，这伤害与病痛，到底因何而生，只是描写女性个体的抗争与无奈，捕捉一个叫作命运的东西。这个叫作命运的东西，也同样出现在其他人嘴里。面对残酷的外部环境，"学得好不如嫁得好"居然成为一个真理、一个时尚，在她们眼里和心里，老公孩子就是全部，天空和海洋都可以视而不见。假如有人批评她们眼狭，她们便会反驳："别人又不和我过日子，我管别人做什么？"

公共意识和公共教育的缺失，可怕到何种程度？！

凌仁说："材料由我来写，写好之后，我传到你的邮箱，我们可以商量着改一改，定稿之后，你可以去投递举报信和复制好的证据。"

举报信和证据都复制好，一共三份，由卓可仪按计划递交。

天色将晚，卓可仪拿着轻飘飘的举报信，心里沉甸甸的。坐在公交车上，她想起许多网络故事，她不知道这样做意义何在，力量与反力量，如两头恶狼在厮杀，血肉横飞。她知道，处理这种事情，一般有三种方法，如果从功利主义往下排，从现实的利益往下排，肯定是这么个排法，如果不这么排，就会被人们骂为"傻瓜""二百五"。从世俗的角度，可分为上、中、下三策，上策就是利用这个机会，变被动为主动，尽显妩媚，将那头猪收到自己石榴裙下，背靠这棵大树，飞黄腾达；中策就是觉得那头猪恶心，但事情已然发生，不可改变，可以作为某种补偿，收一大笔钱，从此再不接触，但得到了实惠；下策就是现在的这种，拿着举报信告状，呈鱼死网破之态。

她也知道，选择上策的人，不在少数。这时，一个闪念差点击倒了卓可仪：难道，自己这样做，果然奇傻无比？自己这种倔强的性格，注定要在生活中处处碰壁？于是，一个更可怕的逻辑跑了出来，如同失去刹车的汽车冲过繁华的闹市，更如同印度洋海啸横扫美丽的海岸，她被这个逻辑险些击倒：如果自己的坚持，如果自己的倔强，都在合情合理合法的范围，为什么，这种合情合理合法，却有可能给自己带来噩运？反过来说，那种不合情不合理不合法，为什么会带来好运？

一路公交，一路神思，下车的时候，卓可仪坚定了自己的选择，因为她想起凌仁的一句话：如果每个人都妥协，每个人都不反抗，每个人都可能是下一个受害者。

回到住处，卓可仪拿着手机，不知道是否该告诉梁达然。太阳西沉，照在隔壁的窗户上，下班的反射光投在自己身上。在许多城中村，都是应急式的建筑，一幢挨着一幢，有的房子终日不见阳光，比如卓可仪这一间，有的房子偶然可见阳光，比如隔壁这一间。真正向阳的房子，都被开成了宾馆。

卓可仪总是想，对于自己，梁达然就像这阳光，总是照在隔壁，然后投一点反射光给自己。她沉沉躺下，倦意袭身，刚一放松，思念决堤而至，冲破了一切的心墙，一切理智都崩塌，她拨通了梁达然的电话。

"你在哪呢？"

"我在单位，再忙一会下班了。"

"现在就下班，过来。"

"丫头，怎么了这是？"

卓可仪"哇"的一声哭了起来："趁我还活着，你爱来不来！"

说完，卓可仪挂了电话，调成静音，狠狠地洗了澡，把被子一扯，蒙住脑袋，闭上眼睛，把自己和整个世界都隔开，屋外有风，被子有缝，她希望微风丝丝，都带着梁达然的气息。此刻，她又变成了原汁原味的小女生。

　　睡不着，迷迷糊糊间，感觉有人进了屋，被子缝里，真的有了梁达然的气息。梁达然早就配了卓可仪的钥匙，她喜欢不期而至的感觉。有好几次，卓可仪联系不上梁达然，可等她回家时，梁达然早买好了饭菜等她。在这个小房间里，到处都是梁达然的功劳：电磁灶、微波炉、窗帘、床垫、枕头、被子、墩布……在她认识梁达然之后，一点一点地，整个屋子里的东西，全部换成梁达然给她买的东西。梁达然的爱，包围了她。梁达然在的时候，梁达然本人包围着她，梁达然不在的时候，家里的一切，都有梁达然的影子。

　　卓可仪从被子里伸出一条胳膊，勾住梁达然的脖子。梁达然一下子被带进被子里，不由分说，卓可仪趴在他身上，放声地哭起来。在凌仁那里，她只能默默地流泪，只有趴在这个人的胸口，她才可以放肆地宣泄，她懂得，只有这个人，才能把她的眼泪吸收，才能把她的情绪融化，才能像输血一样，把她的痛苦，一点一点地抽出，再输到他自己的血脉里。也只有在他这里，她才可以放任地自私，把悲伤与委屈，都流在他的身上。

　　梁达然一再追问，卓可仪才讲起遭遇。给自己讲时，讲的是伤口流出的血，不停地渗出，充满了被侮辱的凄然。给凌仁讲时，是浑身冒出的冷汗，义愤和疼痛撞击着灵魂和身体。给梁达然讲时，是汩汩流出的泪，一涌一涌，带着十二分委屈，揪出心底最深处的伤。

　　梁达然一言不发，只是更紧地抱着卓可仪。等卓可仪讲完，梁达然摸着卓可仪的头发说："幸亏没有放迷药！"

卓可仪一阵感动，她清楚地记得，听着讲述，自己心里在说"绝不放过他"，凌仁在说："禽兽不如。"这都是情绪、道德和法律评价，只有梁达然，关注的是自己所受的伤害。卓可仪点点头说："那是个标准的流氓，他不喜欢放药。可是他的那双爪子……我觉得我身上好脏，怎么洗也洗不净。"

梁达然说："没事，出了气的时候，脏也就跟着那个老流氓走了。"

这句话让卓可仪再一次感动。

第二天一早，卓可仪接收了邮件，准备去送报案材料。根据凌仁的建议，她直接把举报信和证据放在单位人最多的一个办公室。办公室里一共有六个人，四男两女，围成一圈，读着举报材料，那份尴尬马上写在脸上，谁也不敢念，还是忍不住看下去。看着他们的窘样，卓可仪按照凌仁的嘱咐说："麻烦你们把材料和 U盘转交给相关部门相关领导。"听到这话，六个人中的五个人都同时看向一个人，那个人顿时显得紧张起来。

卓可仪听凌仁说，这一招叫作发动群众。

从这个办公大楼出来，卓可仪回头看一下大楼，高大威猛，压抑的感觉，楼底是大门，黑洞一般，自动伸缩门一开一合，仿佛是一个人躺着说话，随时都在告诉你，在这里，我说了算。否则，我咬死你。

接下来的两家，走的是正规途径。递给市公安局的材料，写明是强奸未遂，因为趁人酒后意识不清而实施，是强奸之一种。

凌仁熟谙法律，喜好历史，举报材料写得惊心动魄，标题就骇人听闻：《集团老总接受"强奸式"性贿赂，女孩酒醒逃脱》。

公安局根据程序，他们给卓可仪作了笔录。凌仁说，所有部门都有办案时限，我们安静等待，定有结果。

卓可仪的行踪，由丁向好全程跟踪。根据汇集回来的情报，诸葛又亮完全可以确定，卓可仪是在告状，而且是告一个老总。徐青山仍在担心，卓可仪到底受了什么样的伤害，会那般失魂落魄，会如此疯狂执着？他心底的酸涩如两条不停打结的绳子，越绞越紧。

徐青山带着求助的目光说："诸葛又亮，我想见可仪，我想知道她受了什么样的伤害。"

"知道了又如何？"

"她受了伤害，她需要一个人来安慰，她需要我。"

"醒醒吧！"诸葛又亮不客气地说，"她不需要你，她有一个特别会安慰她的人。如果那个人没有那么好，她也不会喜欢他；如果她需要你安慰，她也不会离开你。"

夏芊一听就不乐意了："哎，诸葛又亮，你说话能不能婉转点？"

诸葛又亮说："徐总老处于这种状态，我的话可以让他警醒。"

徐青山说："好，我已经警醒了，她可以不喜欢我，但我担心她！"

诸葛又亮说："我说两句让你高兴的话吧。第一句，她现在不喜欢你，只是现在，她以前喜欢你，不久之后也会喜欢你。第二，要想知道她受了什么伤害——"诸葛又亮指了指电脑，"没事你看看各大网站的热点，或许就会发现。"

徐青山和夏芊露出疑惑的表情。

诸葛又亮接着说："我看他们递交告状信的部门，确定对方的势力非同小可。按照凌仁的聪明程度，应该会求助于网络。在网络上形成声势，对方自然不攻而破。而且，以凌仁的名律师笔法，帖子一定很受欢迎，所以，看看会有什么论坛热帖，也就知道发生什么事了。"

三十一　只靠花里胡哨的仪式感养不活爱情

对方的反应之快，出乎凌仁的预料。

按照约定，一旦对方有什么反应，卓可仪就把凌仁抬出来。对方如何出招，凌仁早已胸有成竹。他料定，无论对方如何出招，肯定不是对簿公堂，根据凌仁的经验，他们有一个最具特色的特点：从来不用法律手段解决法律问题。

果然，卓可仪给凌仁带来的第一个消息是，对方提出，以一百万元摆平此事，他们的原话是，毕竟卓可仪只是个普通打工的，过得不容易，不管谁对谁错，嚷出去，对双方影响都不好，还不如交个朋友，过去的事，就此一笔勾销。提出这个条件的，不是别人，正是卓可仪当时所在公司的老板。

一百万！凌仁听到这个数字，大吃一惊，这么庞大的数额，明显超出他的预料。按照这个逻辑，凌仁稍往下想，手心发凉，这太可怕了。对方等于是放出了一个潜台词，如果不接受这个条件，那么，肯定会开出备用条件。备用条件是什么呢？凌仁耳闻目睹了许多事件，他最担心的是，对方会把这一百万花在报复上。如果这样，自己和卓可仪就危险了。

凌仁给自己的团队打了电话，他觉得，有必要提前启动第二套程序了。

听到卓可仪说"我一分钱也不要！其他的事，你找我的律师"，她的前老板在电话里说："原来还有幕后主使。"在得知这个幕后主使是凌仁，她的前老板语气明显退缩："我们得好好谈谈。"

隔两日，凌仁刚进电梯，感觉身边有个戴眼镜的人，文质彬彬，一直盯着自己看。他不想疑神疑鬼，出了电梯，朝律师所走去，感觉那人还跟在身后。进律师所的门时，凌仁突然回头说："请问你找谁？"

来人伸出手来，笑容可掬："凌律师，我是为卓可仪的事情而来。"

凌仁并不答话，点了点头，领着来人到了办公室。来人不等凌仁坐下，就又递烟又给凌仁倒水的，仿佛这是自己的办公室。凌仁只好提醒自己，不要被这种姿态下了迷魂药。来人坐在沙发上，递上名片，自我介绍："我是一家小房地产公司的经营者，叫孟得志，请您多关照。"

凌仁拿起名片，看看名头，知道这是一家比较有名的房地产公司，在全市的楼盘至少有三处，根本不是什么小房地产公司，就反问道："您太客气了，我能关照什么？"

孟得志说："我刚才在电梯里，一看就知道是你，器宇不凡，器宇不凡哪！"

"我们说正事。"

"好，正事，其实也就是两个字：误会。既然是个误会，我们就什么也不谈了。这个一百万呢，没别的意思，就是个精神损失费，卓可仪毕竟受了些惊吓嘛。另外，凌律师，我也给您准备了和卓可仪一样的礼物。"

凌仁为孟得志暗暗叫好，这家伙真会说话，我的天，一百万，只是因为受了些惊吓。什么人的心情这么昂贵，就是惊吓了公主，也不一定要花一百万吧。凌仁只好接过这个话头说："孟老板，我表达两个意思。第一，我不会收一分钱；第二，这个事我做不了主，因为我不是当事人。之前我和卓可仪就商量过无数次，她的态度很坚决，依法处理。"

孟得志堆上笑脸："只要你们答应我们的条件，法律方面的事情，我们来处理。"

虽然孟得志脸上堆着笑脸，凌仁还是听出了这话背后的分量。法律方面的事情，居然还能"处理"，这也太猖狂了吧！凌仁便问："但目前的情况是，卓可仪不会答应你们的条件，如果这样，法律方面的事情，你们如何处理？"

孟得志大概意识到自己说错话了，忙赔笑说道："我说的处理，不是说违法办事，是指那一堆麻烦事，各种程序，各种材料，我们走庭外和解的路子，不是挺好吗？我们也相信法律是公正的，我们只是不想这么麻烦，也害怕影响大家的声誉，所以才登门求教，请凌律师一定要考虑考虑。"

孟得志话说得滴水不漏，凌仁抓不住任何把柄，他答道："我们会考虑的。我们考虑的是，如果依法处理，肯定也会有一笔精神损失费，虽然没有这么多。但以更多的精神损失费，让我们放弃报案，那是绝无可能的！"

说到"绝无可能"时，凌仁的口气很重，无可置辩。

孟得志起身告辞，依然是一副谦恭的笑容："我也是代人谈判的，我有我的无奈，您千万别见怪。"

送走孟得志，凌仁越想越不是滋味。孟得志话中有话，对方的能量，明显超出了自己的想象，一个律师，只相当于一介书生，若要取胜，绝非易事。

当天下午，凌仁接到卓可仪的电话，得到两条信息。刑侦部门正在进行侦查，但当事对方提出两点反驳意见：一，那件事情，本来说好就是自愿的，双方你情我愿，只是临时由于要"好处费"的事，他没有满足，她才变卦，属于恶人先告状；二，关于那段录音，对方提出要求进行鉴定，怀疑有人伪造，属于断章取义，把那一段"好处费"的情节删除，属于恶意证据。

这件事情，刑侦部门在按规定办案，程序和法理也是对的。但当事对方提出的两点意见，太没有人性了。

凌仁气得大拍桌子，律师所的人从来没见过他发这么大脾气，都在窃窃私语，猜测他遇到了什么事。正在这时，前台接待走了过来，给了凌仁一封特快专递。凌仁打开，里面只有一张 A4 打印纸，用一号字打着一句话："让人闭嘴的方式有好多种，我们建议您选择自己闭上嘴。"

这是赤裸裸的威胁。凌仁盯着那页纸，凝眉沉思，半晌，他冷笑一下，对自己说："送上门的礼物，不能不收啊！"

卓可仪的电话打了进来："凌律师，我收到一个特快专递。"

"我也收到了。"

"他在威胁我们。"

"你怕吗？"

"不怕，我连死都不怕，但我怕连累你。"

"我也不怕，我已经想好了。你马上到我办公室，越快越好。"

凌仁意识到，如果不马上采取措施，就有可能出现好几种最坏的结果，证据有可能会被鉴定成伪造的，自己或卓可仪可能会被人报复，非死即伤，后果很严重。卓可仪进办公室时，凌仁正对着电脑思考，卓可仪一进来就问："有什么办法吗？"

凌仁底气十足："有，我们提前实施第二套方案吧。至少我们有个'部队'，这个'部队'至少有三亿人。这三亿人会保护我们的人身安全，也会保证法律不会被践踏，避免贪赃枉法。"

卓可仪有点疑惑："部队？"

"网民！"

事不宜迟，凌仁马上着手修改报案材料。标题没变，但在文档中增加了许多图片，包括卓可仪的本人照片，人体纤维组织化验单，以及刚刚寄过来的威胁信的信封及内容，还链接了那段音频内容。文字上也进行了加工，增加了孟得志找自己谈判的内容，尤其是狂妄的言语。

等把这个材料准备妥当，凌仁在纸上写下了中国十大门户网站或权威论坛，请卓可仪坐下，一一点开，分别注册，把文字及图片、音频都传了上去，同时附上了卓可仪自己的微博账号。

在自己的微博上，凌仁加了一句话："如果我有三个小时没有更新，就说明我出事了。"凌仁要求，卓可仪也把这句话写到微博上。然后，凌仁接连打了好几个电话，通知自己的律师团队和媒体团队转发微博。

凌仁长出一口气："等着吧，这下子，就没人敢动咱们了。动咱们，等于犯众怒。你放心，他们不傻，不可能在已有罪状之外，再为自己加上一条罪状。"

盯着电脑屏幕，卓可仪问凌仁："凌律师，我们该怎么办？就这么等着？"

凌仁拿起了手机，晃了晃："对，等着。不过，为了确保我们的人身安全，还应该来一个缓兵之计。"

卓可仪一脸茫然："什么缓兵之计？"

凌仁没有回答，拿起手机，打通了孟得志的电话："孟总，我是凌仁啊，请给我们三天的考虑时间，好吗？"

孟得志标志性的笑声传了过来："三天？当然可以，我们有这个耐心。"

卓可仪听出来是孟得志，问道："怎么是这个浑蛋？"

凌仁说："孟得志是那个死猪的谈判代表，就像我是你的代理律师一样。你想啊，孟得志把你当礼物送出去，本来是想讨好那个死猪，结果，好没讨成，反倒给那个死猪惹了一身麻烦。死猪肯定把怨气都出到孟得志身上，并命令他，无论采取任何办法，都必须摆平这件事。所以，出一百万也罢，买打手也罢，都是由这个孟得志来执行。孟得志害怕得罪他的财神爷，肯定非常卖命。"

卓可仪似懂非懂地点点头，然后疑惑地说："我招谁惹谁了？我就想好好找份工作，老老实实给别人打工，怎么会遇到这种事？"

这时，凌仁收到一条手机短信，对卓可仪说："你趁天亮先回吧，而且我也有个朋友要过来谈事。"

卓可仪提起自己的包，眼中满是感激的眼神："凌律师，我真不知道该怎么感谢你。以你的身份，你根本没有必要管我这件事。或者，你也完全可以劝我接受那一百万，对方肯定会好好感谢你的。"

凌仁说："你说得对，换了别的律师，也许就接受他们的建议了，因为，据我所知，如果我说服你接受了他们的条件，他们给我的数额，不会少于一百万。知道我为什么没有那样做吗？"

卓可仪摇摇头："不知道。"

凌仁指一指电脑上："这些事情让我明白，当你感觉到这个社会没有正义的时候，其实，有无穷多的正义存在着！而且，你坚决的态度，给了我力量。"

卓可仪离开凌仁办公室的时候，凌仁又一次不放心地嘱咐她，如果有人打电话骚扰或威胁，一定要第一时间告诉他。如果有人问起这件事，一定要口径一致，考虑三天。卓可仪点头答应，她突然觉得，这个比爸爸小几岁的男人，关心自己的模样，有点像自己的爸爸。只不过，爸爸没有凌仁这种对社会的洞察力。

卓可仪走出楼门，左转不远是公交站。有风的时候，这个城市常常尘土飞扬。与旧时代不同，风也在变幻着颜色，这里的风，有着瑰丽的色彩，风乍起，各种颜色的塑料袋、宣传单飘起来，五彩缤纷，"美丽"着城市的上空。

快走到公交站处，一阵冷风吹过，这回却不是五彩，而是灰蒙蒙一片，乱沙渐欲迷人眼。卓可仪和另外七八个人，如同士兵听到命令，一齐转身、挡脸、闭眼，耳边能听到沙土划过的声音，等风刮过，卓可仪睁开眼睛，仿佛换了时空，她看到一个很精致的女人走进了律师楼。

卓可仪的脑袋嗡的一声，她基本确定，这个人就是吴萌萌。她见过吴萌萌，像刻骨深仇一样，她死死地记住了吴萌萌的样子。她没有想到，这个女人，居然走进了凌仁的律师所。

在这个时候，卓可仪发现了可恶的自己，同时也是可笑和可怜的自己。她责备自己：为什么只懂得爱情，只懂得诗情画意地读书，或者在这种花里胡哨的事情上，自己才有点开窍的可能，自己才显得像个聪明人。爱情这种东西，只靠花里胡哨是不能保鲜和养活的，它应当包含更多的内容。绝不只是鲜花、美景、热气球，也不只是环游世界，看遍山水，它最应该包括，朝着一个方向，一起做点什么，一起制造点什么。

她暗自佩服凌仁，他什么事都懂，生活中，几乎没有什么事能难得住他。她对自己说：我也要做那种人。走了五步之后，她又对自己说：算了，估计做不成，还是做我自己吧。曹植七步成诗，堪称奇才。古希腊的神庙上写着最著名也是最难做到的一句话——认识你自己。卓可仪在五步之内便认识了自己，比奇才更奇。

　　吴萌萌并不知道，进了律师楼的时候，身后有一双女孩的眼睛在羡慕自己。她听过一句话，大意是说，一个真正有魅力的女人，不仅让男人喜欢，也让女人喜欢。吴萌萌进了凌仁办公室，包还没放下，凌仁已经悄悄伸过一只手，从背后把她环抱了起来。吴萌萌笑道："讨厌，外面都是人。"

　　"有绯事却没有绯闻，我觉得自己好虚伪。"

　　吴萌萌笑着打凌仁的胳膊："那你把咱俩的照片贴到网上吧。"

　　说起网上，凌仁以欣赏的口吻讲述着卓可仪的事，吴萌萌醋意翻滚，眼里的秋波变成利剑，射向凌仁。凌仁马上感觉到刺痛，赔着笑脸对吴萌萌说："你千万别误会，还没见过你这样呢，好可爱。"

　　"奇女子层出不穷，你的爱也会一浪又一浪？"

　　"你多虑了，没有的事。爱情如果那么容易，早就泛滥成灾了，怎么会遇到你？"

　　这是一句明显逻辑错误的话，爱情泛滥成灾，与他们俩能否遇到，并没有什么关系。但这话听着又那么舒服，让吴萌萌的心软了下来。的确如此，有时，某件事情，某个道理，并不在于讲的事情对不对，道理通不通，而在于怎么样去讲。许许多多的美好，以及更多的欺骗与辛酸，都是由这样的话语开始的。

挣脱了凌仁，吴萌萌坐到凌仁的椅子上，盯着凌仁的电脑："我得检查一下，你是不是看什么不良网站，还是和什么女孩子在网上聊天。"说着说着，吴萌萌发现打开的是一个著名案例，就认真地看了起来。

凌仁静静地看着吴萌萌，他像欣赏一幕精彩的戏剧那样，观察着吴萌萌的眼角眉梢。凌仁的眼睛里充满了激动，他用两只指头轻轻掀起吴萌萌的刘海儿，温柔地说："萌，你知道吗，你改变了我对女性的偏见。我一直以为，她们只懂得儿女情长，尤其在这个充满自私的时代。现在我才知道，女人也有宽广的思维、宽阔的视野、博大的胸怀，看来我错了。"

"如果有反歧视妇女法，我是不是应该把你告上法庭？"

"你应该在我认识你之前告，现在你没法告我了，因为我已经不再歧视。"

"什么逻辑，我不认识你，怎么会告你？"

"我喜欢这种在你面前智商为零的感觉，非常棒。"

"凌仁，你让我想起一个伟人。"

"啊，你怎么可以拿我和一个伟人比，不可以，不可以。"

吴萌萌呵呵一笑："早听说世界上有老孔雀开屏一说，你这个老男人还挺会自作多情的。我想起那个伟人，是因为年轻时的他，也曾被另一半的丰姿吸引，除了喜欢她美丽的样了，还喜欢她的热情，她的演讲，她的志向……"

凌仁的两根手指从额头移到了吴萌萌的唇上，刚刚触住，不让她说话，凌仁调笑道："我终于听明白了，真正的老孔雀在这里，只不过，母孔雀没有屏，为何还要强开？"

吴萌萌一听，猛地站起身来，朝着凌仁就是一脚，嘴上骂着："不带你这么损人的！"

凌仁一时不知吴萌萌是真生气还假生气，那一脚正踢在小腿的骨头上，疼痛难忍，咬着牙不敢说话。吴萌萌突然又笑了，往前凑了凑，问道："真有那么疼吗？"

凌仁就势一把抱住吴萌萌，用劲揽进怀里。两个人就这么安静地抱着，好几分钟，一句话也不说，一个动作也没有，就像两尊雕像那样，唯有浓重的呼吸和配了超重低音的心跳声，让他们感知着彼此的存在。

抱着抱着，凌仁腾出手来动了一下鼠标，轻轻喊了一声："有跟帖，好厉害。"

"什么好厉害？能不能专心点？"

"咱们的帖子有跟帖，速度之快，你难以想象。"

吴萌萌只好甩开凌仁，两个人挤在电脑边，开始一家一家网站浏览。网络，既是一个让正义者大喜过望的地方，也是一个让做坏事的人大惊失色的地方。他们惊喜地发现，有两家网站已经把该帖放在首页，另外有四家网站的点击量已经突破一万，跟帖达到一百。尤其在两个著名的论坛上，跟帖专业而尖锐，甚至还有专业人士对手机录音进行了鉴定，说绝对不会有假，并对各种细节进行了分析。

凌仁怀疑，在对录音进行鉴定的网友当中，不乏专业的公检法鉴定人士，在网友们的互动中，有神秘网友贡献了死猪在会议讲话时的录音，专业网友则对卓可仪的录音段落进行了降噪处理，再进行了微波辨频，画出死猪说话时的波形，波形显示，出自同一人的腔调，且中间没有剪裁痕迹，呈完整严密的连贯性。

凌仁不禁感慨：网络高人云集啊！

三十二　这是摆脱情感绑架的方法吗

　　徐青山觉得诸葛又亮的话有道理，凡是大事，网上就会出现，于是天天盯着电脑看论坛。他让丁向好暂时放下其他工作，没事就盯着卓可仪，他担心有什么意外。丁向好带回来的消息，一如平常，卓可仪似乎没什么事，下楼买菜、买零食，面无表情。唯一向徐青山隐瞒的，是梁达然曾去过一趟，待了好长时间。

　　论坛上的帖子五花八门，徐青山主要盯着几个著名的网站看，同时也注意本地的贴吧。在办公室盯了一天，稀奇古怪的事浏览了不少，但没有发现和卓可仪有关的。

　　回到家，徐青山匆匆吃了口饭，继续上网盯着。十点多，一个帖子把徐青山的睡意赶得远远的，犹如一棒打中镜子，碎片落地，眼前的最后一丝幻象没有了，原来卓可仪真的出了事。

帖子写得非常精彩，徐青山看得非常辛苦。每看一句，他都拼命地告诉自己，这不是可仪的事，不是。可接着看下去，那情节，那过程，那股不服气的劲，分明就是卓可仪身上发生的事。徐青山藏满屈辱的想象力，就像魔术师手中的纸筒，"嘭"的一声，散了一地。魔术师喷出来的是鲜花，徐青山喷出来的是脏花污叶。他无法忍受自己的这种想象，但又无法停止想象，坐在电脑前，抱着头，"酒后""在房间"……那些字眼一个一个砸下来，一次一次砸下来，没完没了。憋了好久，他终于痛哭起来，一边哭一边自语："可仪，你那么好，你受的这叫什么罪，都怪那个浑蛋梁达然！"

到了第二天下午，那个帖子越发火了起来，成千上万的网民都在呼喊"抓住败类，严惩色狼"。丁向好给徐青山传回来消息，卓可仪早上没下楼，中午没下楼，也不知道窝在家里做什么。徐青山一听就蹦了起来，诸葛又亮马上跑过去："要不去卓可仪楼下吧？今天我开车，瞧你那脸，真的和你的名一样，成青色了。"

徐青山点点头："我担心可仪有什么意外。"

诸葛又亮说："要出意外，在第一天就会出。"

"现在来自这帖子的压力很大，万一人肉搜索，她就完了。"

"放心，"诸葛又亮说，"操作这种帖子的，不是一个人，我看像一个团队。"

诸葛又亮缓缓开了车，穿过城市丛林，越过城乡接合部，停在一个马路口，在那里，可远距离看见卓可仪所在的巷口。徐青山打电话把丁向好叫过来，又核实了情况，卓可仪确实没下过楼。

　　他们俩正说着话，诸葛又亮不知道挂通了谁的电话，只听他在电话里文质彬彬说了句："不是老王？不好意思，打错了。"然后撂下电话，对徐青山说："别瞎操心了，卓可仪活得好好的。"

　　然后他抢过丁向好用来发短信的那部手机，给卓可仪发了一条短信："你受的伤害虽然不大，但对方的性质恶劣，必须绳之以法，我们支持你！——不支持你当小三但支持正义事业的人！"

　　诸葛又亮解释道："我发这条短信的目的，是想让卓可仪知道，那个常常警告她不要当小三，常常给她发骚扰短信的人，是一个好人。让她相信，这世界上还是好人多，就能给她一种力量。"

　　徐青山痛苦地说："这次，说实话，我看不出有什么力量。"

　　丁向好看看徐青山："对徐总倒是挺有力量，打击力量。"

　　正是下班高峰期，人流如织，车流如梭，汽车喇叭声不断，夹杂着叫卖声、商店的音响声，嘈杂一片。这是一个难以安静下来的城市，这是一个难以安静下来的乡村，正是在这种地方，把中国最现代最繁华的都市和中国最落后最贫穷的乡村，直接建立起联系。那个衣着光鲜的小伙子，他的父母可能就在某个小山村，过着都市人难以想象的困苦生活：愚昧、粗俗、原生态，晒晒太阳，唱唱民歌，讲讲荤笑话。那个时尚美丽的女孩子，她的父母可能是另外一个城市的下岗职工，打工没有手艺，学艺过了年龄，将大多数的希望，都放在正值芳龄的下一代身上。

　　等了一天，徐青山他们也没有看到卓可仪出门。

　　卓可仪惊喜于网络的力量，同时也吓坏了，她不敢出门，在家里时不时地看看热搜，会不会出现自己的名字。梁达然偏偏这个时候"不方便"，这两件事叠加起来，让卓可仪窝在家里悄悄流泪。

卓可仪悲哀地想到，自己现在属于三无人员，没有工作，没有技能，没有家。上学的时候，她从来没有想到，工作是那么难找。上了十六年学呀，看过的书，写过的作业，堆起来估计有五百斤，结果，连个合适的工作都找不到。她开始怨自己，上了十六年学，为什么就没有学会一技之长，学到的东西，都是各种皮毛，文科不能写作，理科不能研究，也就是可以给别人打打下手，但打下手的人实在是太多了，人家凭什么让我打下手？

古人说，先立业后成家，还说大丈夫只患功业不立，何患无妻？其实女孩也一样，自己是一个常常失业的打工妹，那些公务员、大公司白领优越得很，别说处朋友，朋友们介绍相亲的时候，连见都不见我，他们不管你是不是漂亮，先关心你的职业和社会地位。有的人倒是会见我，但不是和我正经谈恋爱，只是觉得我漂亮，那眼神告诉我，他们得手之后，就会离开我，和那些门当户对的女孩结婚，然后和我说一声，对不起，我爱你。

反过来想想，关心自己职业和社会地位的，他们的职业和社会地位也必然一般，你想想，如果他们是亿万富翁，哪怕是千万富翁，他们还会在乎你的职业和社会地位吗？他们关心的只有一件事：爱，或者不爱。

卓可仪突然哭得厉害了：我也向往那种爱情啊。她学着凌仁的理性思路，突然想到，不一定非要千万富翁、亿万富翁。如果人人都有好的就业机会，人人都有稳定的收入，那么，每个人都衣食无忧，不必考虑房子的价格，不必考虑能不能买得起婴儿奶粉，不必考虑交不交得起暖气费……真正美好的爱情就可以有了前提，也就没必要有那么多的情感绑架：房子、车子、工作、家庭、学历……

三十三　爱情是一朵脆弱的花

　　这一天，凌仁在办公室待到晚上，然后打电话约朋友过来，并让朋友带一辆车过来，凌仁在三十岁之后，变成了一个小心谨慎的人，与十几岁、二十几岁粗枝大叶的他完全不同。二十多岁的时候，凌仁第二次读《三国演义》，他觉得中国人好累啊，从古至今都是如此，靠谋略生，靠表演活，一累胜过一累，没完没了。三十多岁的时候，他终于明白，没有谋略，或者说叫作生存技巧的东西，根本就没法生活。

　　换了车，凌仁先买了点晚上吃的。他觉得自己是个阴谋家，所谓一石三鸟，大概就是这样子的。一方面，他害怕被坏人伤害，悄悄换了车；另一方面，他怕有人对凌雨晨不利，悄悄保护；还有一方面，顺便也看看凌雨晨这丫头，到底和那个臭小子怎么处。

一个老问题又出现：这场恋爱到底会不会影响女儿的学业和前途？

车行半路，刮起了风，车到校门口，突然夹杂着冷雨，砰砰地打在车身，凌仁探身看看天空，路灯辉映下，雨点大得有点夸张，像一颗颗凌厉的眼珠瞪着，从天上直冲到人间，猛然掉在玻璃窗上，砸得粉碎，泪水四溅。

十分钟后，雨骤然而止。凌仁觉得奇怪，一般是夏天才有这样的雨呀，飘过一块乌云便是雨，雨跟着云走，隔一条马路这边湿那边干。可这都马上就冬天了，居然还下这种豆大的冷雨珠。

下课铃响，凌仁把车靠在凌雨晨的必经之路边，观察着校门口。不一会，学生们一拥而出，车玻璃上有雾气，凌仁摇下玻璃，紧盯着校门口。人隙中，凌仁终于看见了女儿，凌雨晨没有推着自行车，大步走着，跟在一辆自行车后面，推车的人正是那个叫贾真的男生。

凌仁发动了汽车，心中暗暗较劲，这个丫头，还说只是淡淡地处着，这叫淡淡地吗？他慢慢开车，在后面跟着。凌雨晨已坐上贾真的自行车，马尾甩了几下，伸手抱着贾真，双手插在贾真的衣服口袋里，一副幸福状。

骑了十五分钟，到了离凌仁家三十米的地方，凌雨晨跳下来，一边往家走，一边和贾真挥手说拜拜，贾真有点不乐意，抓住凌雨晨的一只袖口，轻轻把凌雨晨拉了回来。凌雨晨会意，扬起小小的脸，贾真稍稍俯身，静静地吻了一下。凌仁离得远，没看清吻在哪里，但心里还是咯噔一下，仿佛自己最珍爱的藏画，被人点了一点墨。

汽车再往前开，凌仁故意把远灯打开。雪亮的灯光照过去，将两个人的影子投在远处的墙上。两个孩子见状，赶紧分开。贾真从小区门口走过的时候，凌仁仔细看过，觉得这小伙子还不错，眉目清秀，带有一股倔强的英气。

凌仁把车开到单元门口的时候，凌雨晨正在按门铃，听见停车的声音，还回头看了一眼。凌仁下了车，喊了一声"雨晨"。凌雨晨吓了一跳，问道："老爸，你怎么换车了？"

凌仁拉开单元门，拍拍凌雨晨的肩膀："回家说。"

回到家，凌雨晨把书包一甩，校服一脱，坐在餐桌边开始发话："老爸，如果我没猜错的话，拿汽车大灯晃我们的，也是您老人家吧？！"

凌仁一边把饭菜放在餐桌上，又泡了一杯茶，一边笑着说："你知道什么叫不平等了吧，我在这里给你准备吃的喝的，你却横眉厉目埋怨我。"

凌雨晨边吃边说："一码归一码，爸爸，首先，我非常谢谢您的饭菜。这下我可以埋怨你了吧？"

凌仁点点头："行，你随便埋怨。"

"你好好的律师不做，怎么做起了私家侦探？当就当吧，没人雇用你，你就自己侦查起你的闺女？"

"爸爸冤枉，我跟你说，我是为了保护你的安全。爸爸这两天代理一个案子，可能会惹下些不讲理的人，我害怕他们对你不利。"

"我不管你什么案子，你以后不要跟踪我，好吗？"

"这么长时间，我啥时候跟踪过你？今天是个例外。不过，你说的那个淡淡的相处，就是那样子相处吗？"

凌雨晨知道爸爸指的是接吻的事，她头也不抬："你难道觉得那还不叫淡吗？如果拍成电影，绝对是正儿八经的小清新，肯定比什么手都不敢拉，依靠一根棍子强得多。那叫装，装得还不像。"

"这叫什么话？"

"有理你就反驳。"

凌仁还真讲不出什么道理来，孩子们的智慧远在他的想象之外。他有些失落，闷头喝水，只好重复那句经典却没用的话："我都是为你好。"

凌雨晨看着凌仁的样子，也觉得他有些可怜。她想想妈妈出走的这几年，爸爸身兼父母两职，能推的饭局就推了，能推的出差也推了，一心好好打理着这个家。她安慰道："老爸，你要是为我好，只需要把我培养成聪明孩子就行。聪明的孩子，知道什么是淡淡地相处。我们班有不少浓浓地相处的，说出来吓死你。"

"有那么厉害吗？怎么个相处？"

"为了你的身体健康，我就不说了。"

"快吃吧，吃完还有作业。"

"我讨厌这些破作业，没完没了。"凌雨晨差不多吃完饭了，她突然来了兴致，"说说你今天的案子吧，为什么会让你感觉有危险，就简单说说，给我换换空气，学习学得我都快闷晕了。"

等凌仁用最简短的语句讲完卓可仪的遭遇，凌雨晨气愤难平，直骂那头死猪。在凌雨晨身上，凌仁看到了自己当年的影子，天不怕地不怕，敢说敢当，可她终归还是个小女孩，骂完之后又忧郁地问凌仁："难道，我们辛辛苦苦念这么多年书，长大了，会面对那么麻烦甚至危险的情况吗？"

"又不是人人都要面对。"

"可我不知道有多大的概率，我是不是很有可能要遇到？我害怕。"

凌仁拍拍女儿的头："傻孩子，这不是你要考虑的事情。说不定，等你进了社会的时候，什么问题也没有，处处鲜花盛开，阵阵欢声笑语。"

凌雨晨笑了："这词用得，谁看谁喜欢，你要是写作文，一定能拿高分。"

凌仁问道："那家伙一直是高分吧？"

"哪家伙？"凌雨晨说，"唔，你是说贾真吧，他一直是班上的前三名，现在，在他的带动下，连我都两名两名地往前跳，离你的目标越来越近了吧。"

"你的目标！"

"好，不管谁的目标吧，反正我一直在努力。为了成绩往前跳，我的QQ图标都换了，以前是美少女，现在是绿青蛙。"

"青蛙，那东西能管用吗？"凌仁笑了，"就算是为了我们共同的目标吧。"

"别天真了，老爸，咱俩的目标肯定不一样。"凌雨晨说，"我要过我真正想要的生活，反正我的十九岁以前只能沦陷在无休无止的课程上面，十九岁以后，我希望，除了法律，什么东西也管不着我。"

凌仁一皱眉："听着怎么像骂我呀，除了我这个东西，什么东西还可能管你？"

"没有骂你，你别做贼心虚。"凌雨晨说，"我要拥有我的爱情，那种纯净的、纤尘不染的、像贴在鼻孔上的新鲜水果一样的爱情。我不希望有人说，他的家庭如何，他的爸爸妈妈如何，他本人长得是不是合别人的心，也不希望有人说，他的工作如何，他的房子如何，他到底是不是潜力股。我只希望有人问我：你爱他吗？然后我说：爱，非常爱！这就是我十九岁之后要感受的、最简单的生活。"

凌仁苦笑一下，说道："你快去学习吧，自从你考上大学，我就想管也管不了了。但生活是不是你想象的那样，真不是。如果你真想过上你说的那种想要的生活，我有个建议，等你拿着最硬的各种证书的时候，好好祈祷吧！"

凌雨晨进屋，把门一关，继续做她的作业。

祈祷，是说给女儿听的。真正祈祷的，是凌仁。女儿说的那种理想，正是当年自己的理想，女儿渴望的那种爱情，也正是当年自己渴望的爱情。如果一代又一代，只是重复着上一代人的梦想，那么，这个梦想一直就是枯萎的。对于整个的一代又一代人，又是一种多么悲哀的苍凉！

谈何容易啊！那种浪漫而奇伟的爱情，无数次出现在梦中，然而在现实中，他还是通过亲友撮合，娶了自己的老婆。甚至，在娶了老婆之后，凌仁还无数次梦想着爱情，无论在水乡小镇，还是在荒漠高山，一旦遇到心仪之人，就能不问对方的家世、学历、工作，而仅凭那一种心动、那一阵心慌，就可以花前月下，就可以十指相扣，浪迹天涯，这当然是最瑰丽的人生妙境。

但是，他非常清楚，我们，不能。

这样的爱情，有太多的担心与隐患，有可能居无定所，有可能食不果腹，有可能穷困潦倒，最可怕的，有可能反目成仇。凌仁明白，爱情是一朵脆弱的花，需要在最合适的环境中才能产生、成长。当每个人都有完整的社会保障，当每个人都有公平的创业环境，当每个人都有平等的求职起跑线，当每个人都能施展自己的才华，当权势没有用武之地……理想中的爱情，也许会在不远处招手。

女儿在读书，凌仁想起自己也该读一读书了。凌仁走到书柜前，打开柜门，里面的书很多，他不知道该看哪本。孩子们一直在读书，知道自己应该读什么书，因为他们别无选择，当能自由选择的时候，反而不知道读什么书。

三十四　感情中，糊涂好还是清醒好？

自从出现网络，网络文学便自成一体，而网民跟帖之水平，又远在网络文学之上，其转折跌宕常常出人意料。

没多久，关于死猪的跟帖已上万条，分布在十几家大型网站，其中跟帖千条以上的网站有四家，有两家网站不仅将其置于首页，并且加黑加粗。

跟帖五花八门，又有几个人对那段录音进行鉴定，以特别专业的精神和术语鉴定之后，认定该段录音无假；还有人上传了当天酒店的监控录像截图，截图显示，卓可仪当时被两个人架着，明显喝酒过量，神志不清，身不由己地被拖进了房间。

这一天正好没有出庭安排，凌仁一会儿打开这个网站，一会儿打开那个网站，紧盯着点击率和跟帖数，颇像一个股民密切注视着股市行情。不同的是，盯股市的相当于瞎猫逮耗子，盈亏不由自己，而凌仁所盯的点击率，差不多每一秒都在升高，跟帖数，差不多每一刻都有惊喜。

又过几个小时，更大的惊喜蓦然出现，那个惊喜只能出现在灯火阑珊处——那两家置于首页的网站上，出现了最让当事人惊惧的"人肉搜索"。对于人肉搜索，网民一般有两种意见，支持者认为，把人们的一切置于阳光之下，是一种民主，是一种进步；反对者认为，把个人隐私置于阳光之下，是一种耻辱，是一种倒退，是一种对公民隐私权的剥夺。实则，这两种意见牛头不对马嘴。他们无须争论，因为他们根本就没有争论。人肉搜索，并不是要把与大众无关的个人隐私公之于众，比如，某人喜欢裸睡，某人穿什么内衣，某人和某人私交很好，曾结伴夜游而不涉情爱，这种隐私与众人无关，当然不能公之于众，公之于众，也没有任何意义。但是，如果某人曾于某年某月某日盗窃，某人曾于某年某月某日破坏公物，某人曾于某年某月某日栽赃陷害别人，这些东西一旦有证据，必须公之于众，因为他确实做了坏事，对他人产生了伤害，让坏人受到处罚，放之四海而皆准。

这个更大的惊喜来自一个词——"姨夫"。没多久，数家著名网站的标题已更名为《史上最强"姨夫"现身》。"姨夫"一词的出现很偶然，在此类帖中，除了描述卓可仪差点被"潜规则"，描述该死猪的可恨、开发商的无耻，更多网民从不同圈子里，一点一点揭露该死猪的生活作风问题，甚至有网民的注册名字就是"可怜的女人"。根据这些网民的描述，这头死猪在外面至少有七个固定的女人，他私下里曾说过，这些最可爱的尤物是他的"七仙女"，个个都如同下凡的仙女一样漂亮。这个"可怜的女人"说，她的"官人"把她们比作姨太太，把自己比作古代的老爷，她自己是"四姨太"，老婆是"正宫"。这些姨太太中，有公司白领，有公务员，有在校大学生，更荒唐的是，她们都互相认识，曾经在"官人"的安排下一起吃过一顿饭，有什么事情还互相照应。她们虽然觉得很荒唐，但慑于威权和巨大的物质诱惑，都舍不得离开。她们都有一个共同的想法，捞够了，就离开他，自己开个店，嫁个好老公。

这个帖子一出来，一石激起千层浪。一小时后，马上又有一个人跟帖："我是官人的另一个姨太太，是最小而且最宠爱的一个，还在学校念书。官人最宠爱我，常常吃我的醋，不允许我和男生谈恋爱。大家说，这是不是真爱？"

这个帖子更是引起数以千计的围观，甚至出现了"真爱"体。

"官人每次见了我，都要和我紧紧拥抱，大家说，这是不是真爱？"

"官人每次见了我，都要和我缠绵许久，大家说，这是不是真爱？"

"官人每次见了我，都要和我洗鸳鸯浴，大家说，这是不是真爱？"

"官人每次见我和男生接触，都会过去警告他，让他小心他的小命，大家说，这是不是真爱？"

"官人说外面的世界很肮脏，充满了危险，每次都会用三道锁认真地把我保护起来，大家说，这是不是真爱？"

……

随后又有三个姨太太挺身而出，讲述她们与官人之间种种"美丽"的爱情故事，虽风格各异，但每一篇都是一流的爱情小说，有的颇似《红楼梦》的感伤多才，有的模仿《挪威的森林》的悲情苦恋，有的堪比《金瓶梅》的风流香艳。这些帖子，生怕别人不信，还抛出了几张这位官人与自己的床照，官人面目清晰，女士脸上则打了马赛克，各种艳情动作呼之欲出。

一个网民灵感迸发，如电光火石，一个跟帖横空出世："一个伟大的姨夫诞生了！向姨夫致敬！同时表示严重的羡慕嫉妒恨！"

更多的网民跟帖蜂拥而至："姨夫，我想成为八姨太。"

"姨夫，我想成为九姨太。"

"姨夫，请问，如何才能发展为您的新姨太？"

有一个网民回复："请到官网下载申请表，我们将在七个工作日之内，给您答复。"

到晚上九点的时候，这个"姨夫"已成为全国人民的"姨夫"，他的故事之多，已经超越了曾经的"表哥""房叔""房妹""房嫂"……成为新一道"美丽的风景线"。

凌仁激动万分，他马上给卓可仪和吴萌萌打了电话，告诉她们，胜利在望，现在已经是墙倒众人推，再等几天就树倒猢狲散了。他说："我们明天就应该安全了，一个在二十四小时之后就落马的人，没有人会听他的话。"

凌仁仔细看了那几个"姨太太"的发帖，相隔的时间差不多都是半小时左右，这个规律让他先是大惑不解，后又恍然大悟。他终于明白，这七个女人有五个在网上发帖，都在寻找落井下石的快感。她们都有一种捞够就走的心态，巴不得"官人"出点什么事，但不能也没有勇气，再加上点于心不忍，这一枪不能自己打出去。毕竟，对于人类这种脆弱的动物来讲，如果不是强迫，但凡有了身体接触的人，会有一种莫名的亲近感，也就是说，虽然说，心理距离决定着身体距离，但身体距离对心理距离的反作用力，也非常强大。

所以，当有人挑了头，捅破了的气球只有跑气的命运，姨太太们在一夜之间，由争宠的美娇娘变成了争相指责、落井下石的怨妇，一时之间，这个叫作"姨夫"的气球，不仅跑气，而且千疮百孔，很快将变成一摊烂塑料，除了污染环境，别无他用。

第二天早上，凌仁依旧推掉其他事情，八点半就来到办公室，专门盯着那几个网站。经过一夜的折腾，网民们更加疯狂，"姨夫"的搜索已经由最初的十几家网站，遍布全国各地几百家网站，成为一个热搜。十点的时候，凌仁重点看了看本省网站，一条新闻跳了出来：《省纪检委启动纪律检查程序，调查"姨夫"事件》。这篇官方消息直接引用了网民们"姨夫"的戏称，凌仁暗自敬佩，看来，党政机关也越来越人性化了。

看到"姨夫"被调查的消息，凌仁激动地一拍桌子。兴奋之余，就要给吴萌萌打电话，刚抓起电话，屏幕闪了起来，他接起来就笑："正要给你打电话呢！"

吴萌萌的语气却不对劲："你笑什么？"

"我们胜利了，估计'姨夫'很快就会被制裁。"

"知道，那头死猪失败了，他完了。可是，我也失败了，我也快完了！"

凌仁怀疑自己听错了，大声问："你说什么？"

"我想见你！现在，马上就见！"

"那你说个地方，咱俩的办公室都不合适。"

"我想去外面，能撒野的地方。"

"去河边吧！"

河边，是他们去过两次的地方，是一块尚未开发成景区的河边，基本还保持着原生态。从律师楼到河边，绕个小弯就会路过学校，还和以往一样，凌仁驱车，停在学校侧门后面一百米的地方，然后，吴萌萌就像一只假装散步的猫，其实她每次早早就看见了汽车，只是不盯着看，而是看街景。走到凌仁汽车旁边，她突然变成了一块磁铁，被凌仁的铁家伙一下子吸过去，开门，低头，弯腰，稳稳地坐在副驾驶上。整个动作一气呵成，如同经过职业训练。吴萌萌进入车内，凌仁并不急于发动，他在享受着这一过程。从吴萌萌在百米之外走向自己，凌仁就开始静静地欣赏，一直到她翩翩走近，钻入车内，凌仁仍然痴醉地盯着她的容颜。

两个人处久，一切都会形成习惯。当一切形成习惯之后，两个人都没有互相束缚，没有逃离彼此的想法，这段感情就美好了一多半。这就像看一张日渐老去的面容，日日相见，基本没有变化，没有变化，极易让人生厌，即便有了变化，也都是朝着皱纹和松弛的方向奔去，没有人会返老还童。日日相见不生厌，是一种难能可贵；更难能可贵的，是诗人叶芝说的这种："当你老了，头发白了，睡思昏沉／炉火旁打盹，请取下这部诗歌／慢慢读，回想你过去眼神的柔和／回想它们昔日浓重的阴影／多少人爱你青春欢畅的时辰／爱慕你的美丽，假意和真心／只有一个人爱你朝圣者的灵魂／爱你衰老了的脸上痛苦的皱纹"。

车爬上两个缓坡，就进入林荫小道。初冬叶落，两边一片金黄。掉光了叶子的垂柳像长发女子，沿河站立，姿态万千，犹如选美。堤坝上藤枝四蔓，有一两处竟然还带着绿意。车行到堤坝下，已无法向前走，停好车，凌仁把车上的棉垫子拆下来。两个人沿堤而上。天气渐冷，野旷无人，凌仁大方抓起吴萌萌的手。前行五十米，有一块熟悉的大石头，在此之前，他们已经两度为那块石头加温。到了大石头跟前，凌仁把棉垫子垫上去，对吴萌萌说："寒室简陋，请多包涵。"

吴萌萌感动于凌仁的细心，说道："还真够寒的。"

河面有风，两个人坐在石头上不动，顿觉寒意频袭。吴萌萌竟然轻轻发抖。凌仁把吴萌萌搂在怀里，吴萌萌靠在凌仁肩上，闭上眼睛，听风的声音。

凌仁问："你怎么了，今天一句话也没有说。"

"我不知道该怎么说，你肯定会说，全都是我的想象。"

"你是教育心理学专家，不许欺骗自己的心，都说出来，好吗？"

"好吧，我相信，有些事情，不一定要亲眼看见。感情的事情，和打官司不一样，非要抓住什么证据，非要捉奸在床，才可以判断感情破裂。我现在才明白，捉奸在床，不一定感情破裂。天天温情脉脉，举案齐眉，不一定有多好的感情。"

"怎么突然说这些？"

吴萌萌刚想开口，一阵酸楚突然就涌上来，女人受伤害时，最听不得这种话，正如"谁欺负你了""受啥委屈了"，其作用和催泪弹相同。吴萌萌的泪痕划过脸颊，着实把凌仁吓了一跳，他轻轻地拭着吴萌萌的泪水，略带惊慌地问道："你也会哭吗？"

吴萌萌止住了哭声："其实，我心里早有感觉，梁达然出问题了，否则，以我的性格，也不可能投入你的怀抱。具体为什么，你就别问了，女人能从男人的许多细节上发现关键问题。"

女人首先是分为两种，吃醋的，不吃醋的。吃醋的女人，觉得自己的老公是宝，需要加强管理，不吃醋的女人认为，老公是不是宝，与管理强弱没有任何关系，如果加强管理，纯粹是自己折腾自己。吃醋的女人又分为两种，一种以吃醋为核心，视天底下所有女人为潜在敌人，无论何时何地与何女人，老公都可能发生点什么。另外一种以吃醋为调剂，就像核威慑，并没打算使用核武器，但时时挂在嘴上，对方就会心生畏惧。

吴萌萌在三十岁之前，属于第一种吃醋，在三十岁之后，属于第二种吃醋。就如同银杏树是自然界的活标本一样，吴萌萌也是活标本，从她身上可以发现，无论是第一种吃醋，还是第二种吃醋，都无法改变老公出轨的心，更无法左右老公会不会遇到心仪的人。老公遇到谁，吸引力有多大，全看缘分，由不得人。关于吃醋与防备，一切都是自编自演，自作自受。吴萌萌冰雪聪明，思维飞得很高，看世界就和看世界地图似的，洞明世事，自有奇女子的范，可一入家庭，就变得婆婆妈妈，俗女一个，仍然缺乏一种能力，将吃醋这种东西，从自编自演变成自娱自乐。

直到出现另一股强大的力量，吴萌萌才发现，自己正面临一个困境，也发现一个可怕的现象：既然有心出轨，那就无力吃醋。

这个硬邦邦的律师不懂，是女人就会哭，每一个女人都哭得很有水平，包括那些号称汉子的女人，当委屈来临，一定会抓住机遇，痛哭一场。吴萌萌不想回答这个傻问题，她沉浸在那天的痛苦中，出也出不来。

吴萌萌喃喃地诉说着，沉浸于悲伤，不能自已。她的头轻轻靠着凌仁的肩，凌仁将她搂得更紧，对她说："我确实想说，你的想象力很丰富。"

吴萌萌问："安慰我，对你有好处吗？"

"没有。"

"我的感情出了问题，对你有好处吗？"

"有，我就有了可乘之机。"

"那你希望出问题吗？"

"不，我不希望你即将到来的婚姻有问题，这不是虚伪，我真心希望你过得好好的。人这一生，要面对好多问题，婚姻或者其他出了问题，都会让人筋疲力尽，我不希望你那样。"

吴萌萌在凌仁的肩膀上摇摇头："其实，我们都不是在谈感情本身。凌仁，你知道，我不是要你说理论，我不是要你谈担忧，我比你更懂理论，更加担忧。我只是问你，如果是真的呢？如果是真的，该怎么办？"

凌仁笑答："这个世界上，哪里有什么'本身'一类的东西？每一样东西，总是牵扯着其他东西。比如，每个人都是父亲或母亲，也都是儿子或女儿，又都是兄弟姐妹，除非你真心出家，四大皆空。哦，不对，和尚还有庙呢，云游化缘的和尚还有个钵呢！"

"合适的时候，我要搬到你的庙里去。"

凌仁没有说话，只是把吴萌萌抱紧。风愈大，吹得吴萌萌发丝飘飞，黄叶掠过脸面。吴萌萌打了一个寒战，凌仁拉起吴萌萌，沿着堤坝，慢慢往回走。

车行至一个路口，吴萌萌感觉有些头晕恶心，趴在前座靠背上，脑袋上渗出了细汗。凌仁回头一看，吓了一跳，赶忙把车缓缓靠边。他记得不远处有一个药店，里面有坐诊的医师。左扭右扭，好不容易把车停好，凌仁刚要开门下车，吴萌萌却平静地说："我好了，我不难受了。"

说这话的时候，吴萌萌眼睛看着别处，凌仁觉得奇怪，伸手摸一把吴萌萌的额头，上面汗流涔涔。他问道："你怎么了？"

吴萌萌的眼睛还是盯着前方，漆黑的眼珠一动不动，咬牙切齿地说："你不让我想象，那么，你看着前面，自己想象吧。"

顺着吴萌萌盯着的方向，凌仁看见了卓可仪，她正挽着一个人的胳膊，两个人走到一辆白色的车跟前，一猫腰上了车。凌仁大约明白怎么回事，问也不是，不问也不对，只好再回过头来，看着吴萌萌。吴萌萌却不理他，只是说："快开车，跟上他们。"

"不需要吧？"

"需要，看看他们去哪儿。"

"真的不需要。"凌仁叹一声，从副驾驶的储物箱里拿出一个笔记本，从里面取出一张照片，上面是梁达然和卓可仪在卓可仪住处巷口亲昵的场景。他开门下车，从后门上了车，把照片递给吴萌萌说："我不知道这上面的男人是你男朋友。"

吴萌萌木然地拿过照片，恶狠狠地说："这不是我男朋友，是梁达然。"

凌仁接着说："在我们认识卓可仪之前，我就有了这张照片。我也知道，卓可仪旁边的这个男人，他有老婆，但我一向不管别人的私生活，所以，我也没当回事，还准备把照片还给孩子们。"

"孩子们？"

"就是我女儿的那个男同学，叫贾真。雨晨有一次问我，说她男朋友无意中拍了别人的隐私，然后要求别人资助贫困学生，这犯不犯法？我告诉他，犯法，肯定犯法，属于敲诈勒索。贾真又问，如果那个人，他主动要资助贫困学生，而且还感谢自己拍了照片，因为对方答应资助贫困学生的条件是，在合适的时候，把照片送给他女朋友，这还犯不犯法？我告诉他，这虽然不犯法，但很不道德。"

看着照片，吴萌萌突然抱住凌仁痛哭起来："看来人们说得没错，男人都不是好东西，连那么小的男孩子都不是好东西……"

"你现在就抱着一个男人。"

吴萌萌哭声更大："在一起两年，我怎么就不知道梁达然那么坏呢！……"

等吴萌萌哭够了闹够了，她呆呆地半躺在后座上，半眯着眼睛，似睡非睡，像一个被注射了麻醉药的人。凌仁拢着吴萌萌的头发安慰道："其实，你是幸运的，你只用了两年时间就发现了问题的本质，够快了。许多女孩在你这个年龄，还没有嫁，还没有男朋友，她们都没有资格发现一个人坏还是好，她们对未来充满了恐惧和不确定。年龄越大，越不敢随便押宝，无奈年龄越大，还必须降低标准，像押宝一样把自己嫁出去。"

过了好一阵，吴萌萌才说："那我年龄也大了，更不值钱了，还有什么资格押宝？"

凌仁轻轻把吴萌萌揽在怀里，伏在耳边说："萌，侬你的条件，会有许多人把你当宝，但我不允许他们贬低你，因为，你只属于我，你是我的宝！"

吴萌萌却一下子躲开，木然道："凌仁，从现在开始，我真的不相信男人了。一个和自己朝夕相处的男人，他早就变坏了，我居然一点也不知道。我一直以为他是一个很乖、很听话的男人。再比如你，我也只是偶尔和你在一起，我都不知道你天天在忙什么，除了工作你和什么人约会，你身边还有哪些女人，你的生活规律是什么，这些东西，我一样都不知道，我就喜欢上你了，我真傻！我真二百五！"

这番话说得凌仁真想指天发誓，又觉得不合适，现在，吴萌萌有点疯狂，思维混乱，情绪激动，他意识到，此刻说什么话都是火上浇油。凌仁沉默不语，把吴萌萌搂在怀里，看着夕阳照在对面巨大的玻璃外墙上，渐渐染红，一点一点，最后只剩下建筑物的塔尖，太阳的影子被扯成一片模糊，吴萌萌才抬起泪眼模糊的脸，说："走吧。"

凌仁发动了汽车，看着汽车行驶的方向，吴萌萌说："我不回家。"

"去哪儿？"

"去你家吧？"

凌仁摇摇头："你就想让我做坏人，盗亦有道，我不乘人之危。"

"那我去宾馆。"

"满大街都是宾馆。"

"我一个人害怕，你得陪我。"

凌仁想了想，说："我不想害你！"

凌仁靠边停了车。他知道，吴萌萌的状态一时无法调整。这倒把他给难住了，就像托运着一个货物，找不到托运人，也没有收货人，无法送达，据为己有还不合法。他对吴萌萌说："我正在努力挣扎，我在短期欲望和长期想法之间挣扎，我不想在不久之后，你一想起我，也会恶狠狠骂着，男人没一个好东西。"

"难道，你就是为了让我高兴？"

"我总不能只是为了自己高兴吧。只是为了自己高兴，本来是一件挺容易的事。但自从遇见你，才变得不太容易。"

"你已经感觉到了？"

"感觉到什么了？"

"感觉到和我在一起会累死。我觉得梁达然就很装，很累，累得要死要活的。"

"不，我和你在一起不累，因为我们每时每刻都知道自己在做什么，也知道对方在想什么做什么，我们不装，所以不累。"

吴萌萌坐起身来，"走吧，我回家去，我也装去。我要以全新的眼光，看看和我天天住在一起的梁达然，他到底是怎么个装法。我也体验一下装的感觉。"

凌仁回头看吴萌萌："你想好了，真的要回去，我就送你回去。但你必须答应我，也答应你自己一件事，不要激动，不要吵闹，因为，一切都无济于事，你明白吗？"

吴萌萌说："你放心吧，我不会吵也不会闹，更不会发生什么意外，我想通了，一分钟以前才想通的，想得通通的。只是，凌仁，让你受累了。"

凌仁一边开着车一边说："我不累，我一点也不累。当一个男人站在车站等上三小时，等他心爱的女人，他肯定不累。况且，你一直在我身边！"

吴萌萌不再说话，她把头一仰，软软地靠在座背上，看着这个情愿为自己奔忙的男人，她很庆幸，在自己绝望的时候，在自己想跳出围城的时候，在自己无路可走的时候，正是这个最正确、最合适的男人在身边，张开双臂接着自己。实际上，当女人叫唤着男人没有一个好东西时，她的生活终究还是离不开男人，她只是期望遇到一个可以称为好东西的男人。只要她心里还有这个渴望，还咒骂着坏男人，生活还是有救的。

在感情问题上，到底是该糊涂还是该清醒？这个问题，困扰了我们许多年。

曾经有一个女孩，出差三天后回到同居男友身边，一进家门，神奇的第六感就告诉她，家里来过别的女人。问男友，男友说："没有，绝对没有，这三天我早出晚归，和鸟一样，一个人也没来过。"女孩听男孩子这么说，苦于没证据，也没办法。没想到，机会总是在不经意间降临，女孩上卫生间的时候，掀开纸篓子，发现了问题。许多人就会觉得很惊讶，那里面能发现什么？女孩如福尔摩斯附体，她发现，纸篓子里卫生纸的折法，明显不是男友平常的折法，要比男友折得漂亮多了，大概是蝴蝶结？于是，再三逼问之下，男友终于承认出轨。女孩当时就火了，大骂："你还说你早出晚归，和鸟一样，你不是鸟，你就是个鸟人。"还有一个女孩，与男友常常微信聊天，有一天，她发现，男友发图标的习惯变了，以前是发龇牙，现在是大笑着哭，常用语也变了，以前是"嗯"，她还为此报怨过，说自己在和一头猪聊天，现在变成了"好的，亲"，于是，在学计算机的同学的技术支持下，成功破获男友出轨大案，果然，他和一个开微店的女孩好上了。

除了福尔摩斯附体，还有就是所谓"爱的考验"，包括金钱的考验，派有钱的妹子去勾搭，也包括美色的考验，派漂亮闺密去勾引。事实证明了那句流传很广的话：人性是不可以考验的。这种做法，基本上都是赔了男人又丢了自己。我们可以反过来想一想，你愿意认识一个时时刻刻都要知道你在哪儿、任何时候都有可能翻看你手机、你和谁吃饭都要知道名单、你走到哪儿都自带 GPS 的人吗？

说了这么多，难道在感情问题上，我们该糊涂一点吗？糊涂意味着放松警惕，意味着对方会变本加厉，意味着对方可能无所顾忌，意味着对方会烂到底。

到底该怎么办？

我们回头看一下世界历史，第二次世界大战后的七十多年里，再没有爆发大规模战争，只有一些局部战争，什么原因呢？大家公认的一个很重要的原因就是核武器的出现，有了核武器就有了核威慑，大家心里都明白，核武器一旦用起来，要完一起完，根本没有什么胜利者。

同样的道理可以用在感情问题上，我们不能太糊涂，也不能太清醒，我们要运用"情威慑"，什么是情威慑呢？比如两个人一起看新闻，看到一个女子被打得遍体鳞伤，接待她的医生很生气，说："打你的人呢？太可恶了，怎么能打女人呢！打成这个样子都不陪你来医院。"女子说："他也来医院了，快没气了，在急诊室抢救呢。"这个时候，你可以撒娇地问你男朋友："亲爱的，你猜猜，那男的后来醒过来没有？"

当然，要在此特别声明，情威慑只能是一种威慑，就如同不能使用核武器一样，玉石俱焚的事情，永远都不提倡做，违法犯罪的事情，永远都不能做。

三十五　所谓的裂痕修补，都是在骗自己

根据网民总结，从网上东窗事发，到西坡落马，一般而言，等有关部门拿出处理意见，综合周期是一个月到一个半月。这个纪录被重庆一个厅级官员刷新，该官员从"香艳视频"现身网上，到被免职调查，仅仅用了六十三个小时，受到网民们的热烈欢呼。连那个"香艳视频"的女主角也被人肉搜索，许多网民称，那个女子是被雇用专门拉官员下水的，是个会说话的工具，也是个受害者。

"姨夫性丑闻"案再一次刷新了这个记录：五十六小时二十七分。这个时间，经过了凌仁的精确计算。当天的重要门户网上，均有《"姨夫"被免职，正在调查其他问题》的重磅消息。

看到这个消息，徐青山一拍桌子，大叫一声："活该，变

态狂！"

很显然，诸葛又亮也看到了新闻，他悠然踱步过来，对徐青山说："卓可仪报仇雪恨了，接下来，该干咱们的事了。感谢上天，给你一个抢回卓可仪的机会。"

"机会？什么机会？"

"吴萌萌和凌仁在一起谈事情，谈什么事情不知道，但丁向好发现吴萌萌哭得眼睛发红。丁向好跟了他们一下午，发现他们除了简单拥抱，没有去任何私密场所，基本上属于健康的关系。这说明，凌仁也许受我们一直以来的短信劝导，不敢随便乱了方寸，也或许，凌仁根本就是一个好人。既然两个人基本上是健康关系，那么，我只要再等待一个时机，就可以给吴萌萌下猛药了。"

徐青山正要说什么，听到二人谈话的夏芊走了进来："还等？你那猛药都快过有效期了！我就听不明白，吴萌萌已经发现梁达然有外遇，万一这几天分了怎么办？"

诸葛又亮摇摇头："分不了。你没谈过恋爱，你以为分手和弄个发型一样，不满意可以推倒重来，最坏的打算也不过等长上一年半载重弄？"

夏芊奇怪地问："咦，难不成你谈过恋爱？"

诸葛又亮说："聪明人并不一定非要等掉进深沟里，才知道地球有引力。我继续说正事。我说吴萌萌不会分手，是因为这个时候的吴萌萌，暂时不会相信任何男人，即使有分手的冲动，也会考虑凌仁是不是真对自己好，是不是理想的丈夫。他们两个人认识的时间毕竟还短，有感情归有感情，真要走到一起，考虑的内容就多了。还有，丁向好和刘星正在努力，以保证吴萌萌不会分手。"

夏芊问："怎么努力？连刘星都用上了？你怎么可以随便用我的人？"

诸葛又亮解释道："刘星嘛，说好是我借用的，就借一次，发挥一种作用，上次是拍着凌仁的车门骂凌仁，这次，是让刘星在家门口截住吴萌萌，装出一副可怜样，对吴萌萌说，不要和她抢凌律师。丁向好则是给吴萌萌的电子邮箱里发了好些新闻，都是关于情侣闹矛盾，引发出血案的，各种各样的都有。所以，作为心理防线已经大乱的吴萌萌，一定对这些东西非常敏感，现在根本不可能提分手。"

夏芊听完若有所思："诸葛又亮，说句实话，有时候，我觉得你就是个坏人。唉，吴萌萌和我们没仇没恨的，挺好的一个女人，一定被你折腾得心乱如麻，好可怜。"

诸葛又亮说："是被梁达然折腾得好不好？我只是帮助他们让事情走上正轨。我对吴萌萌确实有点愧疚，其实我一直说的那副猛药，需要我亲自出马，对吴萌萌提供最好的帮助，她到时一定会感谢我。"

夏芊掰着指头问："也就是说，徐总感谢你，卓可仪感谢你，吴萌萌也感谢你……所有的人都得感谢你，你就这么好？一个大好人？"

诸葛又亮点点头，一边说着"知音啊！"一边伸手去握夏芊的手，夏芊慌忙躲开，摆摆手说："到时候看效果，你如果真那么好，别说握握小手，给你个友情的拥抱都成。"

"姨夫"被调查法办，这虽然早在凌仁的意料之中，但他还是激动万分，马上打电话给卓可仪，两个人客气了一番。接下来，凌仁知道，"姨夫案"一旦尘埃落定，卓可仪的角色就会由可怜的被欺侮的小女子，变成一个地道的狐狸精——至少对吴萌萌来讲，她是。对大多数正直得把纽扣卡到脖子边的女人来讲，卓可仪是小三的真相一旦公开，她必然形象可危。凌仁甚至想，如果把卓可仪和梁达然在一起的照片传到网上，不出三天，就会有人为"姨夫"翻案，认为是卓可仪勾引"姨夫"，而不是"姨夫"欺负卓可仪。

"坏女人"是一种标签，带有这种标签的女人，一旦与男人发生情感纠葛，往往被人强泼污水，所谓"一日为贼，终身为贼"。可是，即便是个十足水性杨花的女子，她也应该拥有不被"姨夫"欺负的权利。

凌仁这么想的时候，暗暗告诫自己，吴萌萌和卓可仪之间的恩怨，与案情无关。

凌仁接受了卓可仪感谢的言辞，但婉拒了卓可仪的吃饭邀请，顺便好意提醒她，等"姨夫"被公诉时，她可以提起附带民事诉讼，包括精神损失费，并向她介绍了另一外律师，理由是那名律师更擅长民事案件。

挂了电话，凌仁还是沉浸于怪圈式的思维。凌仁犟直的性格，在职场打拼中渐磨渐消，只有在小西母亲的案件，或者"姨夫"

这样的案子中才彰显出来。案子基本搞定，卓可仪的影像越来越模糊，凌仁突然想到吴萌萌，那个委屈得要死的女人，那个在自己心底扑腾挣扎的女人，那个让自己心疼不已的女人。他实在无法忍受，又给卓可仪打了通电话。

"凌律师……"

"你可以叫我凌律师，但案子基本了结了，我现在的身份不是你的代理律师，而是吴萌萌的朋友，"凌仁严肃地说，"我们需要好好谈一谈，比如，你从什么时候开始知道吴萌萌？"

电话那边是巨大的沉默，显然，律师的职业问话风格，让卓可仪无法适应，也不知道该怎么回答。凌仁在沉默中等待着，大约半分钟后，卓可仪说："吴萌萌知道吗？"

"知道。"

"什么时候？"

"前天。"

"怎么知道的？"

"你们太夸张了！"

"不，我们太低调了，吴萌萌是个好人，但她太强势了，强势到梁达然在家基本上就是一个奴隶。吴萌萌出身富裕家庭，很霸道，很牛气，自以为是，梁达然就像个上门女婿一样。关键是，还不能分手，如果分手，吴萌萌的哥哥弟弟，那两个文身的像黑社会一样的人，就会杀了梁达然全家。"

轮到凌仁沉默了，他想起，当他还是一个年轻小律师的时候，接不上大案子，只能接一些离婚案。婚姻里有很多说不清道不明的事情，瓶瓶罐罐，婆家娘家，表面看起来只是磕磕碰碰，实际一处，才知道是万丈深渊。鞋合不合适，只有脚知道，所以，归根结底，法官只好问一句：离，还是不离？

凌仁只好换个话题："我们都不是当事人，不说恋爱中的是是非非。但你和一个几乎就是别人未婚夫的人谈恋爱，是不是……"

"都是因为梁达然太善良了，他被情感绑架了！"

凌仁倒没有意识到这一点，他不好意思地笑笑："我想，我们该好好谈一谈。"

"我觉得也是。"

二十分钟后，凌仁走进那间熟悉的咖啡厅，现实又一次超出了凌仁的想象，他惊讶地发现，卓可仪不是一个人，她居然约来了梁达然。凌仁的心受到了猛烈的撞击，他甚至怀疑自己年纪大了，搞不懂年轻人的玩法了。他开始自我解嘲：自己为什么没有把吴萌萌一起约来，四个人像凑在一起打麻将，谁也不知道谁手里的牌，谁也不知道输赢。他盯着卓可仪和梁达然足足有三分钟，他很奇怪，这就是他们的行事方式？带着自己的相好，明目张胆、乐滋滋地出现在公众场合？

卓可仪站起来一下，互相做了介绍，然后问凌仁："能看出来吧？"

凌仁已经习惯了卓可仪的问话方式，便答："哦，看起来挺善良的。"

卓可仪就呵呵地笑，明显带着从一场风月案中解脱出来的轻松："然然，你也应该能看出来吧？凌律师是一个侠肝义胆、充满正义的人。"

梁达然点头微笑："我不知道善良是什么意思，但我知道侠肝义胆是什么样子，八竿子打不着的事，自己没有任何利益，甚至还有危险，他也要管。"

卓可仪说："互相表扬完了，该说正事了。"

正事却不知从何谈起，凌仁绕过一个个愚蠢的问题，诸如"你们是什么关系""从什么时候开始的"，他其实更想知道，卓可仪和梁达然有什么打算？梁达然不说话，心里在说，下一步有什么打算，怎么可以告诉你呢？自从凌仁要探究这个问题，梁达然就知道，这个男人就是让吴萌萌动心的男人，既是自己的敌人，也是自己的棋子。就和吴萌萌关系的保持而言，他肯定是敌人，一条腿已经迈了进来，同样，就和吴萌萌关系的毁灭而言，他就是一个棋子。既然是敌人，下一步的打算，怎么可以相告？既然是棋子，下一步的打算，更不可以告诉，棋子只有被捏起来移动的份。

卓可仪没想这么多，她只是不依不饶地坚持，如果凌仁不能说出为什么管这种闲事，她就什么也不说。凌仁快被逼疯了，他偶然看一眼梁达然，生活经验告诉他，不能当着一个男人的面，说自己喜欢他女朋友，很有可能会有血光之灾。凌仁有一种被卓可仪看穿的感觉，头一次这么紧张，头上直冒汗。这时，一个电话救了他。文化公司的老总有急事找梁达然，梁达然接了电话，匆匆离去。临走的时候，大概是良心发现，他诚恳地对凌仁说："凌律师，谢谢你为可仪做的一切。"

卓可仪就在心里骂："梁达然这个笨蛋。"

梁达然走后，卓可仪说："我刚才在心里，狠狠地骂他是笨蛋！"

"他很聪明啊，还儒雅温和，像传说中的君子。"

"君子就该被你欺负呀！他谢谁也不该谢你，所以他是笨蛋。"

"为什么不该谢我？"

"你还要装吗？在说下面这些话之前，我首先认真地从内心深处，很深的地方，谢谢你！"卓可仪站起身，对着凌仁鞠了一躬，然后又说，"但是，我希望你不要装，再装就不是君子了，再装就成了伪君子。"

"好，我不装，你现在问我，我就像在法庭上说话一样，保证句句实话，如果不实，愿意接受伪证的指控。"

"没那么复杂，良心就是法律。"卓可仪伸出两个大拇指头，朝上，并列在一起，"我想知道，你和吴萌萌，发展到什么程度？"

凌仁指指卓可仪的手指头："就是那种程度。"

卓可仪把两个手指头挨得更近，问道："这是什么程度？并排站着？坐着？"

凌仁只好回答："肯定和你们不一样，我比你大十几岁，所处的时代不一样，所以，发展速度也慢，连很私人的地方都没去过，就是靠在一起说说话。"

"呵呵呵，"卓可仪一听，开心地笑了起来，"看来，刚才梁达然感谢你是对的，我再替他感谢你一次，因为你对他女朋友那么客气！你不是伪君子，你是真君子。"

凌仁分不清这是在夸自己，还是在损自己，不敢表态。卓可仪继续笑着说："我今天能这么开心地笑，全靠你帮我处理了那头死猪。不过，一码归一码，我刚才转念一想，其实也不用谢你，你对吴萌萌客气，是荷尔蒙的问题，人年龄大了，激情自然是少了。"

凌仁暗暗叫苦，怎么连荷尔蒙也拉扯进来了，难道再过上几年，自己就渐渐走向太监？他也庆幸，卓可仪相信了自己，虽然说的是事实，但理由纯粹胡编乱造。爱情或者说激情这种事情，与时代或者年龄没啥关系，古时候的男女，翻过墙去悄悄激情半天，还被传为千古佳话。至于年龄，更不是问题，所谓中年危机，不是老公看不上老婆，就是老婆看不上老公，在外头都滋润得和鲜花上的露珠似的，回到家就说自己年纪大了，靠网络和电视打发时间。

卓可仪忽然像发现新大陆似的，兴奋起来："呀，我发现一个真理，我们俩都是第三者。两个第三者在这里，能谈出什么好东西来？"

凌仁听着别扭，怎么听着都像"我们俩都不是什么好东西"。他想了想，郑重其事地问卓可仪："好，看在我们俩都是第三者的份儿上，现在我们认真探讨一下，下一步该怎么办？"

卓可仪麻利地回答："照我和梁达然的看法，没感情了就分手，找一个有真感情的人恋爱。所有的裂痕修补，都是在骗自己。我的想法是，直接和吴萌萌说清楚，因为梁达然说过，如果吴萌萌知道梁达然移情别恋，一定会同归于尽，不会留一点活路。而现在，吴萌萌也有了相好，大家扯平，吴萌萌才不会太伤心。"

　　和卓可仪从咖啡厅出来，凌仁开车门的时候，感觉后背凉飕飕的，回头一看，已是初冬黄昏，虽没有风，但人们匆匆走过，连目光都带着寒意。凌仁要送卓可仪，卓可仪这次没客气，她觉得和凌仁有了另一层关系，尽管不是亲密关系，但是由亲密关系引起。唯凌仁觉得有些莫名其妙：如果一男一女，分别是一对夫妻的"第三者"，这叫什么关系？

　　他在心底重复着一句话：所有的裂痕修补，都是在骗自己。

　　也许有的人会问，难道有一点点矛盾就分手、离婚，这是唯恐天下不乱吧？然而，一点点矛盾，那不叫裂痕，那叫划痕。

三十六　分手或抛弃：伦理、生理或经济问题

车沿马路慢慢行驶，两个人都不说话。卓可仪刚才的兴奋劲也过去了，毕竟，"姨夫"那件事刚刚结束，阴影还在，欢颜虽非强作，但也不可久留。沉默中，不知为什么，凌仁还是感觉后背有异样的感觉，是什么感觉，却说不出来。

车一拐弯，到了城中村的窄路上，突然听见粗大的汽车马达声，一辆黑色的越野车从后面超过他们，猛地斜横在前面，车牌部位被一抹红色挡着，上面写着"新婚快乐"四个金字，仿佛是参加婚礼的礼仪车。凌仁的车速不快，他急踩刹车，在停车的一瞬间，他突然明白怎么回事，对卓可仪大喊一声："快报警！"

前车下来四个人，光头，狞目，每个人手里拿着短铁棍。他们迅速跑到凌仁的车前，先拉车门，没拉开，然后拿铁棍砸碎玻璃，

从里面开了门，凌仁这边三个，卓可仪那边一个，分别把凌仁和卓可仪拖下车，铁棍、拳脚，一齐打下去。凌仁护着头，马上倒在地上，头上、手上、身上溅满了鲜血。卓可仪已经拨出了110，未及说话，已被拖下了车，吓得尖叫不止。那个男子并未怎么打她，一棍子下去，卓可仪已晕倒在地。手机掉在地上，男子看出是通话状态，拿起来一听，吓了一跳，里面有个宁静的女声正在说："您好，请讲话，我这里是110。喂，是不是有人打架？"

这人扔掉手机，看看那边，凌仁已经躺在地上不动了。他们接了这活儿，不是要弄出人命，是要替人出气。他叫一声"有人报警了"，四个人收起家伙，坐上前面那辆车，疾驰而去。

见歹人离去，远远围观的人才聚拢了上来，有路人拨打了110和120，警笛的呼啸声由远而近。卓可仪伤得不重，吵闹声中，她尚有知觉。她摸了摸自己的头，肿了一个大包，头痛难忍。她想站起来，胳膊肘儿支起，使不上劲，头很重，又软软地躺在了地上，晕了过去。警察和医护人员围成一圈，一前一后，把凌仁和卓可仪抬上救护车。

凌仁被安排在重症监护室，重度脑震荡，软组织挫伤，左胳膊骨折，失血过多，呈昏迷状态。卓可仪已经清醒，只是轻度脑震荡，头部瘀伤，需输液观察。重症监护室在一楼急诊室，普通病房在四楼。

卓可仪虽然不谙世事，也知道这次挨打应该和那件案子有关，他们重点是打凌仁，自己只是被捎带。或者说，看见凌仁的车拉着自己，对方更加确信，凌仁就是整件案件的幕后主使。

凌仁的哥哥凌智和妹妹凌丽分别赶到，凌丽第一时间说，凌仁和老婆已经离婚，她自己就是最亲的家属。凌仁依然在昏迷状态，他们无法说话，只好讨论该不该告诉凌雨晨。凌丽说，应该让凌雨晨知道，做女儿的，应该知道家里的事，而且，这是一种人生经历，说完给凌雨晨发了短信，不安地看着昏睡的凌仁。

卓可仪昏倒的时候，医院根据包里的身份证件，联系到了卓可仪的父母。

电话打到卓可仪家的时候，徐青山正在家里坐着。虽然和卓可仪分手，但徐青山情商非同一般，还和往常一样，每隔十天半个月会到卓可仪家里坐坐聊聊，有时也做点家务。他对卓可仪父母说："可仪一时冲动，和你们闹翻，但我没有闹翻。"把卓可仪的父母感动得稀里哗啦。诸葛又亮知道这事后，就对徐青山说："你这个事情做得挺好，我不是说你有心计，我是说，将来卓可仪如果能回到你身边，这也会起到一定作用。"

接到电话的时候，三个人急成一团，飞速下楼，坐上徐青山的车。赶往医院的路上，徐青山接到诸葛又亮的电话，说是卓可仪和凌仁同时被打，怀疑是那案子的后遗症，报复行凶。徐青山在电话里说："我正和可仪的父母在赶往医院的路上。"

等他们三人赶到，卓可仪已经醒过来，但头上还缠着绷带。她正在那调皮地轻晃着脑袋，只是因为医生问了她一句：你的头晕得厉害不厉害？卓母一下子扑过去，抱住卓可仪的头，眼泪唰唰地流下来："好好的，这是怎么了？"

卓可仪早想好了答案："妈，我没事，轻度脑震荡，观察一两天就可以出院了。有人想抢我的包，我使劲叫唤，拼命护着包，可能他们生气了，就把我打晕了，不过包没抢走，路边有人，把他们吓跑了。"

卓母说："你这傻孩子，唉，包值几个钱啊！"

徐青山一直没有吭声，站在卓可仪父母后头，心疼地看着卓可仪。听见卓可仪编瞎话，他也不敢说什么，静静地看着卓可仪表演。此时，他有一种冲动，想告诉卓可仪的父母，卓可仪卷入了复杂的三角恋，导致后患无穷。他想，如果那样，卓可仪的父母肯定非常痛心，甚至可能寻死觅活，逼迫卓可仪离开梁达然，嫁给自己。这时候，诸葛又亮那张得意扬扬的脸闯进了自己的脑海，他模仿着诸葛又亮的声音问自己：你是要一个展开家庭大战之后愁眉不展的、思念着别人的卓可仪，还是要一个理性选择之后回到自己怀抱的、甜蜜快乐的、不再思念别人的卓可仪？况且，按卓可仪的性格，前者胜算也不高。

徐青山暗暗嘲笑自己，这还用选择吗？当然是要后者。我不是要娶一个人，我是要娶一个快乐的人。

"青山，你也坐下。"卓母看见徐青山呆呆的样子，对卓可仪说，"可仪，你不在的时候，青云经常过去照顾我们俩，陪我们说话，你点着灯笼也找不着这样的！"

卓可仪听了这话，看了一眼徐青山，说声"谢谢"，便不再说话。

卓父这时候说话了："可仪，这次虽然侥幸，但我总觉得你这状态不对。工作没个好工作，住处没个好住处，这才容易遇到危险，你要是有个好男朋友，好好处着，还会发生这些事吗？"

卓母附和着："对，根源就是没有个好对象！"

卓可仪却转移话题："妈，爸，青山，我这个不太严重，也没什么危险，要是没什么事，赶紧聊点有用的，晚上陪护没地方，也容易累坏身子。"

这一番话说得卓可仪父母面面相觑。

三个人聊到傍晚，徐青山只在一旁安静地听着。他去食堂打了饭，然后强调自己一点也不饿，看着他们一家三口吃了饭，又去洗饭盆。卓母说："可仪，这些日子，妈盼着你回家和我们一起吃顿饭，没想到，是在这种地方吃。"徐青山洗了饭盆，又拿脸盆接了热水，拧好了毛巾，递给躺在病床上的卓可仪。

天色已黑，卓可仪对徐青山说："麻烦你好人做到底，送我爸妈回家吧，天都这么黑了。"

卓母摇摇头："你病着，我怎么能回家呢？我留下来陪你。"

卓可仪一听这话，两手一支床，坐在床沿上，对爸爸妈妈说："我说了，不要紧，只是观察两天就好了。怎么着，你们还要我给你们下地跳个舞，以证明我是健康的？"说着就要下地，伸着脚到处找拖鞋。

卓母知道犟不过女儿，就把卓可仪按住，扶她躺下："没事就好，你安静躺着吧！"

卓可仪在那卖乖："我其实是为你好，没必要在这熬夜，熬坏了身子。你们为我好了那么多年，现在该我为你们好了。"

无奈，卓父卓母冲徐青山使个眼色，只好离开了医院。

他们走后，卓可仪掖着被子偷笑了半天。

卓可仪伤得轻，表现得更是若无其事，她就盼着父母放心回家。等父母和徐青山走后，她给梁达然只发了一条短信："我住院了。"等梁达然急得问怎么了，她却不回答，只回复"来了就知道"。梁达然打电话也不接，说是不方便。卓可仪在玩自己的小心思：你不是害怕你的那个母老虎吗，现在，我住院了，你到底是回家还是陪我？

梁达然放下电话，盘算着怎么撒谎，想半天却想不出来，和卓可仪交往半年多，撒谎的次数超过前三十多年，把能撒的谎都撒过了。正当他犯难的时候，却接到吴萌萌的电话，吴萌萌说，晚上回自己家，陪陪爸妈，她给老妈买了不少东西，需要梁达然送一下。梁达然一听心花怒放，踩着快乐的油门，把吴萌萌送回去。他把这叫作幸福的巧合。不过，梁达然想错了，这可不是什么幸福的巧合，而是巧合缘于幸福，如果移情别恋可以称作一种幸福的话。

凌雨晨赶到医院的时候，给吴萌萌打了电话请假，吴萌萌在电话里表现得惊慌失措，急问："到底怎么了？伤到哪里？伤得重不重？"似乎比凌雨晨还着急，让凌雨晨觉得很奇怪。

梁达然到了自家楼下，远远看见吴萌萌提着两个大包，他知道，里面什么都有，吃的穿的用的。他不敢多言一句，只是羡慕着，希望有一天，自己也能享受到这种待遇。有一次，在去吴萌萌家的路上，梁达然无意间问了一句"带这么多东西干吗"，结果引发了一场吵架，还上升到分手的高度。事后一想，那无意间问的一句"错话"和分手这档子事，八竿子也打不着，女人这动物真是太神奇了。

送吴萌萌到家，梁达然顺便吃了晚饭。准丈母娘倒是挺好，她知道吴萌萌的个性，每次吴萌萌欺负梁达然，她就像个老母鸡护着他。晚饭过后，梁达然说是要写一个论文，这次没撒谎，确实有一个论文要写。写完论文已经九点半，他给吴萌萌打了个电话，表明自己在家，困得不行，马上睡觉。挂了电话，悄悄下楼，直奔医院而去。

去的路上，他给卓可仪发短信："你爸妈在，我怎么办？"

卓可仪答："我不严重，把他们轰走了，我对他们说，可不敢我病好了，把他们熬倒了，他们看见我嘻嘻哈哈、活蹦乱跳的，也就回去了。"

"那你把我招去干吗？"

"我哪次不是在欢蹦乱跳的时候招你？"

梁达然快步走进医院大厅，他第一次来这家医院，不熟悉方位，站在大厅找电梯。急诊室在左边楼道，晚上人少，他四望之下，竟然发现一个熟悉的身影，那身衣服他太熟悉了——曾经在离他不到三米的地方，不停地左转右摆，一次一次被吴萌萌问着"好看吗？好看吗？"当梁达然说"好看"之后，吴萌萌又问："哪里好看？"至少十八次之后，在吴萌萌满意的笑容中，梁达然发现，自己一下子拥有了两种新身份：马屁精和美学家。

梁达然躲在拐角，心怦怦乱跳。早知有一天要心惊肉跳，但两种心惊肉跳一起来临，还是让他始料未及。他决定先不上楼，看看吴萌萌在医院做什么。他偷眼看吴萌萌，隐隐听见她和大夫在说话，说完之后，她一言不发，坐在重症监护室门外，一动不动。五分钟后，吴萌萌起身回头，看一眼室内的病人。

虽早有预期，还是吃惊不小。梁达然的心里寒来暑往，纷乱不已。人类的历史、生活的过往、伦理的纠结、女权的虚幻、男权的倔强……都一齐涌了上来。哦，女权、男权，梁达然想起自己读过的一些关于这方面的书，他惊讶地发现，自己一下子拥有了一个真理。两个月前，他还那么渴望吴萌萌"变坏"，他相信，吴萌萌"变坏"，自己就可以求得心理平衡，就可以坦然面对自己的恋情，为了这个效果，还让卓可仪"带坏"吴萌萌。没想到，事实来袭，完全不是那么回事，他还是感觉到心里的隐痛一抽一抽的。这种隐痛，说明了一个真理：感情的事情，永远比想象得复杂，无论你有没有感情。这个真理是个硬币，硬币的另一面写着：要验证一个人的内心是否强大，除非事到临头。

进了电梯，梁达然按了四楼。他判断了一下，这样一来，自己反而可以放心地陪卓可仪一晚上了，不用担心吴萌萌回家或打电话。吴萌萌要是回家，也只能回她妈妈家，不过，他看吴萌萌那股劲，应该会一晚上守在这儿。电梯到了四层，开门的时候，梁达然笑了一下，骂了一句粗话：这他妈的狗屁生活！

梁达然的心情糟糕透了，他害怕卓可仪看出点什么来。好在，爱情的美妙之处在于，他一见卓可仪，就如到了天堂一样，舒畅快乐，两个人目光之间没有杂质，如滴滴清露。卓可仪正斜靠在床上看书，没穿住院服，样子不像病人，一副休闲度假的样子。

见梁达然进来，她拍拍床沿，示意梁达然坐下，趴在梁达然耳边说："我告诉你一个秘密啊。"

"什么秘密？"

"你的情敌就躺在一楼的病房里。"

"你怎么能这么说话？他是你的恩人，他是为你受伤的吧？"

"没事，我会一辈子感激他，我知道他能醒，直觉。"卓可仪努着嘴，"你终于有了情敌了，你怎么一点表情都没有？"

"我应该笑还是应该哭？"

"那就要看是为了你的理想，还是为了你的良心。"

梁达然这下反应挺快："我的理想没有良心？"

卓可仪意识到自己失言，一时沉默。梁达然假设，自己的理想生活就是和卓可仪在一起，要和卓可仪在一起，就不能和吴萌萌在一起，一夫两妻，在法律上、伦理上、心理上都行不通。若不和吴萌萌在一起，就是弃了糟糠之妻，何况吴萌萌并不是糟糠之妻，她外表仪态万千，她内心丰富多彩，无非就是脾气不好，和自己相克，时时暴躁，不宜结为夫妻。古人又没有说暴躁之妻不可弃。妇人常如狮子吼，如果弃掉，叫不叫没良心？这种说法，与其说是伦理，不如说是生理，人们经常说，女人和你一起创业，把青春给了你，把肚子和乳房给了孩子，如今她人老珠黄，你就不要她了，你还是不是人？这个"是不是人"涉及的就是"良心"的问题。反过来，如果是女人抛弃男人，则很少有人说三道四，男人四五十了还是宝，女人若是抛弃男人，就不会有道德上的戒律，可以尽情地抛弃。说到底，是男人不存在"人老珠黄"的问题，所以这是一个生理问题。如果再往深想，在生理问题之外，可以再加上一个"经济问题"，一般来讲，男人创造财富的能力要比女人强，所以不怕被抛弃。这么思来想去，他想通了，为自己当初的英明决定而拍手，这一切道德上的评判，都是针对男人说的。如果是女人抛弃男人，则另当别论，似乎也没有什么说法。具体在吴萌萌身上，许多男人认为，吴萌萌有沉静之大美，而且挣钱的能力也不次于梁达然，梁达然没有什么好担心的。

先不管这是不是混账逻辑，但一切的混账逻辑，都是这么得出来的。这种思维，从程序上就是违法的，因为没有另一方的参与。

有这种心态垫底，梁达然变得无所顾忌，他看一眼门上长条形的探望窗口，夜已深，楼道外悄无一人。卓可仪轻轻把他抱住，把枕头挪出一半："累了吧？一起躺会儿。"

梁达然环顾一下室内，灯光白晃晃，墙上布满电线和管子，输液的架子放在角落，像一个高高挂起的天秤，一端挂着输完液的空瓶子，他知道，世间事，本来就是这样不公平，永远是一头重，一头轻。他起身，关了灯，屋外的灯光透过玻璃照进来，昏黄朦胧，卓可仪瓷器一样的脸庞，如夜航的灯塔，梁达然向着灯塔走去，他们和衣而卧，梁达然轻轻抚摸着卓可仪的脸，一股凉凉的东西浸过他的手，他刚要说什么，卓可仪伸手挡住他的嘴，在耳边轻语："这个时候，我感觉你是我的。"

梁达然紧紧地抱着卓可仪："我也是这样想的，你知道吗，吴萌萌就在一楼，那家人多，她不好意思进去，就在楼道里坐着。"

卓可仪不说话，神秘一笑，移动着脑袋，吻了过来。

三十七　感激和感动从来不是爱情

　　楼道里冷风阵阵，吴萌萌没吭声、无表情、不睡觉，呆呆地坐了一晚上，周围两米皆有冷肃之气。凌雨晨早就睡着了，凌智也在另一张床上睡着了，清晨六点，楼道里已有陪床家属走动。凌智坐起身子，俯身看凌仁，还在昏睡，再一看各种仪器，一片绿色和灰白，都在可控范围之内，没有超过临界点，超过就会变成红色。

　　趁凌智到卫生间的空当，吴萌萌走进去，摸着凌仁的额头，凄然低语："仁，你一定要醒过来，不要出事，都怪我。"印象中，这是吴萌萌第一次叫"仁"，吴萌萌一晚上毫无睡意，悔意和柔情远远地赶跑了倦意。她起初以为，她只是心生愧疚，正是因为她让凌仁帮助卓可仪，才卷入这案子，才遭到坏人袭击。后来她发现，愧疚是靠良心，良心不会有这么强大的力量，造成这一晚上的不眠、心疼、焦急，她发觉，如是这个男人离自己而去，自己的灵魂就会陷入无尽的黑暗中，生活刚刚充实，又有被抽空的可能，她默默流泪，不发出一点声音。她这时才发现，世界上，真有一种叫作爱情的东西。她开始相信，自己真的陷入了爱情。她逼问着自己，一个超过三十岁的女人，怎么可以陷入爱情呢？

天大亮，起初一身休闲装进了大楼的医生护士，几分钟之后，都变成清一色的白大褂，在匆匆来去的人群中，果然如天使一般飘动。人越来越多，多到没有人注意吴萌萌的存在。

凌仁一晚上没醒，凌智是本地一家制药厂的后勤，老实人，请了一天假，又接着打电话续假。

凌雨晨昨天一直哭哭啼啼，说是想妈妈。凌丽觉得奇怪，说这孩子，整天乐呵呵的，也没听说想过妈妈。凌雨晨说："爸爸在的时候，我不敢想妈妈，他们俩好像有仇。爸爸出差的时候，我就特别想妈妈，半夜老哭。"

凌丽和凌仁一个德行，耿直不弯，当时就抓起电话打给了凌雨晨的妈妈张果，以她一贯的语气叫道："我二哥快要死了，你不想看见雨晨变成孤儿，你就快点回来。"

隔得远，凌雨晨没听清楚，马上止住了哭声，问道："你给谁打电话呢？"

"给你妈妈，她马上回来看你呀，真的。"

凌雨晨便不说话，她隐隐觉得，家里有可能会发生什么大事。

上午十点钟，凌雨晨和贾真微信联系，回学校上课去了。凌智和凌丽商量着如何把坏事变成好事，坏事已经发生了，命都快没了，再坏下去，就该变好了，古书上叫否极泰来。泰来与否尚不知，前妻倒是来了。十点半，张果打电话，人已经到机场，这种神速让凌丽觉得不可思议。五十分钟后，张果跑进重症监护室，一袭长衣，淡灰色纯羊毛制品，栗色烫发，软羊皮靴子，跑起来悄无声息，兜着一阵风进来。凌丽赶忙迎在门口，责怪她把欧洲的海风带进来，对病人不好。张果告诉凌丽，那边是比这里暖和，自己是秋装上的飞机，下了飞机才换了冬装，在楼道里又站了一会儿，没有带着凉风。凌丽也不饶人，便说："心是凉的。"

张果看着病床上的凌仁，摸摸自己的衣服，还真凉，于是她说："心确实是凉的，我估计被人耍了，正在闹离婚。"

凌丽马上心软了："对不起，怎么回事？"

"他大概看上了更年轻漂亮的，我正在找证据。他就那性格，我当时没看出来。"

凌丽心想大骂"活该"，嘴上却说："没事，你这不是还有祖国嘛！"

凌仁病房里站了五六个人，吴萌萌甚至都不看凌仁前妻的模样。吴萌萌站在他们身后，透过身影缝隙，盯着凌仁沉睡的脸。

吴萌萌的耳朵拒绝着声音，凌仁的前妻不知道说了句啥。吴萌萌轻轻地咳嗽了几声，凌丽转身，看见了红眼的吴萌萌，问道："您是？"吴萌萌说："我是凌律师的一个朋友，听说了，过来看看。"这个时候，凌仁醒了，吴萌萌感觉到一股强大的幸福感，正从天花板上倾泻下来，流满全身。凌仁眼珠转着，仿佛在寻找着什么。他轻轻地说了一声"咳嗽"，众人不明白什么意思，只有吴萌萌轻轻地笑着。透过人群的缝隙，凌仁和吴萌萌的笑容相遇了，短到一两秒，短到人们都没有察觉，这种时间的短暂和心灵的重要，让人想起爱因斯坦的相对论，时间不仅可以扭曲，而且可以像和面一样揉来揉去，任意形状，像拉面一样甩来甩去，任意长短。

吴萌萌悄悄地离开了病房，她在心里默念着：我比时光更远。

知道吴萌萌离开，凌仁心内失落，他多么希望吴萌萌能够留下来陪他，忍不住一声叹息。凌仁睁着双眼，眼珠转动，看见了张果，对凌丽说："一定是你告诉了张果。"

凌丽笑着说："你坏事就坏事到聪明上了，你差点被人打死，还这么聪明，有这个必要吗？"

主治医生进来，带着两位实习医生和一位护士，查了各种体征，告诉他们，病人恢复得不错，应该没有什么生命危险了，可以转到普通病房。三个人长吁一口气，凌丽悄悄对张果说："你刚进来，我二哥就醒了，这说明什么？"

"我们毕竟夫妻十二年，一个轮回。"

"不，病人可以被乐醒，感动醒，呼唤醒。"凌丽笑着，"也可以被气醒，谢谢你。"

吴萌萌打车直接回家，回到家，一股强大的困乏感爬满全身，脑袋开始变得昏沉沉，困乏感和失落的情绪纠缠在一起，像早就相好的情人，既相好又吵架，一个让吴萌萌睡觉，一个搅得吴萌萌心神不宁，无法入睡，就这样一直折腾着，吴萌萌在半梦半醒之间，梦到了半悲半喜欢，梦到了所有的人生，她没有想到，当背叛来临的时候，也正是真爱贴身的时候，她以她一贯的悲天悯人的情怀思考着：如果，大多数女人在背叛来临的时候，并没有真爱贴身，那么，她们情何以堪？如果换作男人呢？

卓可仪第二天就可以四处活动，但她住了三天院才出院。四处活动的时候，她晃到了凌仁的病房。她没想到，凌仁见到她的第一句话，竟然是告诉她，一切按原计划进行，对任何坏人来说，他们最害怕的就是公开。那种杀人不眨眼的魔头，自称天不怕地不怕，可照样不敢公开自己是幕后主使，道理即在于此。

这些话被前来探视采访的记者听到，广泛传播于各种媒体。卓可仪告诉媒体朋友，微博继续更新，签名仍然不变。

卓可仪知道，千恩万谢都是假的，眼前这个与自己毫不相干的男人挺身而出，说得轻巧些，是因为吴萌萌、卓可仪情人的老婆；说得沉重些，是因为维护正义。前者像电视剧，后者像动画片，总之都不像现实，卓可仪从内心告诉自己，这一生，都须感激不尽。

凌智和凌丽知道了事情的前因后果，对卓可仪不太客气，在他们看来，凌仁因为这个姑娘，差一点送了命。卓可仪在凌仁的病房并不讨好，只好留下买好的礼品，道谢离开。

卓可仪的手机二十四小时在线，随时更新微博。按照凌仁的意思，她把凌仁如何受到袭击、如何住院、社会各界如何关心、当前的康复情况，每隔一两个小时就更新一次。她的置顶消息依然是：如果三个小时未更新微博，说明出事了。

第三天的微博里，卓可仪写道："办案警察以神速追捕了四个打人者，已经对凌律师进行了伤情鉴定，打人者的罪名为故意伤害。凌律师和我，强烈要求揪出幕后黑手。"

这条微博得到了三万多条的转载，"幕后黑手"成为被引用最多的词语。对于揪出幕后黑手，凌仁不抱奢望。除非有直接证据，否则，一个小小的伤害案，打人者扛下来，也就是蹲几年监狱，还能挣一大笔"封口费"。果然，没过几天，传来消息，打人者一口咬定，当时喝了酒，就想打个人发泄一下，他们看见凌仁开着好车，拉着比自己年轻许多的美女，就认定这个人不是好人。据说，四个打人者的口供完全吻合，他们还表示，愿意全部承担民事赔偿责任。

凌仁颇为气愤，但无可奈何。让他气愤的不是这个案子的结果，而是他们是如何串供的？里面和外面是如何实现沟通的？这种不言自明的愚蠢问题，让凌仁再一次感觉到刺骨的寒冷。

九天后，凌仁出院。他身体基础好，恢复得较快，病床上躺久了，除了脑袋昏昏沉沉，感觉乏力，一切功能均正常。医嘱休息两个月，加强营养，等骨折完全康复才可行动。

阳光温热，岁月却不怎么静好。医院本是救死扶伤之地，所以离死伤的距离最近，除了小贩和疗养的老干部，门口闪动着无数张苦瓜脸。前妻开着凌仁的车，换了一身红色羊绒大衣，从车内翻翻而出，其情景不像是接凌仁出院，倒像是迎接一个倒插门的女婿。

凌仁出院前，凌雨晨一有空就来医院伺候凌仁。张果劝凌雨晨不要太辛苦，凌雨晨保持沉默，张果说："晨晨，好歹你说一句话呀，让你爸爸看见高兴点。"

凌雨晨突然吼了一声："我爸爸一个人伺候我这么久，你们为什么要剥夺我伺候爸爸的权利？"

这句话一箭双雕，噎得张果不能说话。

凌仁在病房内练习走动，凌雨晨抢步过去，搀扶着凌仁，一步步向电梯口挪动。医院门口早云集了不少记者，凌仁因"姨夫案"而出名，与其说记者们是关注凌仁，倒不如说是关注"姨夫案"。凌仁心里很清楚，自己虽说出了名，但绝不是什么英雄，充其量只是复制了一种模式，一种让网络的正面洪水淹死坏人的方法。

回到家，开门进屋，清新之气扑面而来，凌仁的晕眩感渐渐逃离，犹如漂流海上数日的人，终于看见了海岸线。凌仁到了卧室，连床铺都是半开的，像五星级宾馆那样，被子掀开一个角。

安顿好凌仁，凌雨晨想起一件事，"妈呀"一声跑回自己卧室。马上，她又笑嘻嘻地出来，问张果："妈妈，你怎么没有收拾我的房间？"

张果终于听见女儿叫自己妈妈，笑道："女儿大了，你有你的地盘，我连门都没开过。"

"哦，看来你留学外国，也不是一无是处。"

凌雨晨把妈妈改嫁欧洲的经历说成"留学"，凌仁和前妻互相看一眼，五味杂陈，酸甜苦辣，当百味退去，仍有一丝幸福感牵连不去。

凌仁半躺在床上，刚刚闭目养神，如同平地长蘑菇，张果施展着好妻子的体贴和能干，床上已架好了一个简易电脑桌，一碗鸡汤，一碟小菜，青红黄绿，悦目可口。凌仁拿起筷子，警告自己，切莫把张果对自己的种种体贴照顾，与感情混为一谈。感激是感激，爱情是爱情，这是两码事。

张果在厨房做饭的时候，凌雨晨陪凌仁说话，凌仁说："你妈这么细心照顾，我觉得不好意思。"

"有什么不好意思的，她是想和好，你又不是看不出来。"

"感激是感激，爱情是爱情。"

"得了吧，好多爱情都是因为感激和感动。你也不想想，为什么九朵玫瑰花不行，九百九十九朵就行了？就算九百九十九朵还不行，九千九百九十九朵，一般就都搞定了。如果手里拿着花，在冰天雪地里站一天不行，那就站两天，站三天，站七七四十九天，站九九八十一天，总有一天会搞定。所以，所谓爱情，在很多时候就是感激和感动，然后就以身相许了。"

凌仁还想坚持："可真正的爱情，确实不是感激和感动。"

确实，凌仁接触的许多离婚案件，在初始恋爱阶段，都是百般追求，千般感动。在那个阶段，被追求者、被感动者混淆了两个概念：感动与回报。以物质（礼物）感动，却回报以感情，这恰恰是追求者的阴谋，奈何大多数被追求者不懂，多送几个礼物，多吃几顿饭，并不涉及追求者的人品和本事，自己却回报以感情，是不是很傻、很错位？桥归桥，路归路，本可以各行其道，一旦错乱，相当于埋下炸弹。

凌雨晨说："我知道你要说啥，我比你懂，因为我正在经历。

我只不过是说，绝大多数玩的是感激和感动，比的是毅力和耐心。你说的真正的爱情，我太懂了，两个人互相一看，就喜欢得不行，哪用得着玫瑰和耐心，恨不得一秒钟扑到对方怀里。"

"我也想那种爱情。"

凌雨晨哈哈哈地笑了起来："一个半大老头，想什么想。"

"反正，我一直在努力告诉自己，"凌仁压低了声音，"你妈这次付出了这么多，我就算把她当成保姆，她肯定不会接受工资，那我就用其他方式回报她。"

凌雨晨一听就急了，她抓起凌仁身边的手机，递给凌仁："你自己百度一下吧，看看有多少像模像样的人，包括教授什么的，娶了自己的保姆。况且，咱们家这个保姆，她还是你闺女的妈。"

正在这时，"叮"的一声，一条短信出现在屏幕上。凌仁马上伸手去拿手机，凌雨晨手快，闪过凌仁的手，跳开，笑嘻嘻对凌仁说："从小到大，我的日记，我的手机，你侵犯了我那么多隐私，今天我也享受一下看别人隐私的快乐，作为对您老人家的报答。"

发信人是"雾朦胧"，内容是："傻瓜，你终于出院了，你没注意有人跟踪你吗？我目送你上楼，你前妻很优雅，你女儿真漂亮。"

看完，凌雨晨把手机递给凌仁，凌仁接手机的时候，凌雨晨把自己的手和手机一起放在凌仁手里，问道："爸爸，你答应我，你不能骗我。我比你想象得要聪明，如果不是这个名字，你可以对我说，这是坏人在威胁你，但是，要论感情，我比你更懂，我现在才明白，你为什么最近一直是幸福的臭屁模样，原来，真的是有了爱情。"

凌仁不知道凌雨晨说什么，赶忙读那条短信。读完之后，脸上红一阵白一阵，只好对凌雨晨说："好，爸爸从不骗你，以前没有，现在也不会。"

"好，"凌雨晨坐在床边，眨巴着大眼睛，"那你告诉我，怎么回事？"

凌仁笑着："我以前没有骗你，一直保持着沉默；现在，仍然不想骗你，请允许我继续保持着沉默。"

凌雨晨大声说："你耍赖！律师真无聊！"

餐厅的张果传来遥远的声音："幸运的是，律师也允许别人耍赖！"

父女俩听了这话，知道张果另有所指，一时不知道说什么好。凌雨晨蹲在地上，趴在床边，两只手十指交叉，垫在下巴上，眼睛泪汪汪地凝视着，凌仁被看得不知所措，眉峰紧锁。凌雨晨泪流浸被，热泪成冰，凌仁被刺得身如重创。"爸爸，"她哽咽着说，"爸，其实，我很想妈妈！"

"那么狠心的妈妈你也想？"

"那不是狠心，那是错误，我允许我妈妈犯错误，妈妈不是圣人。"

"爸爸也不是圣人。"

"当然，你要是觉得不平衡，你也可以犯一个类似的错误，我照样原谅你。"

"这是我和你妈之间的事，轮不着你来原谅。"

围着围裙的张果闪进半个身子："我肯定也会原谅。"

凌仁长吁了一口气，马上陷入一种深思：这母女俩才见面，怎么就和编排好了似的，一唱一和地，逼自己就范？如果说，自己可以犯一个类似的错误，那么，这个错误已经开了头。这个错误还得是这么个犯法：两个月后，自己娶了吴萌萌，再一年后，吴萌萌学习张果生命不息，花心不止，甩了自己，像甩一块破抹布那样，把自己甩回原来的家庭，原来的家庭探身一接，就跟接到宝贝似的，擦脸脸亮，擦脚脚香。

问题在于，凌仁开始胡思乱想，要把这个错误犯好，吴萌萌能学会那种水性杨花吗？从她目前的状况来看，学起水性杨花来应该比较费劲，几乎没什么可能。所以，要想犯类似的错误，还得另外找个合适犯错的人。不过，明明最正确、最合适的人就摆在面前，难道非要和错误的人将就吗？一般成年人发生这种情况，多半是为了那个年幼的孩子。凌仁陷入了一种巨大的苦恼：自己的孩子已经大了，还会接受这种错误吗？

庆幸的是，这种苦恼过了三天就烟消云散了。这是个周六上午，母女俩在凌雨晨的小房间，不知道叨叨啥，只是听见凌雨晨又哭又笑的。下午，母女俩不说话了，张果午睡起来去外边买东西。凌雨晨凑到凌仁身边，脑袋杵在凌仁的被子上，不停地抽泣着。凌仁忙问怎么回事。好一阵，凌雨晨才讲起了事情的原委。

原来，张果此行的目的不仅仅是看望凌仁那么简单。她说，她在那边生活了这些年，信用记录非常好，生意打理得不错，还做着慈善和义工。如果这次离了婚,她可以想办法,帮助凌仁和凌雨晨移民。张果对那个地方进行了天堂般的描述:蓝天、白云、悠闲的时光、美好的假日、安全的环境、轻松的学习氛围、良好的大学教育、舒心的社会福利……

还没等张果说完,凌雨晨柔柔的目光已经转变为失望,她突然明白了妈妈的意思。她对张果说:"妈妈,无论你说什么,无论你怎么说,我都不会去的。我爱我们的东方,我爱我们的唐诗宋词,爱我们的这副模样,爱我们的美食,爱我们的许许多多优点……"

凌仁似乎被感动了,他惊喜地发现,女儿突然长大了。他摸着凌雨晨黑亮亮的头发,缓缓说道:"女儿,你说得好。爸爸也想说,即使我再一次被打晕,甚至可能被打死,即使我面对的生活会有阴暗,我也不会离开。"

凌雨晨抬起泪眼:"爸爸,可是我有一个困惑。"

"什么困惑?"

"妈妈刚才说,那么多有钱人都移民了。以前我老觉得,社会也是这么宣传的,我们没有过上想要的生活,是由于不够努力,没有才华,或者怀才不遇。现在,我迷惑了,他们奋斗,他们创业,他们获得了世俗的成功,金钱,地位……但很明显,这些,仍然不是他们想要的生活,他们选择了别处,为什么?"

凌仁盯着女儿漆黑的眼睛:"女儿,你再长大些就会明白。不是你奋斗就可前进,不是你创业就可有业,我们需要的是机会的均等,而不是空虚的鼓励。当我们看到许多人空有抱负而失败,而有的人愚昧无知却获得成功，有的人生来就有一切，就会产生巨大的失落。至于他们为什么选择了别处，你妈妈都说清楚了：良好的教育、清新的环境、完备的社会保障。可是，我记得，在战乱年代，在祖国最困难的时期，有许多华侨都回国，捐款，开办工厂。两种境界，比不了。"

凌雨晨似乎不再困惑，只是补充了一句："妈妈说，她要照顾我们一段时间，等我们想通了再说。"

凌仁说："我们不可能想通，我也绝不会离开这里。相反，我倒是害怕她想通，留下来不走。"

三十八　每个人的梦想都是高级情感

进入一年中最寒冷的季节。

梁达然和吴萌萌，两个人都失去了心劲，懒得打理感情了。感情的事和男人打架不同，等到赤膊上阵，已经无可救药。穿着背心裤衩骂街的，请了私家侦探轻手轻脚捉奸的，反倒有救。偏偏就是这失去心劲，半死不活，懒得去探究的时候，最是难受。还得躺一张床上，分开也不对，挨着也不对，同床异梦大概就是这个场景。

这天，准丈母娘吆喝去家里吃饭，并让梁达然买菜。买菜的时候，梁达然成心落了一个品种。回家做饭，准丈母娘分门别类，果然发现少买了菜，梁达然积极主动坦白说："呀，忘记了，我这就去买，马上回来。"梁达然出了门，拐出胡同，前面就是菜市场。他给卓可仪打了一个电话："可仪，告诉你一个好消息。"

"什么好消息？"

"我们快完了，我们别扭得要死，估计很快就会挑明。"

"谁会挑明？"

"应该是吴萌萌吧，她快无法忍受了。"

"你这个孬种！可爱的孬种！"

梁达然握着手机苦笑。这个世界千奇百怪，有人喜欢梁达然这样子的，唯唯诺诺，看着挺正经的文弱样，私底下却有不少坏水。有人喜欢凌仁那样子的，一个人就如同一座城墙，高大威武，挡在人群中，阴影一片，气息万千，四处都能感觉到他的存在，只有少数人敢接近他的侠骨柔情。

吴萌萌妈妈挑菜的功夫也是一流，看吴萌萌眉眼上天、流苏坠地的样子，她每次都要数落几句："你打扮得和贵族小姐似的，还怎么洗衣做饭过日子？"吴萌萌妈妈以织毛衣的手法挑好了菜，看吴萌萌还就着垃圾桶剥葱，就说："你最好连葱头也切好。"

"嗯？"

"这样哭的时候，就可以说是被葱头刺激的。"

吴萌萌抬起泪眼："我好好的哭什么呀？"

"唉，"吴萌萌妈妈叹一口气，"别蒙我了，你们俩很不对劲，一个从小给你洗尿布的人怎么会看不出来。不过，别担心，这个世界上百分之六十以上的人都不对劲，但只有不对劲，是可以过下去的。你们也一样，还得过下去。"

"百分之六十？你是怎么统计的？"

"别转移话题。"

"好吧，妈妈，这种状态，已经持续了几个月了，什么事也没有，乐呵呵的。"

"谁和谁乐呵呵的？"

"至少有四个人吧。"

吴萌萌妈妈摇摇头，又点点头，说了一句："真是浑蛋，玛雅人总是预言什么末日，怎么就不预测一下，二十一世纪的男男女女成了这种情况？"

梁达然敲门进来，把菜拎到厨房，开始在吴萌萌的白眼下忙活起来。

卓可仪蜷缩在出租房里，寒风吹了一夜，北窗上挂着冰花，如海草蔓生，枝枝丫丫，大叶小花，清冷迷人。挂了梁达然的电话，她想起，有一次，梁达然曾和她说过一句比较酸的话——幸福的路上需要两个人相携前进，共同努力。好吧，卓可仪摸一摸凉凉的被子，在心里告诉自己：既然你说你们快走到了尽头，那我就和你共同努力，给你加把劲吧。既然你说，你在准丈母娘家，一大家人都在一起，这就是加把劲的大好时机。她抓起电话，计算了一下时间，估计梁达然已经回到丈母娘家，打了过去。

卓可仪算得很准，铃声响起时，一家人正在包饺子。

一看姓名，"左柯"，那是他给卓可仪起的手机姓名，梁达然心下自惊，佯装接起，卓可仪在那边叫道："我饿了，我也要吃生日饭。"梁达然说："我不办贷款。"挂了电话，梁达然说：

"什么贷款优惠无抵押，骗子吧。"说话的当口，他突然想到，贷款的人，手机里怎么可能存号码呢？于是把卓可仪的姓名删除。吴萌萌母女相视不语。

正说着话，电话又一次响起，一看号码，还是卓可仪的，梁达然头都大了。他强作镇定，在卓可仪刚说完"干吗挂我电话？"马上就提高声音说："告诉你了，不贷款。"然后迅速挂了电话。他心想，自己的这种语气和态度，卓可仪可能会把头埋在被子里痛哭，她不是那种倔到死的女孩，她会替别人考虑，恶作剧完毕，两败俱伤，并不是她要求的结果。

梁达然继续包饺子，浑身有一种虚脱感，他第一次感到，这种恋情犹如在一大片刀尖上做俯卧撑，稍不小心，就会遍体鳞伤。梁达然想着卓可仪，他知道，把自己塞进凉被子里的感觉不好受，塞进去两个人还凑合，在冰凉中想象温暖，是最伤不起的脆弱。梁达然得准备好一万句安慰的话语，才能补救那一句轻吼。

大家默不作声。电视里广告结束，开始播放一部家庭伦理剧。两千多年来，伦理纲常下的中国人，尤其是中国女人，从三从四德的胯下钻出来，一时间，把什么都整成了伦理，都编成了电视剧，要照往常，看这种电视剧，梁达然肯定会评论两句，什么夫妻、婆媳，什么小三、婚外情，他瞅一眼吴萌萌母女，都在那硬撑着，今天这个场合，谈论小三和婚外情很可能引起溃坝。

第一次，又是一个第一次，他感觉人生的取舍近在眼前，探手可取，却无法取舍。满桌子的菜，可以尝尝这个，品品那个，没有哪个菜会不高兴，被尝到的菜，也许更高兴，因为完成了作为美食的使命。个中原因，菜从不索求什么。索求会带来无尽的烦恼，每一个宗教理论都这么说，当理论变成活生生、血淋淋的现实时，千奇百怪。

午休醒来，梁达然接到卓可仪的短信："维修管道，暖气停了，我可能会冻死在被窝里。"梁达然知道，逻辑在这里一点也不管用，他可以回复："离开那地方，回家住两天。"也可以回复："出来走走，别老待在阴冷的房间里。"他左想右想，这样的短信发出去，卓可仪真的就离死不远了。他回复了一句："乖，等我。"

接下来，他得编一个理由出门。最俗套的做法是让同学给自己打个电话，就说有什么需要处理的事，需要帮忙。从前，梁达然总觉得这一理由没智商，从来没有用过，这一次，基本走投无路，他倒是想用一用。

吴萌萌早就起来，她是一个睡觉很少的人，永远都是精力充沛。她进了屋，微笑着："你憋气就出去转转吧，我陪妈妈说说话。"

梁达然觉得惊诧，又感觉像是撵自己走，表情复杂："那我就去打打麻将，让同学们见识见识，原来我也会打。"

吴萌萌也不答话，轻轻哼了一声，算是答应。

梁达然下楼，发动了车，掉了头，收到吴萌萌的短信："给你空间，让你呼吸，感觉一下哪里的空气更好。"梁达然感觉话中有话，回头看一下四楼窗口，果然，吴萌萌在那里站着，穿着碎格子睡衣，远看起来又像是纯白衣服，长发披落，目光如电，梁达然一阵发冷。

开了车，梁达然直奔卓可仪住处而去，迫不及待。这种迫不及待和以往的迫不及待明显不同，以往的迫不及待就是急着想见，那张脸、那身姿、那副嗓音，怎么见也不烦，怎么听也不腻。这次的迫不及待充满了担心和恐惧，若非事到临头，空有韬略万千，任何一种入心入肺的感情，都比最初想象的要复杂得多，除非泛爱或滥情，把感情当成点菜，把缠绵看作机械运动。

把车停在巷口，梁达然几步跑到楼上，刚要拿钥匙开门，发现门虚掩着。推开门，不见往日嘻嘻哈哈的蹦跳，只见卓可仪面朝墙躺着，缩成一团。梁达然慢慢凑过去，轻语道："你怎么也不锁好门。"

"我就不锁，或者冻死，或者被坏人进来害死，我看你心疼不心疼我。"

"我当然心疼了，这不着急想办法来看你嘛。"

"你听听，这叫什么话。看我，就得想办法。既然是想办法，就经常有想不出办法的时候。"

这番话又把梁达然逼在墙角，无处还击，只好说："你不是说，认识了我，只要有我就高兴吗？"

"现在的问题是，我有你，不高兴，还不如我以前一个人的时候高兴呢！"

"为什么？"

"因为我没想到，我会爱你爱得要死！"

卓可仪的声音已经泣不成声。梁达然一见卓可仪如此，总是慌了手脚，他绕过一只手去，帮卓可仪抹着泪水，轻轻把她的身子扳过来，紧紧地拥在怀里，嘴里不停地说："可仪，怪我，都怪我……"

"唉，怪你又能怎么样呢？你就是那种性格。如果你不是那种性格，你也不会那么顾家，也就不会对我这么细心，这么好。"

"又能怎么样？我也在想这个问题。"

"我当初就说过，我也是女人，我不会逼着你离开吴萌萌。后来，是你自己要采取什么行动，要用什么狗屁策略，让吴萌萌主动离开你，还让我配合。可是，到现在，我还是一个人在坏掉暖气的房子里冻着，你和你的家人包饺子吃。没有希望也就算了，是你告诉我，前面有一盘叫作希望的菜，然后，你一次一次端过来的，都是一盘一盘盛满失望的菜。"

梁达然充满歉意："吴萌萌的事很复杂，没有后遗症，我才放心。"

"凌仁就是最好的归宿。"

"本来我的策略是正确的，但没想到，凌仁的前妻回来了，搅了局。"

卓可仪摇摇头："不，我们已经努力过一次了，而且还成功地制造了一对恋人，现在，要分开一对不合适的夫妻，而且还是前夫妻，应该能办得到吧？"

"也是啊，革命尚未成功，同志还须努力。谁笑到最后，谁笑得最好。"

卓可仪怒道："我不想在八十岁的时候才笑！"

"我也不想，所以，"梁达然说，"我们商量一下该怎么办。"

"先说问题出在哪了。"

"据我观察，吴萌萌和凌仁应该是真正的一对，他们俩的感情，我不敢说比我们俩深，至少和我们是一样的。吴萌萌在医院的过道里，守了凌仁一晚上，直到凌仁苏醒，她才离开。对我，她从来没有这么用心过。"

卓可仪敲一敲梁达然的额头："你们的那种所谓的感情，经常就是一个错误。而你们用以改正错误的方法，则是错上加错。"

"快别批评我们了，我们也没办法，时代的问题。"梁达然抬头看着天花板，"说说现在的障碍吧，凌仁有个前妻，前妻先是跟人到了国外，现在不知道为什么又回来了。凌仁的女儿希望他们俩复合，如果复合，吴萌萌就不会动什么心思。"

"你怎么知道的？"

"猜的。因为三个人又住到了一起。为了女儿和为了爱情，哪个更重要？"

"你想多了，你的问题就是错误的，为了爱情，并不一定就会伤害儿女。再娶一个，并不一定就是黑心的后妈。现在的人素质高多了，那种无知凶暴没有爱心的后妈越来越少了。再说了，凌雨晨都那么大了，谁敢欺负她？她不欺负人，就够不错了。一个十七岁的女孩子，完全可以闯荡江湖。她没有必要强迫离婚后的父母复合，也没有那心情。"

"那样最好了。如果吴萌萌能和凌仁走在一起，我们的事情就顺水行舟了，肯定没有问题，她的哥哥弟弟也不会找我的麻烦。"

卓可仪一听更怒了："瞧你这出息！"

　　梁达然赶忙解释："唉，我又说错话了，我其实是为了顺着你的意思说，吴萌萌的哥哥弟弟连你也会伤害。"

　　"你只管顺着你自己的意思说话就好，我喜欢你的，恰好就是你的率真和才气，明白吗？"

　　"嗯，这是我们四个人的问题，你，我，吴萌萌，凌仁。我们四个人，都要过想要的生活，这是一团乱麻。然而这一团乱麻，线头不在我们四个人这里，线头在一个前妻和一个女儿那里。如果凌仁和前妻真复合了，一切都无从谈起。"

　　卓可仪似乎明白了，她坐了起来，披上羽绒衣："对，真正的线头其实在凌仁的女儿那里，小丫头虽然不会逼着爸妈复合，但是，如果我们告诉她，复合之后她家就会变得一团糟，吵架，打架，冷战……总之，她家就会成为一个战场。"

　　梁达然皱着眉头："有那么严重吗？"

　　卓可仪回答："痛苦的婚姻，比这还要严重。"

　　梁达然佩服地看着卓可仪："你老谈论婚姻，可是，我们四个人当中，你连个正经恋爱都没有谈过。"

　　"股票专家从来不炒股，恋爱专家一般都单着。"

　　梁达然说："为了我们四个人的幸福，我们开始下一步计划吧。"

　　"四个人的幸福？"卓可仪呵呵一笑，"虚伪！"

　　拉开窗帘，外面下起了雪，屋顶、地面、树枝，已下了不薄的一层。卓可仪一跃而起，兴奋起来，这是今冬的第一场雪。当雪把一切都覆盖成白色的时候，世界恢复了虚假的纯洁。他们俩看看时间，决定到外面去散步。卓可仪望着飘飘扬扬的雪，感慨地说："每次，我半死不活的时候，一见你就复活了，春天就要来了。"梁达然觉得，这话不仅是说给自己听的，但依然感到温暖。

他们俩开车到学校附近，把车停在一堆接孩子的车中间。风止，雪愈大，对面十米，不辨面目。卓可仪见过凌雨晨，眉宇之间，颇有其父风范，只是身为女子，另多了几分温婉。两个人一路在车内筹划，就如同要面试的考生，从第一句话就进行了多种设想。他们试图一举让凌雨晨觉得，一个亲爱的爸爸，一个亲爱的妈妈，两个可爱的人如果结合在一起，反而有可能成为地狱。他们对凌雨晨的家庭情况一无所知，于是，就以这种无知的精神，不显山不露水地，像军师，谈笑间，樯橹灰飞烟灭；像推销员，谈着天气，卖了产品；像中医，掐得手疼，但头疼好了。

在校门口蹲守了半个多小时，雪停，终于看见凌雨晨从校门出来，身边还跟着一个男生。梁达然认识他，没换，还是贾真，两个人一副不离不弃的样子，没有随着人流走，而是朝学校西边的小树林而去。梁达然和卓可仪下了车，也跟在后头，朝小树林走去。走着走着，他们发现，这真是一个踏雪的好去处。远处长河冰封，近处老树昏鸦，白茫茫的雪野，荒草小径，曲曲折折，两行脚印，平平仄仄，如象形文字，如跳动的音符，延伸向远方。

循着脚印，令人不由想起鲁迅那句"世上本没有路，走的人多了，也便成了路"，有一多半的人会想，这句名言来得多么容易，多么简单，我也能想到；有一少半的人在想，写一句"床前明月光"也很容易，可有几人能做到？更少数的人在想，我也有很多思考，

372 情感通用处方 .... 🦋

生与死，灵与肉，我也识得三千以上的汉字，写法正确，读音准确，为什么不是第一个踩出漂亮脚印、写出惊世文章的人？极个别人不仅在想，也在做，他知道，道理很容易，很简单，但第一个踩出脚印的人并不容易，并不简单，在人迹罕至的地方，往往荆棘遍地，碎石如刀，鲜血淋漓。

如此变着法去阻止别人的婚姻，还温情脉脉地举着向往美好生活的大旗，卓可仪觉得，也算是第一个踩出脚印的人，能不能从善如流，能不能踩出一条路，路上，是鲜花满地还是哀鸿遍野，尚不得而知。她突然想起某导师的一句话：没有爱情的婚姻是不道德的。于是她脑子里产生了两个至少：至少，这个时代太缺德了；至少，自己在做着很有道德的事。她想起另一位导师的话，蓦然以为，自己成了一个高尚的人，一个纯粹的人，一个有道德的人，一个脱离了低级趣味的人。她回头看一眼梁达然，发现他有点胆怯，脚步放慢，犹犹豫豫，就打心眼觉得，梁达然还不够高尚，不够纯粹，分不清什么是有道德和没有道德，脑子里还装着许许多多低级趣味。她为自己的这一发现而暗自欢呼，使劲拉一把梁达然的手，脚底下踩着道德，加快了脚步。

到小树林入口，凌雨晨和贾真停了下来，两个人转身，背对着小树林。卓可仪和梁达然以为回头看他们，细看，小男孩小女孩对他们视而不见，只是远远地盯着学校的教学楼。卓可仪牵着梁达然，继续朝前走，从凌雨晨和贾真旁边经过，看见两个孩子红扑扑的脸，再看看自己和梁达然，白净中带着蜡黄，可恶的成年人，把看似白净其实蜡黄的岁月，全部都染在了脸上。他们继续朝前走，前行十几步，在一排松柏前停下，梁达然掏出手机，卓可仪背靠在树上，白雪红衣，煞是妩媚。

身边不远，听见贾真说："咱们宣个誓吧。"

"嗯，我们一起。"

梁达然想，青春就是好，可以随便立个誓言，海枯石烂，山无棱，江水为竭，冬雷震震，夏雨雪，天地合，什么什么的，乃敢与君绝！他们能相信那么多美好的东西，真是幸福。他们可以对未来充满了梦想，真是幸福。

然而，这两个小家伙，狠狠地教育了梁达然。这一堆猜测里面，唯一正确的是，里面确实有"梦想"两个字。至于誓言，梁达然一时糊涂，连宣誓和发誓都没分清，没有哪个男孩子会把女孩子当成国旗、党旗或《圣经》，手按在额头上宣誓。至于发誓就不一样了，上嘴唇一碰下嘴唇，誓言余音未落，人已心猿意马。或者，原本就是胡说八道，誓言只是油漆，内里的风景万千，可惜不属于那个听到誓言的人。

贾真掏出了一张纸，一边打开一边问凌雨晨："我这个作文的名字，其实是抄的，你知道马丁·路德·金吗？"

"我知道，《我有一个梦想》，著名死了，但是，你写得比他好。《狂人日记》也被好几个人写过，鲁迅写得最好，谁说后写的不如先写的好？"

贾真笑了笑说："那我们一起念，一定要比我在班里念得好。"

两个人面朝学校，共同握着那张纸，以诗朗诵的腔调，朗声读起了贾真版的《我有一个梦想》。

听完贾真的《我有一个梦想》，梁达然和卓可仪坠入沉思。良久，梁达然说："我们去和凌雨晨谈谈吧。"

"该怎么说？"

梁达然思考再三，叹息一声："就从《我有一个梦想》说起。因为，我们每个人都有一个梦想，渴望着想要的生活。他们的生活刚刚开始，我们的生活，已经被绑架了。"

卓可仪欲言又止，小声说："我感觉凌雨晨已经不是个孩子，好像比我还成熟，她一定有自己的判断，我们已经无从谈起。"

梁达然疑惑地看着卓可仪。

卓可仪突然用手捂着头说："我有些头晕，脑震荡还没好，送我回去吧。"

他们俩微笑着，在雪地上走着。茫茫白雪，映照着四个人的身影，脚踩过，雪地咯吱咯吱地响，仿佛说着话，但不像在说"梦想"。每一代人都有他们的梦想，每一代人都在努力靠近着幸福。人们最担心的，是下一代人长大也变成上一代人的模样，一代又一代，梦想一直在长个子，孔武有力，现实却身体孱弱，追得气喘吁吁。

风乍起，刺骨寒，卷起纷纷雪，天色渐暗，但人们相信，这个晚上不会太黑，明天早上也会亮得很早，因为，寒冷，也是一种力量；雪，也是一种光。

三十九　许多感情的错误在于把感情当筹码

　　这天早上，诸葛又亮突然要求开一个特别的例会。在徐青山的办公室，大家坐定，一起望着诸葛又亮，倒把诸葛又亮看得有点不好意思。诸葛又亮环视了一下简单的办公室，屋顶上方还有一块掉皮的地方，就说道：“今天就要进行大决战了，这里的感觉，相对于那些豪华的办公室，有点像陕北窑洞里的指挥部，但最终打赢了大战役。”

　　话刚说完，夏芊和刘星就呵呵呵地乐了起来。刘星说："我赢了，刚刚和芊姐打赌，我说你一定会以伟人自居，芊姐说不会，我们就打了个赌。"

　　丁向好说："赌的什么？"

　　"少管，女人的秘密。"

"别捣乱。"徐青山说，"听诸葛又亮说完。"

诸葛又亮说："根据昨天收集回来的情报，大决战的时候到了，我的那副猛药也恰逢好时机。凌仁卧病在床，凌雨晨的妈妈回来了，住在家里，洗衣做饭，凌雨晨每天回家或出门，都兴高采烈的，毕竟是一家人。昨天，大雪天，梁达然和卓可仪跟踪凌雨晨和贾真，在雪地里站了一会儿，但什么也没有说，安静地离开，丁向好，你说是为什么？"

丁向好说："可能是想找凌雨晨吧，具体为什么，我就不知道了。"

诸葛又亮就笑道："你这徒弟快出师了，猜对了一半。梁达然和卓可仪在大雪天跟踪凌雨晨，迫不得已，亲自上阵，这有点像困兽。毫无疑问，凌雨晨的妈妈从欧洲回国，而且没有走的意思，搅乱了梁达然的阵脚，现在我有理由相信，吴萌萌之所以产生了出轨之心，梁达然和卓可仪一定起了一定作用。但现在他们阵脚乱了，不知道该怎么办，居然病急乱投医，想通过凌雨晨做工作，让凌雨晨觉得，张果回来之后，爸妈还会吵架、分手，灾难深重。但他们忽略了一点，一个是男人，一个是女孩，根本不知道什么叫母女情深！做凌雨晨的工作，简直就是与虎谋皮。结果，他们发现了难度，自动离开了。这就给了我们一个信号，他们俩守着的这个婚外情，已经成了鸡肋，守着不对，分开又不舍，无计可施。所以，张果的出现，梁达然的无计，就是天赐良机，今天，我就要下我的猛药去了。"

徐青山问："需要大家怎么配合吗？"

"不需要，"诸葛又亮说，"我可能会和吴萌萌谈两个小时，劳苦功高，你中午好好请大家吃一顿吧。"

徐青山显得有些激动："没问题。我现在就送你去。"

诸葛又亮直接找到吴萌萌办公室，把吴萌萌叫到楼道。诸葛又亮认真地盯着吴萌萌，心想，她长得真漂亮，就是太好强了，他说："我知道所有的故事，凌仁和你，梁达然和卓可仪，我希望和你谈谈。"

吴萌萌心情不好，一下没反应过来，稍停一秒，马上问道："好，那边有个空教室，我们过去谈。"

诸葛又亮笑笑："上天给了你这么多美好的东西，容貌、学识、事业，你知道，这些东西集中在一个人身上，是多么不容易吗？自古，有容貌者不一定有学识，有学识者不一定有事业，你同时拥有了这三样，却没有得到自己想要的生活，而是令自己处于困境中，你知道这是为什么吗？"

吴萌萌马上警惕起来，反问道："我现在还不想知道为什么。我更想知道的是，你是谁？你是做什么的？你怎么知道我处于困境中？"

诸葛又亮一笑："说来太复杂了，我只说一个前提，我们是善意的。我们算是一家公司，帮助人们破坏不美好不应该的感情，建设美好的感情。这是我们的业务范围。吴老师，这几个月来，我们是你如影随形的观察者，但从来没有对你的个人隐私进行任何侵害，只是希望提供最好的帮助。"

吴萌萌还是疑惑不已："可是我并没有委托你们做任何事。"

"有人委托雷锋做好事了吗？"

吴萌萌此时知道，来者不容小觑。她马上端正了一下身子，问道："你以为，你们能帮助我解决困境吗？那你说说，我有什么困境？"

诸葛又亮呵呵一乐："据我所知，吴老师家学渊源，博学多才。我以为，吴老师现在遇到的困境，就和《三国演义》里面马超当时遇到的困境一样。想当初，刘备率人攻打西川，刘璋求救兵于张鲁。张鲁就派投其门下的马超前去救助。诸葛亮知道后，秘密派人贿赂张鲁的大臣。马超受到怀疑，向前走，无法过关斩将，向后退，张鲁已容不得他。这个时候，诸葛亮派人向他游说，马超当即表示，愿意归顺刘备。"

吴萌萌点点头："这段故事我熟悉，可与我有什么关系？"

诸葛又亮站了起来，身姿潇洒："吴老师，我首先表达一句，如今的困境，怨不得你，你只需要略微调整一下，就会一切皆好，具体怎么调整，一会告知。我说怨不得你是因为，你的男朋友梁达然先有外遇，然后你才认识凌仁，而且你和凌仁还是相对健康的关系，至于心里的事，那是你这个心理专家的事，我不分析这个。"

这话一说，吓得吴萌萌气息紧张。她有些惶恐地看着诸葛又亮，努力调节着自己的情绪："我开始相信你们公司的能力，请接着讲。"

诸葛又亮坐下来，指着吴萌萌的水晶手链说："你看这个水晶，通体透明，看似什么也没有，其实坚硬无比，我们的感情也是这样，看似柔软简单的感情问题，其实坚硬无比，因为它的成分不是感情，是生活。现在，你和凌仁的感情柔软而美好，明澈如水晶，但并不代表你们能走在一起，相反，走在一起概率会越来越小，因为他的前妻从海外回来，根本没有要走的意思，这个障碍，再加上他女儿的力量，你觉得你还有力量再前行吗？还有可能再前行吗？这个马超要前往西川是一样的。而梁达然呢，百分之八十的心思都在一个叫卓可仪的女孩那里，他们俩巴不得你出事，你回去的路也是荆棘遍地，所以你现在处于走投无路、进退维谷之困境。"

吴萌萌听完，一言不发，她强忍着内心的剧烈起伏，努力不让自己的表情有任何触动。

诸葛又亮观察着吴萌萌的表情，禁不住大声叹了一口气："唉！你一直没有发现，最关键的问题不是我讲的那些吗？"

"什么是最关键的问题？"

"我就知道你受困于两难，无法解脱，却没有发现，无法解脱的，不是事实，而是你自己的心。"

吴萌萌皱着眉头："我的心？"

"你自以为有一颗太强大的心，"诸葛又亮说，"但其实，你只是拥有一颗太强硬的心，正如中国哲学所言，柔软的东西，也许才是最强大的。你这颗强大的心，到目前为止，一共害了你两次。"

"两次？"

"对，两次。第一次，你一定听说过维多利亚女王的故事。有一次，她和她的丈夫阿尔伯特亲王吵架，阿尔伯特气愤之下，回到屋里，关上房门不让维多利亚进门。维多利亚还算不错，自知理亏，没有离家出走，而是采取了敲门的方法。第一次敲门，亲王问：谁？女王答：维多利亚女王。亲王没有开门。第二次敲门，亲王又问是谁，女王答：维多利亚。亲王还是没有开门。第三次敲门，亲王又问时，女王说：亲爱的，我是你的夫人。这时候，亲王才给女王开了门。我想，在很多时候，你比女王还要强势，绝少服输的时候吧？"

吴萌萌想了想，轻轻地点了点头。但她心里还在想，真是别扭，怎么会遇到这样一个人，任他来笑话我？

诸葛又亮仿佛猜到了她的心思，接着说："其实感情生活是用来彼此爱护的，不是用来比强弱的，这个你比我懂，因为我还没谈恋爱，就不乱开方了。我重点要说的是第二次害你，也就是这一次。我刚才说，你和凌仁前进的可能性越来越小，同时你也没有退路，你就相信了。你和凌仁没有前进的可能性，这个是对的，因为本身就存在许多问题和障碍，社会也不会支持你们那种感情。但你觉得没有退路，还是你的心理在作怪。你一定坚定地认为，既然梁达然心中另外有人，身边另有其人，你就绝不宽恕，绝不宽容，绝不原谅，必须一棒子打死。"

吴萌萌再也忍不住了，眼泪唰地流了下来："我一棒子打死的，是我的感情。我放他们自由，放他们一条生路，家里比冰还冷，我无法宽恕！"

诸葛又亮这时接到一条信息，他仔细读过，然后摇摇头："你终于流出了泪，瞧，这就是你的性格，如果不是实在控制不住，一定要显示自己能扛得住。所以，是你自己堵死了回家的路，你的眼睛里揉不进沙子，所以你以成全他们感情的方式，来结束自己的感情。其实你是错的，你先擦干眼睛，我们现在就做一个有趣的试验。"

吴萌萌正拿着纸巾擦眼睛，问道："有趣的试验？"

诸葛又亮指了指外面，说："昨天下了好大的雪，你知道梁达然现在做什么吗？我刚刚得到消息，他正在卓可仪家附近的菜市场买鸡和鱼，估计是要给刚从医院出来的卓可仪补身体。现在，需要你演一场戏，这场戏结束，你就知道你的先生有多么爱你，他多么顾家，他多么渴望你变成一个柔弱的小女人，就像维多利亚女王变成亲王夫人一样。"

吴萌萌说："可是我不会演戏啊。"

诸葛又亮说："如果你信任我，也真愿意听我的，这个戏演起来很简单，只需要五分钟。"

吴萌萌此时已被诸葛又亮说得心慌意乱，无所适从，只好说："好吧，怎么个演法？"

诸葛又亮说："我拉上你去我认识的一家医院。我让医生朋友给你在胳膊上弄点石膏，架好绷带，吊在脖子上。然后你给梁达然打电话，哪怕你不会撒娇，也要温柔一些，因为他是你男朋友，你要有一种找依赖的感觉，告诉他，雪天你摔倒了，摔伤了胳膊，正在医院进行处理。"

吴萌萌下意识地看看自己的胳膊："你觉得这能试验出什么？"

诸葛又亮说："你说呢？一个是他号称最爱最爱的女孩儿，她正病着，等着人照顾，一个是恋爱两年的女朋友，在这种天平上，难道不能试验出点什么吗？"

吴萌萌有些胆怯了，问道："你觉得他会怎么选择？如果他选择留下了照顾卓可仪，我不就是死路一条了？"

诸葛又亮微笑着："你担心死路一条，说明你心里还有他。既然这样，你何必坐以待毙！是你的跑不掉，不是你的追也追不来。"

吴萌萌扭头看一眼屋外白茫茫的世界，长出了一口气，泪眼未干，对诸葛又亮挤出一丝笑意："信你一回。"

城中村的菜市场，人声喧哗。梁达然提着鸡和鱼穿梭在人群中，走出市场，拐入巷子。丁向好和刘星在不远处看着，丁向好说："我也饿了，一会咱俩去饭店，我请你吃鱼，你请我吃鸡。"

刘星笑骂："没出息的小气男人！"

丁向好指一指梁达然消失的方向："你觉得他好？"

"他更不好，"刘星有点小发怒，"这样的好男人，往往是老婆培养出来的，却便宜了别的女人，真悲哀！"

两个人斗了十分钟嘴，丁向好说："差不多了。"拿出手机，给诸葛又亮发了一条短信："预计，梁达然刚把鱼和鸡洗干净。"

诸葛又亮接到短信，拿给吴萌萌看。吴萌萌好好的胳膊正在打石膏，要多别扭有多别扭。一看见短信，看见梁达然对卓可仪那么用心体贴，顿时火冒三丈，呼吸都急促起来，比真摔断了胳膊的症状还严重。诸葛又亮劝道："吴老师，你消消气，平复一下心情，现在你得打个电话，不能破口大骂，懂吗？"

这时的吴萌萌，居然像一个乖孩子，点了点头。

卓可仪躺在床上，裹着被子，过一阵，像电流一般，全身会瑟瑟发抖一下。前几天在雪地里站得太久了，旧伤未愈，新病又发，风寒感冒，发着高烧，刚吃了退烧药，汗水正一点一点蒸出来。她听见梁达然开门的声音，但连坐起来的力气都没有，看见梁达然手里拎着鱼和鸡，脸上绽过一朵笑容。

梁达然放下鱼和鸡，走过去摸摸卓可仪额头，汗涔涔的，已不那么滚烫。他亲了一下卓可仪的脸颊："乖，就是重感冒，睡一觉就好了，我陪你。"

说罢，梁达然起身去清洗鱼和鸡。刚先了几下，突然电话响，把手抹干，是一个陌生号码，接起来，却是吴萌萌有气无力的声音："我手机没电了，借别人的手机，我滑了一跤，胳膊摔骨裂了，现在在医院，刚打了石膏，好疼，快过来接我。"梁达然听完，看一眼卓可仪，问道："好，你等我一会，在哪家医院？"

挂了电话，梁达然站在地上，握着拳头，咬着牙，不知道该怎么办。

卓可仪就问："怎么了？谁在医院？"

梁达然艰难地答道："吴萌萌把胳膊摔断了。"他没敢说是摔裂，因为骨折和骨裂不一样，骨折很厉害，三个月以上才好，骨裂不严重的话，半个月可恢复得差不多。

卓可仪依然温柔地说："那你去吧，老夫老妻了，人家骨头都摔断了。"

梁达然还是有点为难："可是你怎么办？你还病着。"

卓可仪突然爆发，大叫起来："你就别假惺惺了！你都答应人家一会儿去了，还管我干什么？我死不了，你快去，快去！"

梁达然边穿外套边去哄卓可仪："你这是感冒，都快好了，她那是骨折，我得去看看。"

卓可仪拿被子蒙住头，大叫一声："我不乖，我以后也不用你管，你快走！"

梁达然走后，被子里的卓可仪出了一身大汗。她从被子里探出头来，看着房子里的孤灯白壁，眼泪不争气地流了出来。她一次一次地看着手机，始终没有梁达然的电话，她用想象折磨着自己，她想，今天晚上，梁达然一定时时守着吴萌萌，护着她的胳膊，扶她上楼，扶她上床，给她煮鱼汤，煮鸡汤，给她炖排骨……她打过电话去，却传来一个面无表情的声音："你拨打的电话已关机，请稍候再拨。"

卓可仪哇哇大"笑"，也不知道哪来的劲，把床上的布娃娃、玩具熊、枕头扔了一地，拿起手机要摔的时候，她突然想起了妈妈。她打通了家里的电话，听见妈妈的声音，她哭得更厉害了。她一边哭一边叫："妈妈！"

电话那边传来急切的声音："女儿，别哭，怎么了？"

卓可仪越发泣不成声："妈——我感冒了……发烧……我想回家。"

这一天晚上，调查咨询公司灯火通明。他们五个人都没有回家，围坐在徐青山办公室。

夏芊说："吴萌萌胜利了。"

丁向好说："关键是，卓可仪失败了。卓可仪的失败，就是我们的成功。"

"不，"诸葛又亮说，"是徐总的成功。"

话音未落，徐青山的电话响了起来。徐青山一看，是卓母打来的，使劲地点了一下接听键："伯母，您好。"

"青山，这么晚了，麻烦你件事，可仪感冒了，想回家，你和我去接她一下，有空吗？"

"有有有……"

徐青山一连说了好多个"有有有"，突然从椅子上跳起来，掏出好几百块钱放在桌子上，对几个人说："我去接卓可仪回家，你们玩去吧，吃宵夜，唱歌，看电影，随便。"说罢，飞身下楼而去。

几个人盯着钱，又看看徐青山的背景，突然一起欢呼起来"哦……"

四十　别担心，太阳照常升起

梁达然住在吴萌萌家的客房，真的就像一个普通的亲戚。

吴萌萌起得很早，早就坐在客厅。他偷眼看一眼吴萌萌，胳膊上的石膏已经不见了。他心里一阵窃喜，表演的生活终于要结束了。

几秒钟后，有两条信息出现，看名字是卓可仪和贾真。这两个人，一个亲得舌头麻，一个气得牙痒痒，梁达然一时心慌手乱，竟不知道该先看哪条。他先打开卓可仪的短信，心里却恨道：贾真！又是这个贾真！

卓可仪的短信说："这是一年中最寒冷的季节，我不想做一个卖火柴的小女孩，不用火柴取暖，不靠幻觉微笑，不再相信童话。我搬回了父母家，他们让我永远温暖。"

读着短信，梁达然狠狠咬着牙，不让眼泪流出来。

梁达然给卓可仪回了一条信息："我比父母温暖。"

他的手开始发抖，哆嗦着打开贾真的短信："凌仁突然并发感染，住进了医院。同样的短信，我也发给吴萌萌了。"梁达然陡然明白，吴萌萌昨晚为何失常，辗转不眠。

吴萌萌对梁达然说："我不装了，你也别装了，我受不了这种生活，一天也受不了，让我们各自回归自己吧。"

拉开窗帘，阳光斜照，像突然扑进来的鸟儿，安静地落在了床上。昨晚的大雪已停，厚厚的白雪覆盖了一切，让人想到"善意的谎言"。映雪阳光，分外耀眼。梁达然没有回答吴萌萌话，他盯着吴萌萌的泪眼看着，他想起一种叫作"雪盲"的现象，日出东方，天地澄明，他似有顿悟，心性亦澄明，难道，过往的生活，一直生活在"雪盲"的状态中？

吴萌萌的哭声渐大，如同洒在白纸上的墨水，弥漫在室内温暖的阳光里。

往事如"疯"，如同被按了快进键的时空，云谲波诡。

前几天，大雪纷飞中，贾真和凌雨晨的演讲音犹在耳，如惊涛骇浪中抛出的巨锚；初冬，和卓可仪的誓言晶莹剔透，冰凌一般挂在山野；初秋，自己的人生划出霞光万道，霞光下昙花屡现；初夏，卓可仪的睫毛，如同那美丽的麦芒……

八点半，梁达然和吴萌萌分别出了门，在新落的雪上，各自踩出了一行脚印。